車を降りて道路の端まで行くと、真下にダム湖が見下ろせた。右のほうに堰堤とダムサイトの建物がある。左へ行けばダム湖の周回道路である。白いコンクリートの道が、湖岸の森の濃密にしたたる緑の中に消えてゆく。(本文より)

脊振ダム

写真：西日本新聞社提供

光文社文庫

長編推理小説

博多殺人事件

新装版

内田康夫

KOBUNSHA

光　文　社

目次

プロローグ

御供所町《ごくしょまち》の発掘現場から、人骨が出たという連絡が入った。伊藤《いとう》警部補が「クマさん、行こう」と真っ先に尻《しり》を上げた。

「またですか。自分らが行くより、教育委員会のお偉方《えらがた》に行ってもらったほうが、いいのではないでしょうか」

隈原《くまはら》はうんざりした顔で、伊藤のいくぶん猫背だが、精悍《せいかん》な立ち姿を見上げた。

「違う違う、今度のやつは本物や。本物の人骨——というのもおかしいが、新しいやつらしい」

「はあ、新しいというと、西暦《せいれき》何年ごろのものでしょうか?」

「西暦?……そんなもん、一九九〇年か一九九一年か、とにかく最近ということだ」

「えっ、そしたら、新しいホトケさんでありますか」

隈原は椅子《いす》を後ろに撥《は》ね飛ばす勢いで、立ち上がった。

博多《はかた》駅の北側、駅前周辺から祇園町《ぎおんまち》、冷泉町《れいせんまち》、御供所町、店屋町《てんやまち》、呉服町《ごふくまち》、そして川《かわ》端町《ばたまち》にかけては、都市再開発が急速に進行しつつあるが、この付近一帯には「太閤町《たいこうまち》割《わり》」とよばれる中世の商業都市があったことは、かなり以前から知られている。

太閤町割というのは、太閤豊臣秀吉《とよとみひでよし》が朝鮮半島に出兵した際、博多を後方の兵站《へいたん》基地として重視、ここに商工業振興のための新しい商人町を建設、整備したものである。

地下鉄工事やビル建設の基礎工事などのために、地面を掘り下げてゆくと、まず、この太閤町割が顔を出す。天正《てんしょう》十五年（一五八七）ごろの博多の生活平面である。

ところが、そこをさらに掘り進めてゆくと、やがて第二、そして第三と、かつての「地面」が次々に素顔を現わしてくる。ときには一つの面からその下の面まで、わずか十センチ程度の層の厚さで、一世紀を隔《へだ》てた過去の地表が現われることもあった。

それぞれの時期の地面には、それぞれの時代の特徴を示すような痕跡《こんせき》が残されている。道路が固められ、溝が掘られ、住居跡らしき柱の穴が点在したりする。もっとも下層の「地面」に印《しる》されたものは、西暦二、三世紀ごろのものと推定されている。

博多の歴史には、日本の歴史とほぼ同等の古さがあるといわれ、博多湾を挟んで博多市街地と向かいあう位置には、例の後漢《ごかん》から倭奴《わのな》国王に与えられたという金印が発掘された『志賀島《しかのしま》』がある。後漢の光武《こうぶ》帝から印綬《いんじゅ》が与えられたのは、西暦五七年と記録されている。つまり、その当時から博多周辺には大陸の文化が影響していたというわけだ。以来、博多の上を流れていった歴史の波は、次々に博多の地面にそれぞれの時期の町の記録を刻みつづけてきた。太閤町割は、そのもっとも新しい遺構《いこう》であり、現在の博多といえども、やがてはそれらの遺跡群を覆《おお》う遺構となって、歴史の底に沈んでしまうときがくるだろう。

昭和五十三年八月、祇園町駅北口近くの御供所町の地下鉄工事現場から、大量の頭蓋《ずがい》骨《こつ》が出土した。破損がひどく、骨片は散逸《さんいつ》しているものが多かったが、すべて頭蓋骨ばかりで、なぜか他の部分の骨はなかった。

調査委員会が丹念に骨を収集した結果、頭蓋骨の総数は百十人分であることが判明した。

地層の状況から推測すると、十四世紀の中ごろ、後醍醐《ごだいご》天皇の鎌倉《かまくら》幕府討伐《とうばつ》の旗揚げに呼応して、肥後《ひご》の国（熊本《くまもと》）から立った、忠臣・菊池《きくち》一族の首級《しゆきゆう》ではないか——と考えられた。菊池一族は鎮西探題《ちんぜいたんだい》（北条英時《ほうじようひでとき》）の館《やかた》に攻め入ったが、戦い利あらず、多くの戦死者を出して敗走、それを岐路《きろ》に、滅亡への道を進むことになるのだが、そのときに討ち死にした武将の首だけを集めて、この地に埋めたものらしい。

菊池一族はその後、肥後を脱出して全国に散らばったが、その結束は固く、現在も菊池会なる組織があって、熊本県菊池市にある菊池神社では例大祭が行なわれている。だから、博多でおびただしい首級が出たというニュースが流れたとき、菊池市長をはじめ菊池氏の末裔《まつえい》が大挙してやってきて、祖先の冥福《めいふく》を祈る騒ぎになったものである。

その後も、さまざまな地層から、土器などとともに発掘された人骨は少なくない。菊池一族のようなビッグニュースにはならないにしても、発掘現場から骨が出ると、そのつど警察に報告される。警察としては一応、「変死事件」として実況検分に赴《おもむ》かなければならない。たしかに、菊池一族のケースにしても「変死」であることは事実だが、一目見れば、骨の状態からいって何百年も昔のものであることがわかりそうなものについてまで、いちいち呼び出しを食ってはたまったものではない。隈原にかぎらず、警察関係者はいささか辟易《へきえき》ぎみなのであった。

この日発掘された人骨は、死後およそ一年から一年半——と推定された。少なくとも、歴史上の人物ではなさそうだ。となると、これはもう明らかに警察の管轄に入る。

博多署から御供所町まではほんの五百メートル足らず。のんびり歩いても五、六分で行ける距離である。

しかし、隈原部長刑事が現場に到着したときには、報道関係の車や野次馬で、現場はごった返していた。ふだんはそれほど人通りが多いとは思えないのだが、こういう事件が起きると、どこから湧《わ》いたかと思うほど、野次馬が蝟集《いしゅう》する。交通課の連中がロープを張って、とりあえず野次馬の整理に当たっていた。

現場は街角の小さな公園だったところで、今回の新都市計画では地下鉄の駅が作られることになっている。その公園の植込みを約一メートルばかり掘ったところから、白骨化した死体が出たのである。

パトカーを降りたとたん、隈原は作業を指揮している鑑識課長の高月《たかつき》警部と視線があってしまった。

「なんやクマさん、遅いやないか」

高月は皮肉を言った。

「まあ、そう言わんでください。どうせ、一年も眠っとったホトケが、眠りから覚めたといって、逃げ出すわけでもなし、それに、どげん早く来ても、鑑識さんに邪魔者扱いされるのがオチでっしょう」

高月は警察学校で隈原より一年先輩である。たった一年の差だが、いまでは警部と巡査部長の開きができた。高月は勉強家で、しかも最初から鑑識を望んだ。勤務のかたわら、捜査技術についてのレポートを書いて提出するなど、勤務態度も熱心だったし、昇級試験も積極的に受けた。

それに対して、隈原のほうはといえば刑事を志望した。刑事になりたくて警察に入ったようなものだから、それはいいとして、警察で出世したければ、刑事畑だけは避けて通れというのが常識ではあった。刑事はむやみに忙しいばかりで、昇級試験の勉強など、絶対にできっこない。そうして、二十年ばかりのあいだに、高月と隈原には、警部と巡査部長の差が生じたというわけである。

「で、第一発見者はどこです？」

隈原は真顔になって訊《き》いた。

「あそこにおる」

高月は公園の敷地のもっとも奥まったところにいる、工事関係者らしい連中のほうを指差した。

「ここら辺《あた》りでは遺跡が出たといって、学術調査の先生たちが来とったらしい。ホトケを掘り当てたのは、その先生の仲間の一人やったげな。興奮してるのか、やかましい男で、こっちの仕事に首を突っ込みたがる。いまようやく、あっちへ行ってもらったのやが、気をつけたがいい」

高月はそれだけ言うと、自分の部下たちの作業に加わった。

気をつけろといっても、何のことか、隈原には要領を得なかった。

学術調査のグループは四人で、ほかに地下鉄工事の関係者が三人いた。いずれも迷惑そのもののような渋い顔をしている中で、ただ一人だけ、もみ手をせんばかりにして刑事を迎えた男がいた。白いテニス帽をかぶり、洗い晒《ざら》しの白っぽいブルゾンにジーパンといういでたちの、三十歳かそれより若いか――といった印象の青年だ。ほかの連中より背が高いせいばかりでなく、目がキラキラ輝いている分だけ、ひときわ目立った。

「えーと、おたくさんですか、死体を最初に発見したのは？」

隈原はすぐにそれとわかって、男に訊いてみた。

「ええ、そうです、僕です、浅見《あさみ》といいます。浅見光彦《みつひこ》、住所は東京都北区《きたく》西ケ原《にしがはら》三丁目――今回の学術調査のレポートを書くために参加させてもらっています」

青年はこっちが訊きもしないことまで一気に喋《しゃべ》って、それでも物足りないといけないと思うのか、ブルゾンのポケットから免許証入れを出し、名刺を抜き取って隈原に渡した。肩書のない名刺に、優しい清朝体《しんちょうたい》で「浅見光彦」と印刷されていた。

第一章　デパート戦争

1

出勤したばかりの聡子《さとこ》に、庶務課の関口和美《せきぐちかずみ》が寄ってきて、いきなり「元久《もとひさ》さん、あのこと、聞いた？」と言った。

「あのことって？」

聡子は立ち止まらずに、秘書室のドアを開けながら、あまり愛想のよくない顔で答えた。関口和美の放送局ぶりは有名で、おまけに、うっかり下手な相槌《あいづち》を打とうものなら、まるで誹謗中傷《ひぼうちゅうしょう》の震源地がこっちででもあるかのように、喧伝《けんでん》されてしまうから、警戒を要する。

秘書室には誰もいなかった。いつもより一電車早い時刻だ。和美はしばらく室内の様子を確かめてから、おもむろに部屋に入ってきた。

「じゃあ、まだ知らないんだ」

デスクの上の掃除を始めた聡子の手元を見つめながら、和美は思わせぶりに呟《つぶや》いた。

「やっぱし、秘書室はニュースの伝わるのが遅いもんね」

「何のことなの？」

「仙石《せんごく》課長のことよ」

「仙石課長？……」

聡子は眉《まゆ》をひそめて、はじめて和美の顔を見た。和美は聡子の視線を捉《とら》えて、白雪姫《しらゆきひめ》の好奇心をかち取った魔法使いのように、ニヤリと笑った。

「うん、そう、不倫ですって。六階のトイレに……」

「ちょっと待って」

聡子は軽く手を上げて遮《さえぎ》った。ドアの曇りガラスに人影がさした。和美にもすぐに通じて、デスクの上の書類を揃《そろ》えているような、さり気ないふうを装った。

ドアを入ってきたのは、案《あん》の定《じょう》、秘書室長の杉本富枝《すぎもととみえ》だった。杉本富枝には「お局《つぼね》」というニックネームがある。社内では秘書室のことを「大奥《おおおく》」とか、ひどいのになると「伏魔殿《ふくまでん》」と言っているのは、秘書室勤務になる前から聡子は聞いていた。秘書は女性ばかり六人で、杉本富枝はもっとも年長の五十七歳。あとは五十二歳、四十六歳、三十九歳、三十二歳、そして最年少の聡子が二十六歳と、六、七歳間隔でつづいている。

「おはようございます」と聡子と和美が声を揃えて言うのに「おはよう」と応じてから、

「関口さん、何か用事?」と、杉本富枝は遠近両用のレンズを光らせて、冷たい口調で言った。

「はい、ちょっと」

「ちょっと、何?」

「いえ、もういいんです」

「だったら早く戻りなさい。朝は忙しいのだから、無駄話をしていないの」

「はい」

和美は杉本富枝には見えない角度と速度で、ペロッと舌を出して、「じゃ、またあとで」と部屋を出ていった。

「元久さん、あのコ、あまり付き合わないほうがいいわよ」

富枝は未決の書類をテキパキと捌《さば》きながら、こっちを見ずに言った。動作とは裏腹に、ジトッと粘るようなニュアンスのある言い方だった。

「はあ、どうしてでしょうか?」

杉本富枝の言いたいことは、よくわかっている。関口和美のお喋りを警戒することについては、聡子だって同じ気持ちだが、理由も聞かずに「はい、そうします」とも言えないので、聡子はごく儀礼的な意味で訊いた。

「どうしてって……べつに付き合うなっていうわけじゃないけど……いいのよ、あなたが好きで付き合うのなら。私が言ったのは、なるべくならばっていう意味」

「はい、わかりました。そうします」

聡子ははっきり宣言するように、大きく頷《うなず》いて言った。

杉本富枝はびっくりした目をこっちに向けて、「そう」とだけ言った。瞬間、彼女の目に（よせばよかった——）という後悔の色が浮かぶのを、聡子は見たと思った。杉本富枝は、きつい、断定的な物言いをするくせに、言ったあとから苦い後悔が湧いてくるような性格なのだ——と聡子は思っている。

＊

父親の孝司《たかし》がそうだ。完全主義者で、実際、自分のミスに対しても厳しい反省をする人間だが、他人のミスや、それ以上に無頓着《むとんちやく》さに対しては許せなくて、思わず言葉を発してしまうらしい。母親の美江子《みえこ》も聡子も、しょっちゅう孝司の叱声《しつせい》を浴びた。それも、情け容赦《ようしや》のない言い方で、そんな自堕落《じだらく》な生き方しかできないのなら、いっそ死んでしまったほうがいい――というように、収まりのつかないところまで言い切ってしまう。

例によって激しい叱責《しっせき》を母親にぶつけたあと、孝司がプイと家を出ていったきり、翌朝まで戻らないことがあった。何日か経《た》って、大学時代からの友人が遊びに来たとき、冗談めかして、「お宅のご主人は子供みたいなところがある」と、孝司がきついことを言ったので家に戻りづらくなったから、ひと晩泊めてくれと転がり込んだことをすっぱ抜いた。孝司は「ばかたれ」などと、照れた様子をしているのだが、そういうことを友人に言わせて、暗に家族に詫《わ》びようとしているのが、母親にも聡子にも見え見えで、おかしかった。

*

杉本富枝には「付き合わない」と約束したものの、聡子は仙石隆一郎《りゅういちろう》の噂《うわさ》に無関心ではいられなかった。昼の休みに社員食堂で和美に摑《つか》まって、「けさのあの話のつづきだけど」と囁《ささや》きかけられたとき、聡子は「何なのよ」と迷惑そうに、しかし興味は隠せずに、耳を欹《そばだ》てた。

「六階のトイレにね、仙石課長と水谷静香《みずたにしずか》の名前が、相合傘《あいあいがさ》の中に書いてあったんだって」

「水谷さんの？……」

聡子は思わず声を発して、慌《あわ》てて周囲の気配を窺《うかが》った。意外な名前だったし、それ以上に、そういう噂が出たあとの波紋の深刻さを連想した。

仙石隆一郎は関口和美もそう呼んだように、むかしの癖で「課長」と呼ばれることもあるけれど、正確には「広報室長」である。会社の機構改革で、宣伝広報部から広報課が独立して「広報室」になった。広報課長だった仙石はそのまま広報室長になったというわけだ。

それと同時に、秘書課も総務部から独立した形になるために「秘書室」と名称を変えた。広報と秘書の二つの「室」は社長直属の機関という考え方である。

仙石は天野屋《あまのや》デパートきっての情報通といわれる男だ。東京大学を出てすぐに入社、最初は一般の社員と同様に、売場実習から外商など、あらゆる職場を体験したが、ふつうの人間の三倍のスピードで、一通りの知識を身につけたといわれる。

その後、仙石は社長命令で広報課に所属した。当時の社長は現在の会長、天野屋三代目の大友利兵衛《おおともりへえ》で、以後二十年間、仙石は利兵衛の懐《ふところ》ろ刀《がたな》、社内外の情報戦略にはなくてはならない存在として、自他ともに認める人物であった。

同じ社長直属の機関として、秘書室と広報室は何かと繋《つな》がりあった関係にある。仙石もちょくちょく秘書室に現われ、会長と社長のスケジュール調整など、協同して行なうことも多い。

仙石は男盛りの魅力をふんだんに持ち合わせた男ということができる。しかし、外見だけではエリート社員のイメージは感じ取れない。服装などにはまるで無頓着で、上下揃いのスーツ姿など、冠婚葬祭の際でもないかぎり、滅多《めった》に見られない。ときにはノーネクタイで現われることもある。信用を重んじるデパートの社員というより、新聞記者を思わせる外観であった。

柔道で鍛《きた》えたという寸胴《ずんどう》の体軀《たいく》を、左右に振るようにして歩く姿や、笑うといたずら盛りの少年のようになる顔からは、これが天野屋を代表するスポークスマンとは、とても思えない。

しかし、老舗《しにせ》とはいえ、博多の呉服商のイメージを脱却できずにいた天野屋を、ともかくにも九州きっての近代型デパートにまで急成長させた「縁の下の力持ち」が、仙石隆一郎であったことは、誰もが認めるところなのであった。

その仙石広報室長が、あろうことか、トイレの落書きニュースの生《い》け贄《にえ》になるとは――。

「誰が書いたの？」と聡子は訊いた。

「わからないわよ、そんなの」

和美は笑って首を横に振った。

六階のトイレだからといって、六階売場の従業員の仕業《しわざ》とはかぎらない。その手のいたずらは、わざわざ違う階へ侵入してやるケースが多いのだ。

以前、やはり社員同士の不倫を暴露《ばくろ》する落書きがあった。被害にあったのは電話交換室の主任をしていた安岡礼子《やすおかれいこ》で、相手は外商部の沢村信夫《さわむらのぶお》、既婚者で子供もある男だ。落書きが不倫だけを暴露するものなら、根も葉もないこと――と笑ってすませられたのだが、この落書きには、安岡礼子がべつの外商部員の連絡電話を盗聴して、顧客の情報を沢村に流していたということまで書かれていた。

これには当事者の二人は激怒した。不倫の事実はもちろん、情報を流した事実なども なく、これは明らかに誹謗中傷と著《いちじる》しい名誉毀損《きそん》であり、告訴すると言った。会社側は驚いて宥《なだ》めすかしたのだが、告訴は行なわれた。むろん警察はデパートであることに配慮して、おおっぴらな捜査はしなかったけれど、ひそかに刑事がやってきて事情聴取をしたり、トイレの指紋を採取したりしていった。

この騒ぎの結果、安岡礼子は会社を辞《や》め、沢村は通信販売部に配置替えになった。どちらかといえば被害者側だけが割りを食った恰好《かっこう》で、この処置については社員の評判がよくなかった。しかし、大友利兵衛会長の方針はつねにトラブルの原因をつくった人物を果断に処分するというものだ。

その「事件」以後、しばらくは落書きマニアも自粛《じしゅく》したのか、ひどい落書きは見られなくなっていた。そこに突然、今回の落書き騒ぎだ。

(これは事件になるな——)と聡子は社員食堂を眺《なが》め回しながら思った。

一度に五百人の社員が食事できるという広大な食堂である。昼食時間になると三交代で各売場から社員がやってくる。およそ二時間のあいだ、食堂はつねに満員の状態になる。食器の触れ合う音とかまびすしい会話とで、ウォンウォンという空気の振動が、耳元で絶えず鳴っている。

人間の本能の中で、食べるという行為がもっとも醜い——と、聡子は何かの本で読んだ記憶がある。口紅がずれた大きな口を開け、パンにかぶりつき、スパゲティを啜《すす》り込み、口の中の物が見えるようなだらしない顔で、隣りの仲間とけたたましく喋りあう姿を傍観《ぼうかん》しながら、聡子はその本に書かれてあったことは真実だと思った。

この中に落書きの犯人がいるかもしれない——と思うと、背筋が寒くなる。落書きマニアは一人や二人ではない、いや、潜在的には、自分も含めて、あらゆる人間がそういう陰湿な要素を体内に持ち合わせているのかもしれない。

「ペンは剣よりも強し」というけれど、たしかにそれは殺意にも通じる悪意だ。人間はことと次第によっては、殺人を犯し得る生き物であることと、自分もまたその生き物の一員であることを、あらためて思い知ったような、いやな気分であった。

「仙石室長は何て言ってるの？」

聡子は気を取り直して、訊いた。

「笑ってたって。ばかばかしいって。だけど、本当のことはわからないわよ」

「水谷さんは？」

「もう何日か休んでいるって言ってたわ」

「何日も？　じゃあ、前から噂になっていたんだ。かわいそう……」

水谷静香はいわゆる案内嬢である。案内嬢は玄関付近や各フロアの入口付近にいて、お客を迎え、ときにはお客の質問に応じて、商品が売られている場所を説明もしなければならない。容姿端麗《ようしたんれい》であるばかりでなく、店内のことすべてに通じている、いわばデパートの花と呼ばれる存在だ。

案内嬢は社内機構上は販売促進部に所属するが、給与その他については、当然のことながら、一般の社員たちとは一線を画《かく》して優遇されている。ただし、この当然のことを当然と思わない人間も、大勢の社員の中にはいるわけで、妬《ねた》みの対象になるであろうことは、想像に難《かた》くない。それは「大奥」の六人の女性に関しても通じるものがある。秘書たちは立場からいって、会長や社長をはじめとする、会社上層部の動きをいち早くキャッチできるし、重役たちの私的な秘密に近いようなことも見聞きする場合がある。それだからこそ「秘書」なのであって、知り得た事実を外部に洩《も》らさないことは、秘書たる者の最低のモラルであることはいうまでもない。

そうはいっても、人間である以上、ときにはポロリと秘密を洩らすおそれがないとはかぎらない。ことに、相手が男の場合にはその可能性が大きい。だから、天野屋の六人の秘書はいずれも独身である。独身であり得る者のみが、会長と社長に密着する秘書の役目を許されるといっていい。

「お局」の杉本富枝は三十八年間、大友利兵衛のそばに従ってきた。「お局」は「お妾《めかけ》」と同義語だというのは、公然の秘密だそうだ。しかし、富枝は少なくとも外見上は一介の女性社員として、律儀《りちぎ》な勤務態度を崩すことはない。そのことに聡子は感動に近いほどの共感を覚える。

*

三十八年前といえば、日本はまだ敗戦の痛手から立ち直れず、社会は混沌《こんとん》としていたころだ。ただ、昭和二十五年に始まった朝鮮戦争のお蔭《かげ》で、北九州《きたきゅうしゅう》地区は空前の軍需景気を迎え、石炭も鉄鋼も活況を呈《てい》した。戦争が終わったあとも、その余波が日本経済を底上げし、長期成長経済への道を歩み出しつつあった。博多の商業活動もまた長い苦難のトンネルを抜けて、光明が見えてきていた。

天野屋は明治四十三年の創業で、最初は呉服を扱う小さな店だった。そのうちに小物雑貨類から日用品全般に品揃《しなぞろ》えがすすみ、太平洋戦争の前ごろには、一応、小さいながらも百貨店の体《てい》を成《な》していた。

太平洋戦争は北九州の鉄鋼生産施設を中心に壊滅的な被害を及ぼした。日本で最初に本格的な空襲が始まったのは北九州である。博多の商業地区も一面の焼け野原と化して、この街がかつての賑《にぎ》わいを取り戻すには、百年もかかるかと思われた。

しかし復興のテンポは想像を絶するスピードで進んだ。まったく、日本人の勤勉さは、世界の常識を覆《くつがえ》す。大友利兵衛はまさにその典型ともいえるような人物だった。焼け残ったビルを改修して、どうにかこうにか店舗を開き、手当たり次第に商品を並べた。昭和二十年代はどんなものでも、品物の恰好をしていれば、どんどん売れた時代である。朝鮮戦争以来、物資が少しずつ出回りはじめ、三十年代後半から高度成長が言われるようになると、消費者の懐ろに余裕ができて、ようやく品選びの自由と権利が蘇《よみがえ》った。その傾向をすばやくキャッチして、利兵衛は博多ではどこよりも早く店舗を拡充し、品数を揃えることに精を出した。

杉本富枝が高校を卒業して天野屋に入ったのは、まだ日本中が貧しかったころである。最初、婦人服売場にいたのを、利兵衛社長が目に止めて社長秘書に抜擢《ばってき》した。もっとも、秘書といっても、当時はお茶汲《く》みでしかなかった。しかも、女好きの利兵衛が早晩《そうばん》、手をつけるであろうことは、周辺の者は誰もが予測していた。そして、富枝は利兵衛のもっとも忠実な腹心として、「お局」の地位を守りつづけてきた。

秘書のナンバー2である川井真知子《かわいまちこ》は、富枝に遅れること九年、当時としては珍しい四年制大学卒で天野屋に入社、総務部庶務課に勤務していた。実質的には役員秘書の仕事に携《たずさ》わって、いずれ杉本富枝に代わって社長秘書ナンバーワンの地位に就《つ》くのではないか——と目《もく》された。

その七年後に大友善一《ぜんいち》が大学を卒業して天野屋に入った。善一は各売場勤務を一巡して、やがて取締役商品部長に就任し、それと同時に、真知子は善一付きの秘書になった。実際は「お局」の地位争いに敗れたとも見られないこともないのだが、彼女には、いってみれば、ジュニアに帝王学を仕込んだというプライドがある。大友利兵衛が七十三歳になった五年前、ようやく息子の善一に社長の椅子を譲ったとき、川井真知子は嬉しさのあまり号泣《ごうきゅう》したそうだ。

元久聡子は、社長交代劇があったその年の春、天野屋デパートに入社している。

2

店内放送が「おもちゃ売場の三枝《さえぐさ》さん」と言っている。

仙石隆一郎は、天井のスピーカーに目をやって、「またか、多いな」と呟いた。「三枝」とは万引を意味する隠語である。玩具売場で万引が発生したので、手配をするように——という指示だ。

デパートに万引はつきもののようなもので、店側はその対応の仕方にもっとも苦慮するところだ。現行犯で捕まえるのは容易だが、店内でドタバタするわけにもいかない。第一、犯人が店内にいるかぎり、お客として遇《ぐう》することを要求されるわけで、かりに捕まえたとしても、

「これからお金を払うつもりだった」とシラを切られれば、どうしようもないどころか、お客を侮辱《ぶじょく》したと騒ぎ立てられかねない。

万引の現場を見た場合、店員はたがいに連絡し、保安係が「お客」の動向を監視して、犯人が一歩でも店の外に出るか、あるいは売場のフロアからべつのフロアに出たところで声をかける。それも泥棒に対するものではなく、あくまでもお客として扱い、「失礼ですが、お支払いをお忘れでは？」といった、柔らかな言い方をする。大抵の客はそれで「ごめんなさい、うっかりしてました」と謝ってくれるけれど、中にはとぼけ通そうとする豪《ごう》の者もいたりする。その場合にかぎって、保安係は別室に犯人を案内して、徹底的に追及することになる。

このところ、万引の数がむやみに多い。昔のことを知る者は、まるで終戦直後みたいだ——と嘆く。あのころは買いたくても金のない人々が、やむにやまれず物を盗んだ。いまは違う。贅沢《ぜいたく》が原因だったり、面白半分や病気としか思えないような犯行が目立つ。

天野屋ではないが、博多のべつの店で、病院長夫人が十数回も万引を重ね、たまりかねた店側が、ついに警察に突き出したという事件があったほどだ。院長夫人だから、むろん金に困っての犯行ではなく、やはり病気によるものなのだろう。おまけに、病院との取引も多く、いわば上得意であるだけに、店側としても事を荒立てたくはなかった。それが彼女の犯行をますますエスカレートさせた一因ともいえるかもしれない。最後は貴金属売場で三百万円の指輪をバッグの中に落とし込み、そのまま店の外に立ち去ろうとしたので、さすがに見逃すわけにいかず、捕まえたというものだ。

しかし、そういった「正当防衛」ともいえるようなケースでも、デパート側のイメージは下がりこそすれ、決してよくなるものではない。事後の処置をよほどうまくやるなり、少なくともマスコミ対策に気を配らなければならない。ことに、今後ますます熾烈《しれつ》化するデパート間のシェア合戦を前にして、店のイメージダウンにつながるようなことは、極力抑《おさ》え込む必要があった。

福岡《ふくおか》市内には、天野屋をはじめとする地元資本のデパートのほか、関西系のデパートが支店を出している。その中にあって、天野屋は売上高において全体の約五割という、圧倒的なシェアを誇っていた。天野屋のイメージは、東京でいう三越《みつこし》に匹敵《ひってき》するもので、贈答品には天野屋の包装紙が欠かせないという定評がある。それでいて、決して暴利を貪《むさぼ》っているわけではない。売上高調査によれば、天野屋の年間総売り上げは全九州《ぜんきゅうしゅう》電力《でんりょく》を含む九州の全企業の中でベスト8に位置するけれど、純利益の金額ではベスト100にも入らない。競合店である丸恵《まるけい》デパートがベスト16に位置するのとは好対照で、儲け主義に走らない地道な商売が、広く大衆の支持を集めているといってよかった。

そういう企業イメージも、一朝一夕に培《つちか》われたものではない。事実、仙石隆一郎が入社する以前の天野屋といえば、まだ「呉服の天野屋」のイメージが強く、その他のあらゆる部門で、まだまだ「寄せ集め」の感が否《いな》めないものであった。

＊

仙石は天野屋に入社してからしばらくのあいだは、あちこちのセクションを経験させられ、その後広報課に所属した。それからまもなく、利兵衛社長の求めに応じて、膨大なリポートを提出した。現時点での経営方針を批判し、将来あるべき「天野屋」の方向を展望するものである。

それは画期的なことであった。ワンマン・大友利兵衛社長に進言や提言を行なう者など、天野屋には存在しなかったのである。まして社長の考え方に批判めいた口を挟む者がいるはずもない。「いやなら、辞めろ」が利兵衛の口癖だった。組合運動の洗礼も何度か受けたが、いっこうに怯《ひる》まず、いつでもロックアウトに踏み切る姿勢をチラつかせて、結局は組合側が屈伏《くつぷく》した。まして、上層部の連中は誰もかれもが利兵衛に迎合《げいごう》することで、身の安全を図《はか》っていた。

もっとも、そういった生温《なまぬる》い環境に不満を感じていたのは、利兵衛自身かもしれない。東大卒の仙石を破格の待遇で入社させたのには、失敗も成功も、すべてが自分の考えでしか行なわれない現状に飽き足らず、また不安を抱いたためとも受け取れる。

それにしても、仙石の示した「改革案」はかなり過激なものであったから、役員会でそのプリントを渡された幹部連中は、自分の首まで吹っ飛びそうな予感に脅《おび》えたにちがいない。

仙石の「試案」は、いまでいうところのCI（コーポレート・アイデンティティ）と考えていい。つまり、天野屋の将来あるべき姿を掲げたイメージ戦略だ。内容は店舗の立地計画や設計プランから、カラーポリシー、商品管理、オリジナルブランドの開発、テナントの整備、アンテナショップの出店といった、当時としてはかなり高度な企業戦略が盛り込まれてあった。当然、会社の機構・組織にも容赦のないメスが入っており、それはつまり、過去の天野屋の経営方針や理念にいたるまで、かなりの部分を否定する表現でもあった。

「どんなもんか」と利兵衛社長のご下問《かもん》があったとき、例によって答える者はなかった。首をすくめて、利兵衛の声が頭上を通過することを祈るばかりである。

その中から、「いいと思います」と、はっきりした口調で答えたのが、利兵衛の息子で、当時、食品課長補佐だった大友善一である。

「現時点では実現の難しい部分もありますが、天野屋の目指すべき方向を示す指針としては、これでいいと思います。あとは、状況に応じて微調整してゆけばいいのですから」

「ふん」と利兵衛社長は鼻先で笑うような声を出した。

「まあ、よかたい。おまえ、仙石に手を貸して、この計画を進めんしゃい」

その直後に仙石は広報課長に、また善一は新設された総合管理部の経営計画課長に任命された。

それから二十年——五年計画をワンステップとして、4ステップを無我夢中で突っ走ってきた。その間に善一は取締役になり、ついに社長の椅子についたが、仙石は二十年一日のごとく広報課（室）長の席から動くことがなかった。

（よくぞここまでやってきたものだな——）

こうして売場を眺め回していると、仙石隆一郎の胸をそういう感慨が過《よぎ》る。これから先、まだまだやるべきことは山積している。あらゆる業種のうちで、これからはサービス業がもっとも脚光を浴び、それだけに競争も激化することは間違いない。

福岡——博多のデパート業界に巨大な変化のときが近づきつつある。大阪を中心に発展するエイコウグループと、東京を基盤とする京西《けいせい》グループ、このわが国流通業界の二大勢力が、ついに北九州地区への進出を決定したのだ。九州全域で戦後一貫してナンバーワンの地位に君臨してきた天野屋にとって、これは未曽有《みぞう》の危機といっていい。

この戦いを乗り切るところまでが自分の仕事だという認識はあるものの、仙石隆一郎にはその先にあるものは予測がつかない。いや、正直にいえば、戦いそのものの様相すら、仙石が過去に学んできたノウハウの範囲を超えているような予感がしてならないのだ。

ただ、不幸中の幸いというべきか、二大勢力の一方の雄である京西グループが、当面、進出を見合わせる方針に転換したという情報があった。東京の新しい二店の業績が思わしくないのと、絵画取引の不正にからむゴタゴタで、トップ交代もあり得るという騒ぎであるらしい。

もっとも、エイコウグループとしては、こうしてライバルが撤退したとなると、攻略目標を天野屋一社に絞《しぼ》ることができる。資本力、組織力、販売力——いずれを取ってみてもゾウとウサギほどの開きのある対戦だ。わずかに残された天野屋の強みといえば、デパートとしてのノレンの確かさと、地元に密着している親密度だけといっていい。とはいえ、そうしたものが、最終的には実利主義に走りがちなお客を、どこまで繋ぎ止めておくことができるかといえば、首を傾《かし》げざるを得ない。

エイコウグループは三年前に、北九州地区最大のスーパーチェーン「ユニコンマート」を吸収合併して、既存店舗に加え、新たに福岡市郊外の道路沿いに、放射状に店舗を増やしつつある。「博多包囲網」と命名したこの作戦は、郊外や遠く県外から博多地区に入ってくる、車利用の客を吸収してしまおうというものだ。ただでさえ駐車場難に四苦八苦する博多地区の小売業者——とくにスーパーや家電関係の大型店にとって、これは大きな脅威であった。

しかし、エイコウグループの攻勢はまだスタートしたばかりである。今年の正月、エイコウグループの総帥《そうすい》・平岡烈《ひらおかつよし》は、全国紙の一頁《いちページ》広告に「九州のお客さまに」と題する年頭の所感を発表した。東京、大阪に集中した感のある日本経済の歪《ひず》みを是正するためにも、これからは九州地区に資本投入の目を向けるべきだと述べ、韓国、中国および東南アジア諸国にもっとも近い、日本の玄関として、福岡を中心とする北九州地区の再開発を急がなければならない、と結んでいる。

その理念を裏打ちするように、エイコウグループはつぎつぎに具体的な施策《しさく》を打ち出している。中でもアジア太平洋博覧会《たいへいようはくらんかい》（よかとぴあ）会場跡地の三分の一近い土地の払い下げを受け、ここにドーム球場とファンタジードーム、高層ホテルなどを建設する、総額二千六百億円の「レインボードーム計画」は、九州財界人の度胆《どぎも》を抜いた。二千六百億円という金額は九州財界の雄、全九州電力の年間投資予算に匹敵《ひってき》する膨大《ぼうだい》なものだ。

この時点まで、エイコウグループは博多の中心部——天神《てんじん》への進出はおくびにも出していない。しかし、エイコウの究極の狙いが天神商業圏の制圧にあることは火を見るよりも明らかだ。外堀を埋め、内堀を埋めたあかつきには、福岡城の攻略に向けて全軍を殺到させるにちがいない。そう、かつて豊臣秀吉が三十万の大軍を擁《よう》して福岡城に拠《よ》る島津《しまづ》軍を撃ち破ったごとく——。

実際、地元財界人や市民のあいだでは、福岡がエイコウグループの城下町になってしまうのではないかという危惧《きぐ》がつのっていた。まさに、豊臣秀吉が朝鮮半島や大陸に思いを馳《は》せて、博多に太閤町割を刻んだように、韓国、中国、東南アジアに開く玄関口を合言葉にした、エイコウグループによる新しい街づくりが行なわれるのかもしれないのだ。

それに呼応するかのように、福岡市内のいたるところで、市街地の再開発が進行しつつある。博多駅周辺の有効土地利用計画もそうだが、NTTおよび西鉄ターミナルビルの移転に伴う、広大な跡地の利用計画が最大の目玉となっている。エイコウグループが進出する前に、迎え撃つ側の体質を改善し、体力を養っておこうというものだ。

天野屋も、跡地に建つビルの一つに、新店を出す計画を進めていた。現在の本店ビルは老朽化がひどく、いくら模様替えしたところでたかが知れている。いずれは新店に重点を移し、品揃えも高級志向に合わせてゆかなければならないだろう。

もっとも、それだけで強引なエイコウグループの商法に太刀《たち》打ちできるかどうか、疑問ではあった。いまのところ、エイコウがデパートを作るのか、それともスーパーマーケットの形式を取るのか、まだ完全には手の内を見せていない点も不気味だ。しかし、仙石はエイコウグループが博多進出計画の中で描く青写真にあるものは、あくまでも近代的かつ、高級感あふれるデパートであると信じている。

日本最大の量販チェーンストアであるエイコウグループといえども、量販店はあくまでも量販店——というイメージから脱皮できない。総帥・平岡烈の経営理念は「よい品を、安く、大量に」という、大量生産、大量消費時代の思想で貫《つらぬ》かれていた。ある時点までは——たしかにそれがすべてであり、それこそが平岡の信奉《しんぽう》する正義であったろう。

だが、衣食が足り過ぎるほど足りた飽食《ほうしょく》の現代、正義のありようも変化する。礼節だの文化だのといった方向に社会の関心が向かってゆく。使い過ぎはもちろん、作り過ぎも正義どころか悪徳であるかのようにさえ言われだした。

そうなれば、商品の高級化以外、生産する側も消費する側も辿《たど》るべき道はない。パイの大きさが一定している条件で、流動する資本のみを増大させるには、パイにありったけの付加価値を与えるほかはないのだ。そのためには、パイを包むパッケージも高級感あふれるものにする必要がある。

　エイコウグループがいかに巨大であろうと、スーパーマーケットはあくまでもスーパーマーケットにすぎない。そこでは教養豊かな香り高い文化は売られていないのである。そして、たとえゾウに対するウサギのような存在といえども、天野屋はれっきとしたデパートなのだ。天野屋という一見古風なブランドも、そのイメージにかぎっていえば、いくらエイコウグループが躍起《やっき》になっても追い越すことはできない。三越、高島屋《たかしまや》、松坂屋《まつざかや》……どれも古めかしい名称ばかりだが、ブランドイメージとしては確固たるものがある。そうして、モナリザのように不可解で冷ややかな微笑を浮かべながら、エイコウグループの暴走ぶりを眺めているのである。少なくとも、平岡烈の目にはそう見えるにちがいない。

　尾張《おわり》の農民の子秀吉が「太閤」を欲したのも、不動産屋のオヤジが「総理」になりたかったのも、衣食足りた先のブランド志向にほかならない。何も恐れるもののない日本一の流通資本エイコウグループに欠けている唯一のもの、それは皮肉にも、エイコウがもっとも愛しつづけてきた大衆・消費者に忌避《きひ》せられるべき、高級感あふれるブランドイメージなのだ。

＊

「室長、仙石さん」

後ろから呼ばれて、仙石隆一郎は我に返った。毎朝新聞《まいちょうしんぶん》の小柳淳次《こやなぎじゅんじ》がびっくりするほど近くに顔を寄せて、笑っていた。

「どうしたんです？　やけに深刻そうに考え込んでましたね」

「ああ、どうもね、あそこのデコレーションが気に入らないもんで」

仙石は天井からぶら下がっているモールの飾り付けを指差した。誰がやったのか知らないが、たしかにそれは安っぽい。

「へえー、案外と細かいところまで気を使っているんですねえ」

小柳はニヤニヤしながら、仙石の弁解をぜんぜん信じていない口振りで言った。

「きょうは何だい？」

仙石は歩き出した。小柳は仙石がもっとも親しくしている記者で、仙石が保有する情報のかなりの部分は小柳から得たものだ。しかし、いまの仙石は小柳ですら、煩《わずら》わしいと思う気分であった。

「仙石さん、聞きましたか？」

小柳記者は足早についてきて、耳元で囁くように言った。

「ん？　聞いたって、何のこと？」

一瞬、六階のトイレの落書き事件のことが頭を過ったが、まさか——と、小柳から顔をそむけて、苦笑した。

「昨日、御供所町の発掘現場から出た、白骨死体のことですがね」

「ちょっと待ちなさい」

仙石は小柳を制止した。売場内で話すには、あまり適当な内容ではない。大股《おおまた》に歩いて建物の外に出た。天神名店街のアーケードを通り過ぎて、西鉄グランドホテルに入った。ここのラウンジなら、ゆったりとしているし、周囲に知った顔があればすぐにわかる。

「白骨死体がどうしたって？」

窓際のテーブルに向かいあいに座って、コーヒーを注文してから、仙石はおもむろに訊いた。

「さっき、警察で小耳に挟んだのですが、警察では死体の身元について、エイコウの片《かた》田《だ》氏の周辺を調べているみたいですよ」

「ほうっ……」

仙石は表情をこわばらせた。エイコウグループ九州総本部副所長の片田二郎《じろう》が行方不明になったとき、仙石隆一郎も警察の事情聴取を数度にわたって受けた。行方不明になる直前といっていい時刻に、仙石が片田と同席していたことは事実なのだ。

「また面倒なことになるな……」

仙石は小柳にというより、自分に言い聞かせるように、呟いた。

3

御供所町の白骨死体は「全裸」であった。つまり、衣服その他、身につけているものは何も発見できなかったのである。性別は男性で、身長は一六〇～一七〇センチ程度。中肉中背といった体型と思われる。年齢は特定が難しいが、歯のほとんどが健康であるところから推定すると、三十歳代後半から四十歳代前半といったところか。

一般に「白骨死体」といっても、多少は腐肉が残っている場合が多い。衣服を着ていなかったことと、現場が比較的日当たりのいい場所で、地中の小動物やバクテリアの活動が活発だったため、死体はかなり白骨化が進行していたけれど、それでもまだ骨の付け根部分や関節、腹部等に真っ黒くなった腐肉が付着していた。

血液型がO型であることはわかったが、死因は不明だった。菊池一族の場合、頭蓋骨のいくつかに刀傷《かたなきず》が見られたが、この骨には傷らしきものはない。病死なのか、それとも毒物によるものなのか、あるいは絞殺によるものなのか――要するに自然死、自殺、他殺のいずれとも判断がつきかねる。

ただし、自分で穴を掘ることはできても、自分の手で上から土をかけることは不可能なことははっきりしているから、常識的に見て殺人――少なくとも死体遺棄《いき》事件であることだけは確かだ。

「それにしても、いくら公園の片隅とはいっても、いったいこの街の真ん中のようなところにどうやって穴を掘り、死体を埋めることができたのか、不思議なことだな」

捜査本部で、まず疑問として提示されたのはこの点であった。しかし、その件については、まもなくその理由らしきものが突き止められた。去年の春、あの小公園では、造園業者による植栽作業が行なわれていたというのである。

今回死体が出た場所にはサツキの木が植えられたのだが、その際、前日のうちに穴を掘っておき、翌日になってサツキの木を運んできて、植えたということだ。

「つまりですね、死体を埋めた人間は、その穴を利用しようったということですね」

その事実を聞き込んできた若手の刑事は、自慢そうに言った。

「しかし、ちょっと待てよ。たかがサツキみたいなもんを植えるのに、深さ一メートルも掘る必要はなかったろう?」

このところ庭木に興味を持ちはじめた隈原部長刑事は、首をかしげて訊いた。

「いや、それがそうでないのだそうです。穴を掘った業者は、そこに何の木を植えるのか知らずに、とにかく一メートルぐらいの穴を掘っておくように指示を受けておったちゅうことです。まあ、年度末ということで、業者はあちこち掛け持ちのやっつけ仕事をしよったごたあです」

「年度末?……というと、穴を掘った日にちはわかっとるとか?」

「もちろんわかっとります。三月二十四日だそうです」

その前後の行方不明者リストを調べると、あった。三月二十六日付で、福岡中央署《ふくおかちゅうおう》に捜索願が提出されていたのである。

福岡市大濠《おおほり》二丁目――片田二郎
株式会社エイコウ九州総本部副所長
捜査本部は俄然《がぜん》、勢いづいた。早速、片田の家族とエイコウの関係者に連絡して、博多署に呼び出した。

もっとも、家族が白骨死体と対面しても、身元を確認することは不可能だ。出頭した関係者に対して、あらためて当時の状況を確認すると、実際に片田二郎が行方不明になったのは、去年の三月二十四日の深夜であることがわかった。警察はこの時点でほぼ、被害者は片田二郎であると断定したといっていい。もっとも、正式なマスコミ発表は、歯形や血液型その他を確認して、裏付けを行なってからということになる。

そしてほどなく、その結果が出た。歯の治療は二カ所、いずれも初期の虫歯の段階で、患部を浅く削り、充塡《じゅうてん》処置を施《ほどこ》したものだ。四年前、片田が福岡に着任して間もなく、福岡市博多区住吉《すみよし》五丁目にある歯科医で治療した際のカルテと、死体の治療痕とが一致した。

〔御供所町の白骨死体はエイコウグループ幹部と判明！〕

その夜のテレビニュースと翌日の新聞は、この話題で賑わった。

ところで、すでに行方不明捜査の段階で明らかになっていた、去年の三月二十四日、片田二郎が失踪するまでの足取りは次のようなものだ。

○午前八時ごろ、大濠二丁目の自宅を出て会社へ向かう。
○午前八時半ごろ、博多駅前のエイコウ九州総本部に到着。
○午前九時〜午前十時、会議。

○午前十時四十分ごろ、社用車で外出。
○午前十一時少し前、ホテルニューオータニ博多に到着。
○午前十一時三十分ごろ、同ホテルを出て徒歩で全九州電力本社を訪問（注・ニューオータニと全九州電力とは道路を挟んで向かいあっている）。大島《おおしま》常務理事と懇談《こんだん》。
○正午少し前に全電《ぜんでん》（全九州電力）を出て、ニューオータニに戻り、ホテル内の料亭で食事。
○午後一時ごろ同ホテルを出て帰社。午後三時半ごろまでデスクで執務。
○午後四時少し前、河口《かわぐち》所長とともに社用車で出て、福岡空港へ平岡会長を出迎えに行く。
○午後五時の便で平岡会長到着。ただちに帰社、幹部会。
○午後六時半ごろ、平岡会長、河口所長ほか、東京から平岡に随行してきた幹部二名とともに会社を出て、中洲《なかす》の料亭「海路《かいろ》」へ行く。
○午後七時前から午後九時過ぎまで、海路で会食。同席者には前記五名のほかに招待客がいた模様だが、詳細は不明。
○午後九時十五分ごろ、平岡会長以下前記四人で中洲の会員制高級クラブ「チキチキ」へ行く。

○午後十一時ごろ、平岡会長を見送ったあとチキチキの前で河口所長と別れ、徒歩にて帰路に就く。

○その後の足取りは不明。

以上が「失踪」当日の片田二郎の全行動である。チキチキの前から、河口はハイヤーで帰った。その際、片田にも乗ってゆくように勧めたのだが、片田は「しばらく夜風に吹かれたいから」と断わったそうだ。河口の車を見送って、クラブの女性たちに手を振ったのが、犯人以外の人間が片田を見た最後になった。

行方不明捜索願が出されたあと、警察は一応、川に転落した可能性もあるものと見て、中洲付近の那珂川《なかがわ》を捜索した。那珂川は中洲の上流部分で二つに岐《わか》れ、やがてまた合流して、つまりは中洲を形成するのだが、中洲の東側の分流部分だけを「博多川」と名付けてある。

警察はその両方について、一応の捜索は行なった。川浚《かわざら》いまではしなかったので、片田の家族などはかなり不満だったようだが、転落が目撃されているのならともかく、単に行方不明になった程度では、警察がそこまでサービスすることはない。

日本国内で発生する行方不明事件は、年間九万件にも達するといわれる。そのほとんどは事件として報告されないものだ。

行方不明になったからといって、必ずしも事件性のあるものとはかぎらない。むしろ、夜逃げや駆け落ち、蒸発といった、自分の意志で身を隠すケースのほうがはるかに多いといっていい。身の代金要求であるとか、脅迫であるとか、失踪した現場に血痕《けっこん》がのこされていたとか、そのほか多少なりとも事件を匂わせる状況があれば、警察としても事件として関与しなければならないけれど、理由も原因も定《さだ》かでない行方不明者の捜索に、それほど熱心にはなれないとしたものである。

ただし、片田の家族や会社の人間の話によると、片田が自ら行方をくらます動機は、まったく考えられないということであった。

片田は三十八歳の若さで九州総本部副所長という、きわめて重要なポストに任命されたほどで、エイコウグループの中でもとくにエリートコースを突っ走っていた人物ということができる。

もともとエイコウグループは、平岡烈会長が一代で築いた若い企業だから、社員の平均年齢も他社に較《くら》べればはるかに低い。四十歳代の取締役などザラだし、二代目社長の平岡道夫《みちお》も四十一歳という若さである。

片田もあと数年もすれば、取締役の仲間入りは約束されたような位置にいた。平岡会長が自ら、現段階でもっとも力を入れている九州地区の切り込み隊長として抜擢しただけに、平岡の片田に対する信任は篤《あつ》く、実務的には河口所長を凌駕《りょうが》するボリュームの仕事をこなしていたという。

九州には「九財会《きゅうざいかい》」という財界のトップグループがある。全九州電力をはじめ西日《にしに》本鉄道《ほんてつどう》、西部《さいぶ》ガスといった大手企業九社によって構成される、いわば九州財界の枢密院《すうみついん》といった権威も実力もあるグループで、現に、九州で発生したゴタゴタは、九財会のひと睨《にら》みで解消するといえる。逆にいえば、九州で何か大きな仕事をしようと思ったら、まずこの九財会にお伺《うかが》いをたてる必要がある。

エイコウグループが九州に進出するとき、この「手続き」を踏まなかった。むしろ、意表を衝《つ》くような電撃作戦で、地元スーパーチェーンのユニコンマートを手中に収め、そのまま一気呵成《いっきかせい》に九州制覇《せいは》へ乗り出そうとしたといっていい。平岡烈の目はその時点ですでに、福岡を通り越して、東南アジアに向けられていたのかもしれない。

しかし、こういう、秩序を無視した蛮勇《ばんゆう》こそ、九財会のお歴々がもっとも嫌うパターンであった。

九州――福岡地区はそれほど大きなマーケットとはいえない。炭鉱閉山につぐ鉄鋼の落ち込み以来、北九州の経済は冷え込んだままだ。第一次産業主導型経済から第二次産業へ、そしていまようやく第三次産業による国興《くにおこ》しが軌道に乗りかかったところである。「長崎《ながさき》オランダ村《むら》」の成功に刺激されたように、遅まきながら、福岡もテーマパークの建設に乗り出した。アジア太平洋博覧会跡地を最大限に活用しようという「シーサイドももち」のウォーターフロント計画がそれだ。

「シーサイドももち」は博多港港湾計画の中で、都市機能用地部分のプロジェクトとして位置づけられている。福岡市はアジア博の跡地・総面積百四万平方メートルの敷地を、住宅、教育施設、情報業務施設、スポーツ・リクリエーション施設等々のブロックに分け、それぞれの利用計画について公開コンペを行なった。

その結果、敷地のおよそ三分の一を占めるスポーツ・リクリエーション施設については、エイコウグループが提出した「レインボードーム計画」が採用された。レインボードームとは、後楽園《こうらくえん》の東京ドームと同様、全天候型多目的スタジアムである。しかも、ドームの屋根が可動式で、天気のいい日には中央部分から左右にパックリと割れる仕組みだ。屋根のあることで心理的な圧迫を感じている観衆は、ドームがゆっくりと開いて全天に星をちりばめた夜空が現われるのを見て、きっと感動するにちがいない。さらに、そのドームに隣接して超高層巨大ホテルとリクリエーションセンターを建設し、福岡県全域への波及効果を図ろうとする——というのが、この計画の眼目であった。

エイコウグループにとって、この計画に参入することは、絶対他に譲ることのできない最大目標であった。このコンペに勝つために、全力を注ぎ込んだことは想像に難《かた》くない。レインボードーム計画も、たしかに何人《なんぴと》も想到《そうとう》しないような奇抜なアイデアだが、計画そのものよりも総額二千六百億円という巨大な資本投下は、福岡市とその周辺を数年間にわたって潤《うるお》してくれるような、途方もない波及効果が期待できる。もっとも、県や市の関係者がその金額に目が眩《くら》んだというわけではない。公平に見て、「レインボードーム」がほかのどのプランよりも傑出したものであったことは事実なのだ。

とはいうものの、九財会をはじめとする旧来の福岡財界人としては、札束で頰《ほお》を叩《たた》くようなエイコウグループのやり方には、不快感を禁じ得なかった。ユニコンを買収したのが外堀であるなら、レインボードーム計画で内堀が埋められた。博多商業地という本丸への侵攻も時間の問題と思われる。

いうまでもないことだが、博多は九州随一の繁華街である。福岡市内、郊外はもちろん県内はおろか県外からも多くの消費者が集まってくる。トンボ返りで博多の夜を楽しむ若者を、「ありあけ族」「かもめ族」などと、ＪＲ特急の名称を冠して呼んだ。

しかし、だからといって、博多が――というより、福岡や九州全域が保有する消費力はそれほど大きなものではない。福岡市はともかくとして、県や九州全体ではいまだに人口は減りつづけている。博多の繁栄といったところで、自ずから限界があるのだ。

現実に、博多で長いことわが世の春を謳歌《おうか》しつづけてきた「川端《かわばた》」は、いまや閑古鳥《かんこどり》の鳴く寂《さび》れようである。西鉄福岡駅《にしてつふくおか》と地下鉄天神駅《てんじん》の接点にビジネス街が形成され、メイン通りの下に天神地下街が生まれ、あっというまに繁華街の中心は川端から天神に移動した。JR博多駅と西鉄福岡駅のあいだにあって、地理的に見ると有利なように思える川端だが、結果はどっちつかずのように、二極分化の狭間《はざま》に置き去りにされてしまった。

このことは、博多が保有する「客」や「消費力」の上限が意外に低いことを物語っている。博多駅と西鉄福岡駅のあいだを埋めるほどの資本はないということだ。その小さいパイを大事に大事に分かちあいながら、博多の商業は成り立ってきた。それが博多で生きる商人の知恵であり、秩序というものであった。

博多には東京に本社のある企業の支社や営業所が無数といっていいほどある。単身赴任してきたサラリーマンたちの多くが、博多の住みよさを語る。中には東京に戻る際に土地を購入して、定年後には博多に永住したいという者もいるほどだ。

彼らは異口同音《いくどうおん》に「博多人は人情が濃《こま》やかで親切」と言う。当然といえば当然かもしれない。博多の町にとって、転勤族は大切なお客なのだ。しかしそれはそれとして、博多っ子には九州人特有の陽気さがある。つらい苦しいと言いながら、ニコニコ笑っているような、開き直りというか、苦労にめげない、野放図《のほうず》な明るさがある。そういったところが、単身赴任の無聊《ぶりよう》をかこつ身には、またとなく嬉しいものなのだ。

博多商人のもう一つの美徳は「俠気《おとこぎ》」である。勢いにまかせて弱きを挫《くじ》くようなことはしない。相互安全保障条約のようなものが、暗黙のうちに成立している。そういう土壌の上に「九財会」という裁定委員会がのっていると考えれば、博多の秩序維持の方式が理解できるかもしれない。ただし、その気風は保守性に通じるともいえる。川端が寂れたのも、そういった保守性の上にあぐらをかいていた油断のもたらした結果であった。

ユニコン吸収合併劇で、エイコウグループの攻勢がひしひしとせまってくるのを目《ま》の当たりにした博多の商人たちは、危機感を抱いた。たしかにこれは、豊臣秀吉の島津攻め以来の危機といっていい。平岡烈の峻烈《しゆんれつ》な企業理念の前には、長年培ってきた博多の秩序も美徳も、元寇《げんこう》の防塁《ぼうるい》ほどにも役に立たないにちがいない。そうなると、頼むは九財会ということになる。

九財会の長老たちにとっても、エイコウグループの動きは苦々しいかぎりであった。穏《おだ》やかにのんびりムードでやっている、アラビアの王国に、とつぜん、イラクの侵攻があったのと同じような、厄介《やっかい》で、はなはだ迷惑な話だ。地元連合軍としては、戦車が土足のまま座敷に上がり込んできたような、下品なエイコウグループなど、締め出したいところだけれど、そう露骨な拒否行動は取れない。そこで、申し合わせて、ひたすら、エイコウグループと総帥の平岡烈を無視する態度を見せることで、せめてもの鬱憤《うっぷん》を晴らすことにした。

ユニコンマート合併記念パーティにも、レインボードーム起工記念パーティにも、九財会のメンバーは誰一人として出席していない。福岡でそういう催しを開いて、九社の面々が出席しないのでは、ただ生き恥を晒《さら》すようなもので、何もしないほうがいいくらいなものである。いったん参集した招待客も、白《しら》けてすぐに退出するといった体《てい》たらくであった。「来ないやつは相手にするな」と、平岡会長は強がりを言ったが、マスコミまでが冷ややかな論調で記事を書いた。

エイコウグループに対する風当たりは、合併したユニコンマートにまで及んだ。べつに組織的な不買運動を展開したわけではないが、九社傘下《さんか》の企業やそれに連なる下請《したう》け業者など、その家族までが、なんとなくユニコンを敬遠して、結果的に不買運動に近いことになった。

これにはさすがの平岡会長もシャッポを脱いだ。なんとか九財会との軋轢《あつれき》を解消して、今後の展開をスムーズにしておく必要を痛感した。強気一辺倒の姿勢を変えて、礼を尽くして九財会との接触を図ろうとした。

そして、その折衝《せっしょう》役を務めることになったのが、片田二郎だった。

片田は通産省の先輩を動かして、東大閥の多い全電幹部に食い込んだ。偶然を装って、ゴルフ場や高級クラブ「チキチキ」で出会ったり、料亭の廊下で出会ったりという、きわどい演出までやらかし、あらゆるチャンスにひたすら辞を低くして、九財会との融和を図る準備工作をつづけた。

やがて、全電幹部の中に、「エイコウは嫌いだが、片田はいい」という空気が生まれはじめた。クラブで顔を合わせて、先方から席に呼ばれるようにもなった。そういう場面でも、片田は一切、仕事に関するような話題を持ち出したりはしなかった。フランス遊学時代の、かなりお色気がかった失敗談を、真面目《まじめ》くさって披瀝《ひれき》して、長老たちに笑いの材料を提供することに専念した。

そうして、ついに全電会長と平岡会長の会食の場を実現するところまで漕《こ》ぎつけた。

その席で平岡は、はじめて、朝鮮半島と大陸と東南アジアに向けた玄関口としての、福岡の未来像を披瀝したのである。

その会合が終わってホテルに引き上げる車の中で、平岡は片田の手を握り、「ありがとう」と言ったという。

その絶頂のときに、片田二郎は失踪した。

4

仙石隆一郎が秘書室を訪れたとき、珍しく六人の秘書が全員、顔を揃えていた。仙石は例によって、一回だけ「コツン」とノックしてドアを開けた。

「おっ、美女が揃ってますね。圧倒されますなあ」

屈託のない顔でジョークを言った。しかし、六人の秘書たちは、元久聡子がわずかに頬を緩《ゆる》ませたのをのぞくと、誰も笑いはしなかった。

「仙石さん、そんな呑気《のんき》なことを言ってる場合ではなかでっしょう」

杉本富枝がたしなめるように言った。仙石は「はあ」と苦笑して、頭を掻《か》いている。

六階トイレの落書きは、天野屋デパートに重苦しい気配を広げつつあった。相合傘の片方である水谷静香が、落書きの見つかった数日前から欠勤したまま、会社に現われないのだ。それどころか、会社の人事課から問い合わせたところ、自宅にもいないらしいことがわかった。

静香はマンションの独り暮らしで、家族は大牟田《おおむた》市のほうに住んでいる。同僚が心配して電話したが応答はなく、勤務が終わったあとに訪ねていったところ、窓の明かりは消えていた。マンションの管理人に聞いてもまったくわからないという。そこで、最後に大牟田の生家のほうに問い合わせて、結局、所在不明ということが明らかになった。

相合傘の相棒の仙石隆一郎はふだんどおりに出社して、ふだんどおりに勤務している。少なくとも、うわべは何事もなかったかのごとくに振る舞っている。

「ねえ、どうなんですか？」

川井真知子が尖《とが》った口調で言った。

「どうって、何が？」

「決まっているじゃないですか。水谷さんとのこと、あれ、本当なの？」

「ははは、何を言っているんだろうね。嘘《うそ》っぱちに決まってるじゃない」

「だけど、水谷さんはずっと休んでいるわけでしょう。何でもなかったら、おかしいのとちがいます？」

「関係ないですよ。しようがないなあ、おたくみたいな才女まで、そんなことを言ってもらっちゃ」

「だったら、彼女、なぜ出社してこないのかしら？」

「さあねえ、それは、たとえ何もなくても、女性としてはやり切れないのとちがうかな。第一、こんなオジンと噂を立てられたのじゃ、泣くに泣けないだろうねえ。なあ、元久さんよ、そうだろ?」

「あら、そんなことありませんよ」

聡子はむきになって言った。

「仙石室長は充分、魅力的ですよ。私なんかだったら、噂を立てられたら喜んでしまうと思いますよ」

「ははは、うまいうまい」

「ほんとですよ」

「元久さん、そんなふうに真面目になって強調するような問題とちがうでしょう」

川井真知子が鼻の頭に皺《しわ》を寄せ、目を三角にして聡子を睨《にら》んだ。聡子は「すみません」と首をすくめたが、同じように恐縮した顔で笑っている仙石を見ると、笑いそうになるのを抑えるのに苦労した。

「社長は?」

仙石はすっと真顔になると、社長室のほうに視線を送って、川井真知子に訊いた。

「いらっしゃいますけど、来客中ですよ」

「そう……あとで時間、あるかな、十分程度でいいんだけど」

「このあと四時には外出されますから、無理だと思いますよ。お訊きしてみますけど」

「お願いします。誰、お客って？」

仙石は社長室を窺う素振りをした。真知子が答えようとしたとき、真知子のデスクの上のインターフォンから大友善一社長の声が「お帰りになる」と言った。真知子は急いで隣りに通じるドアを抜けていった。あいだにクロークのような小部屋があって、もう一つのドアの向こうが社長室になっている。ドアが閉まりきらないあいだ、主客の挨拶《あいさつ》を交わす声が洩れてきた。

仙石は「ほう？……」と不思議そうな顔をした。

「全電の大島さんじゃないの？」

杉本富枝が黙って頷《うなず》いた。たったそれだけのやりとりだが、聡子の目には奇異なものに映った。

「大島さんが当社にいらっしゃるとは、どういう風の吹き回しかな？　それも、会長にでなく、社長に、とはね」

仙石がそう言ったので、ああ、そういうことか——とわかった。そういえば、九財会のエライさんが天野屋を訪れたことなど、これまでにはなかった。さっきチラッと見ただけだが、全電の大島常務理事は年齢以上に年寄りじみていて、少し足が不自由なのか、杖《つえ》をついて歩いていた。あまり出歩くのが好きという印象は受けない。

「もう社長の時代ですよ、仙石さん」

富枝は笑いを含んだ口調で言ったが、なんだか、一抹《いちまつ》の寂しさを感じさせるような言い方に聞こえた。

「そう、それはそのとおりですがね」

インターフォンがオープンになって、「仙石君、来てるのなら、こっちに来ないか」と社長が呼んだ。仙石は「はい」と答えて、社長室へ向かった。ドアを開けかけて、一瞬、立ち止まり、聡子を振り返って何か言いかけたが、杉本富枝も見送っていることに気付いたのか、言葉を出しかねた様子のまま、向こうを向いてしまった。

川井真知子が戻ってきた。

「大島さん、何だか急に老《ふ》けられたみたい。ご病気とちがうかしら?」

「そう、私もそんな気がしたわ」

富枝も頷いた。「何しに見えたの?」

「わからないけど、わざわざうちにいらっしゃるくらいだから、きっと緊急の用事なのでしょう」

「片田さんのことじゃないかしら？」

「えっ？……」

真知子は素早く、部屋の中に視線を一巡させて、「いいのですか？……」と非難する目で富枝を見た。

「構わないでしょう。私たちは全員、秘書室の人間なのですもの。ねえ、元久さん」

「え、ええ、もちろんです」

うろたえながら、聡子はきっぱりと答えた。秘書たる者、会社の秘密を守るのは、当然の心得である——という気概《きがい》だ。

もっとも、そうは思いながらも、「片田」なる人物が何者で、そのことで大島常務理事が社長を訪ねてきたことにどういう意味があるのかなど、聡子には何もわかってはいない。そのことを確かめたかったのだが、富枝と真知子の様子から、あまり詮索《せんさく》しないほうがよさそうなムードを感じて、口を閉ざした。

利兵衛会長が帰宅するのに杉本富枝がついていき、それからまもなく善一社長が秘書室に顔を出し、「出るよ」と川井真知子を呼んだ。ついでに四人の秘書たちを見回して、ねぎらいの言葉をかけて去った。六時から業界の社長連中が集まって、懇親会があるということであった。

社長室から仙石がいつのまに引き上げたのか、聡子は気付かなかった。さっき、仙石が何か言いかけたのが気になっていた。

あの落書き以来、社内の空気がどことなくスカスカと、希薄《きはく》になってしまったような、そのくせ重苦しいものが澱《よど》んでいるような、いやな気配を感じている。おまけに、水谷静香が失踪したらしいという噂も決定的になって、仙石の立場が苦しいと囁く声が聞こえてくる。

（かわいそう――）

仙石隆一郎は一見、豪放磊落《ごうほうらいらく》に見えるけれど、ほんとうは繊細《せんさい》な神経の持ち主なのだと聡子は思っている。落書きのことの真偽《しんぎ》はわからない。男と女のことは、聡子もずいぶんわかったような気にはなっているものの、そういうことがあるのだと見せつけられれば、断じて違うと言い切る自信はない。

＊

以前、外商二部の鳥井昌樹《とりいまさき》と付き合っていたころ、鳥井にずいぶん仙石の悪口を吹き込まれた。鳥井は外商二部の次長で、むろん妻子もある三十八歳の男だ。外商二部は高級雑貨品類を扱うセクションで、鳥井は皮革製品を中心に外国ブランドに精通している。

ヨーロッパに買いつけに行って戻ったとき、鳥井は聡子にこっそりイタリア製のバッグをプレゼントしてくれた。小さな工場でつくっている品で、市場には出回らない、ごく珍しい品なのだそうだ。細かい模様をあしらった、とても愛らしいバッグで、こんなすてきな物を秘密めいた様子で贈ってくれたことに、聡子は有頂天になった。

それから間もなく、聡子は鳥井に抱かれた。どうしてああいうことになったのか、そこに到るプロセスが、いまにして思うと不思議な気がしてならないが、二十五歳になったばかりのころだ。「はじめてだったのか」と、鳥井は驚いていた。「きみほどの女性がねえ……」とも言った。褒《ほ》め言葉なのだろうけれど、なんとなく責任を背負い込んだという、憂鬱《ゆううつ》なひびきを伴っているようで、聡子は少しいやな気がした。

「いいのよ、私、結婚しないことに決めたのだもの」

「えっ？」と、鳥井は自分の言ったことと、聡子の言葉との関連が飲み込めないようだった。そのほんの一瞬の間に、聡子の胸の中を、彼女自身が信じられないほどの、さまざまな想いが屈折しながら過《よぎ》っていたのだから、彼が理解できなかったとしても不思議はない。鳥井は結局、解明するのを諦《あきら》めて、当惑げに「どうして？」と訊いた。

「いまの仕事、面白いし、仕事つづけるとしたら、結婚できないし」

「そんなことはないだろう」

「ううん、秘書はだめよ、結婚したら。企業秘密に関わるような喋りたいこと、いっぱいあるし、家庭のしがらみみたいなもの、あっちゃまずいんじゃないですか」

「それはまあ、そうだろうけど……」

鳥井は複雑な目の色をした。そのとき、聡子はふと、鳥井が自分に近づいたのには、目的があったのではないか——と、最初の疑惑を抱いた。（まさか——）とすぐに打ち消したけれど、それはプライドのせいだ。しかし、いったんきざした疑惑は、しつこく付きまとった。鳥井に抱かれているときですら、ふっと影がさすように思い浮かんだ。

「仙石広報室長が取締役になるって、ほんとうかね？」

ベッドで煙草《たばこ》をくゆらせながら、鳥井がそう言い出したとき、聡子はビクッとした。べつに何ということのない噂話かもしれないのに、さり気なく受け答えできない拘《こだわ》りが聡子には出来上がってしまっていた。

「ほんとですか？　初耳だわ」

「なんだ、きみ知らないのか。おれの耳にさえ入ってくるのに」

鳥井は疑わしそうに聡子を見た。

「知らなかったわ。でも、そうかもしれないわね、あの人、そろそろ取締役に抜擢されても不思議はないのでしょう？」

「ああ、あいつは茶坊主だからな。自分じゃ何もしないくせに、会長にうまく取り入ることだけは上手だ。陰で何やってるか、わかったもんじゃない」

「そうなんですか？　でも、すごい情報通だっていうじゃないですか」

「そんなもの、スパイみたいなもんじゃないか。情報を入手するには、こっちの情報を流すことだってしなきゃならんのだろう。あいつは裏に回ると、汚ねえことを平気でやるやつだよ」

「汚ないって、どんなこと？」

「そりゃ、あれだよ、たとえばさ……そう、例の沢村と安岡礼子のことだって、やつの仕業だっていう話だ」

「まさか……」

と、聡子は思わず笑ってしまった。あの仙石がトイレの壁に落書きをしている図なんて、想像もできない。

「そんな、落書きみたいなこと、仙石室長はしないでしょう」

「どうしてさ。おれはやつがやったと聞いたよ」

「誰ですか、そんなこと言ってるのは？」

「それは……それは言えないが、やつの仕業であることは間違いない。仙石は安岡礼子にふられたのだそうだよ。いや、何か秘密の電話を聞かれたという説もある」

「ふーん、そうなんですか……」

鳥井がひどくはげしい言い方をするので、聡子は仕方なく、あいまいな形で頷いて見せた。

電話交換室のことは、聡子はあまり詳しくは知らない。安岡礼子と個人的な付き合いはなかったし、彼女がそういう電話を盗聴したり、それを悪用したりするような人物であったのかどうかも、わからなかった。

天野屋の電話交換手は十人ほどいるが、安岡礼子は室次長をしていた。声もよく、きれいな標準語を話す女性だった。全国的な電話交換技術を競う大会で、天野屋がはじめて二位になったときの三人の選手の中の一人だった。それ以降、天野屋は大会で常時上位に入賞する常連になったが、安岡礼子はいつもキャプテンを務めた。声がきれいなことや応対の巧みさばかりでなく、彼女は電話通信のシステム化についても、積極的にNTTの指導を受け、早い時点でコンピュータを導入するよう、会社に進言した。交換室専属のコンピュータ技術者を採用したのも、彼女の提言があったからである。その結果、天野屋の電話の応対はきわめて感じがいい——という評判が定着した。ことに、苦情処理の素早さと適切な対応はお客に喜ばれた。どこの売場の誰に繋げばいいのか、細かいマニュアルがボタン操作で一瞬の間に検索できるシステムであった。

そういう、いわば交換室の花形であり、天野屋にとっても功労者であるはずの安岡礼子が、あんな無責任な落書きのせいで失脚してしまったのは、いまだに聡子には信じられないことであった。その陰に仙石隆一郎の策謀があったと言われても、肯定も否定もしようがない。仙石のことは、多少オジンくさいけれど、好ましい印象を抱いていただけに、聡子は複雑な気持ちであった。

それからしばらくして、聡子は社長のお供で、川井真知子と一緒にチキチキに行った。聡子が生涯秘書業をつづけると宣言したのが社長に伝わって、将来のための勉強に連れていってくれるということであった。いずれ川井真知子も定年を迎える。その後を託すべき人間として、真知子は聡子を推薦したのだそうだ。

チキチキではさまざまな人物に出会った。いずれもその名前をきけば「ああ」と思い当たるような、福岡ビジネス界の著名人ばかりである。

コーナーの直角に曲がったソファーに座って、聡子の脇に女性が寄り添った。「あまり飲めないんです」と言う聡子のために、薄めの水割りを作ってくれた。

その女性と翌日の夕方、天神の商店街でバッタリ会った。おたがいに昨日の礼を言いながら、聡子はふと女性の下げているバッグに目をやって、「あっ」と声を洩らした。

「それ、すてきですね」

「ああ、これ？　いいでしょう」

女性は嬉しそうに言って、ほんの一瞬、躊躇《ちゅうちょ》してから、「これ、おたくの鳥井さんにもらったの」と言った。

彼女の艶《なま》めかしい目の輝きを見た瞬間、聡子はベッドの上にいる男と女の姿を思い浮かべていた。

「へえー、鳥井さん、チキチキにはよく行くんですか？」

「まさか、いくらエリートでも、チキチキの常連になるには、鳥井さんはまだ若すぎるわ。ずっと前、二、三度、エライさんとご一緒したことがあるだけ」

聡子は「それじゃ、どこで？……」と訊きそうになって、やめた。またしてもベッドの上の二人を想像してしまった。鳥井は煙草をくゆらせながら、この女性に何を訊くのだろう？

＊

鳥井とは、その次の誘いがあったときに断わって、それ以後、付き合いはなくなった。鳥井は何度も誘ってきたが、聡子はそのたびに気持ちが冷えてゆくのを感じた。

鳥井とは切れたけれど、仙石隆一郎のことを罵《ののし》った鳥井の言葉は、頭の片隅にこびりついていた。

――裏に回ると、汚ねえことを――

（ほんとうかな？――）と思う。

男の人はわからない――という気もした。鳥井昌樹そのものが、信じられない男の標本みたいなものであった。鳥井は身をもって、男の不可解さや汚ならしさを教えてくれたわけだ。その鳥井が言ったことを鵜呑《うの》みにしていいものかどうか……考えれば考えるほどわからなくなってくる。

第二章　刑事局長の密約

1

片田二郎を殺害する動機といえば、常識的にいってエイコウグループの急激な進出を快《こころよ》く思わない地元業者関係の人間——がまず浮かび上がる。

片田はたしかにエイコウグループの切り込み隊長として、あらゆる抵抗を排除するために、八面六臂《はちめんろっぴ》の活躍をした。最後はベルリンの壁のように厚く立ちはだかっていた九財会をも懐柔《かいじゅう》してしまったために、地元企業の中には絶望感とともに、エイコウグループ——ひいては片田二郎に憎悪の焔《ほむら》を燃やした人間だって少なくなかったにちがいない。そう考えてゆくと、片田殺害の動機を持つ可能性のあった人物は、かなりの数に上るものと見なければならない。

県警本部捜査一課主導の捜査本部は二百人体制で事件に臨《のぞ》んだ。主任捜査官はこの春、捜査一課に配属されたばかりの友永《ともなが》警視。東大出のエリートだから、階級は警視だが、まだ弱冠二十九歳である。主任の年齢を聞いて、隈原省爾《しょうじ》部長刑事は「ほんとかいな」と憮然《ぶぜん》とした。まるで息子ほどの年齢だ。

捜査本部入りした友永警視は、補佐役のベテラン警部と警部補の助言に基づいて、さしあたり捜査員の主力をエイコウグループと利害の対立する業者および、それらと結びつきのありそうな暴力団関係者の洗い出しに振り向けた。また、一部の班には片田の女性関係を追及させることになった。まずは手堅い展開といっていい。

所轄《しょかつ》である博多署の刑事も、ほとんどが捜査本部のスタッフとして組み込まれているけれど、通常の事件捜査や新たな事件の発生に備える必要から、比較的動きやすい態勢にある者も三分の一程度はいる。

隈原省爾部長刑事は、その融通《ゆうずう》のきくメンバーの中に入っている。もっとも、実際には、いいかげんくたびれたようなロートルの隈原が、捜査本部の主任警視どのに敬遠された——というべきなのかもしれないが……。

何はともあれ、隈原はそれをいいことに、気儘《きまま》な捜査をすることにした。心中《しんちゅう》、県警本部の連中にひと泡吹かせてやる気ではいる。

片田二郎が失踪した夜、片田が最後に会った可能性のある人物の一人として、仙石隆一郎の名前があげられていた。それは去年の三月、片田の捜索願が出された直後、チキチキでの聞き込みを行なった時点で、すでに出ていたことは出ていた名前ではあった。

片田とともに、エイコウグループの平岡会長に同行したのは四人いるのだが、最後にチキチキの前で別れた河口所長を含めて、全員の行動については、去年の事情聴取でほぼはっきりしていた。平岡と東京から来た連中は全員がニューオータニに宿泊したし、河口もハイヤーで自宅に戻っている。

それ以外に、その夜チキチキに来ていた片田の知り合いということになると、仙石隆一郎ただ一人である。そして実際、仙石が片田と顔を合わせた現場を、何人かのホステスが目撃した。

「クロークの脇の電話ボックスから、片田さんが出てきたところで、仙石さんが『よおっ』って声をかけて、片田さんが『どうも』とお辞儀をして、それから何か顔をくっつけるみたいにして、話していらっしゃいましたけど」

ホステスの一人はそう言っていた。

去年、警察がその点を仙石に訊いたときには、単なる行方不明人の捜索ということだったから、それほど熱心な訊き方をしたわけではなかったが、今回はおそらく「殺人事件」であると考えられるので、刑事の意気込みも違った。

それに、仙石の勤務先である天野屋と、片田の勤務先のエイコウグループとは、たがいに敵対しあう関係にあるといってもいい会社同士であることもわかった。その二人が、顔を寄せて（おそらく）ヒソヒソ話をしていたというのは、穏《おだ》やかではない。

「いや、彼は大学の柔道部の後輩ですからね。ああいう場所で会えば、多少は挨拶ぐらい交わしますよ」

仙石は刑事の事情聴取に対して、そう答えた。片田が東大経済学部の出身であることはわかっていたが、仙石が東大法学部出であるとは、刑事たちには意外だった。どう見ても、仙石の豪傑然《ごうけつぜん》とした風貌《ふうぼう》からはそういうイメージは湧かない。

仙石の当夜の行動はカンバン前にチキチキを出て、そのまま地下鉄に乗って、箱崎《はこざき》の九州大学に近いマンションに帰った——と本人は言っているのだが、一年三カ月を経過したいまとなっては、確認を取るのがかなり難しいことは事実だ。タクシーを利用したのであれば、タクシー会社の当日の業務日報にそれらしい記載があるかどうかを片っ端から調べればいいのだが、相手が地下鉄ではどうしようもない。

しかし、片田が殺されたことがほぼ確定的となって、捜査本部の看板が「御供所町殺人事件」とはっきり打ち出した時点から、捜査員の意気込みが変わり、それと同時に、いくつかの新しい事実が浮き上がってきた。

仙石が片田と「ヒソヒソ話」をしていたとき、最後に仙石が片田に、きつい口調で「そういうことはやめろよ！」と言い、片田が反発するように、「しかし……」と言っていたというのである。

この話を聞き込んできたのは隈原部長刑事である。

隈原は片田が失踪した当時チキチキに勤めていて、いまはほかの店に変わった三人の女性を追いかけて、そのうちの一人からこの事実を聞き出した。

「なんだか、喧嘩腰《けんかごし》だったみたいですよ」

女性はそう言った。

「片田さんがいなくなった後、刑事がチキチキに行って事情聴取をしとったのだが、それは知らなかったのですか？」

隈原は少し詰《なじ》るような口調で言った。

「それは知ってましたけど、でも、そのときには私のところまで訊きに来なかったし、かりに訊かれたとしても、お客さんのそういうことは喋りませんからね。たぶん黙っていたと思いますよ」

女性はあまり罪の意識はないらしい顔で、そう答えた。それが彼女たちの職業上の倫理というものかもしれないが、そのわりには「お客のこと」をケロッと喋っている。しかしまあ、店を移るにはそれなりに不愉快な事情があるものだ。いまなら言える——というのもわからないではなかった。

翌日は日曜日だったが、隈原は若い八木《やぎ》刑事を伴って、仙石を自宅に訪ねた。天野屋デパートの定休日は火曜日だが、事務関係の職場は、銀行や商社、それに報道機関などに合わせて、日曜を休みにしている。

仙石の自宅は、地下鉄2号線を箱崎九大前《はこざききゆうだいまえ》で降りてすぐのところにある、マンションの六階であった。瀟洒《しようしや》なマンションではあるけれど、天野屋のエリート社員なら一戸建ての屋敷に住んでいそうなものだと思っていただけに、隈原は少し意外な気がした。

チャイムを鳴らすと、細面《ほそおもて》の女性が顔を出した。隈原がすばやく警察手帳を示すと、目を丸くして、すぐにドアを開けた。

「ちょっとご主人にお目にかかりたいのですが」

玄関の声が筒抜けになるのか、夫人が呼びに行くまでもなく、仙石が現われた。

「やあ、ご苦労さん」

仙石は隈原とはすでに顔を合わせている。気軽に挨拶を交わして、「上がりますか？」と訊いた。話が長くなるとは思っていない様子だった。

「恐縮ですが、少しお邪魔します」

隈原と八木は応接室に通された。家族は夫婦だけで、子供がいないことはすでに調べがついている。

子供がいないわりには応接室まで仕事の資料らしい本やパソコンの機械があって、片づかない感じだ。仙石も照れくさそうに、「散らかっているでしょう」と笑っている。

「じつはですね」と、隈原は早速、本題に入った。

「きょうもまた、エイコウグループの片田さんの事件のことで伺ったのですが、その後、調べましてね、去年の三月二十四日、つまり片田さんがいなくなった当日の夜、仙石さんは片田さんと会いましたね。そのことで、再度お訊きしたいことがあるのです」

「はあ、何でしょう？」

「そのとき、片田さんと仙石さんは、どんな話をしたのですか？」

「は？　そのときのことですか？……驚きましたねえ、いまごろ訊かれても、思い出せというのが無理ですよ」

「いや、そうおっしゃると思いましてね、多少、思い出す手掛かりになりそうなものを聞いてきたのです。それによりますと、あの夜、仙石さんは片田さんに対して、ひどく怒っておられたそうですね」

「……」

　仙石は黙って首をかしげた。

「思い出せませんか？　仙石さんは片田さんに、『そういうことはやめろ！』というふうに、かなり激しい口調で言われたのだそうですがねえ。いったい何を怒っておられたのでしょうか？　それをお聞かせいただきたいのです」

「さあねえ……」

　仙石は首を横に振った。

「そんなことがありましたかねえ。会ったことはたしかですが、彼とはただ擦《す》れ違っただけでして、何も怒ったりするわけがないですからなあ」

「まあ、そうおっしゃらずに、考えてみてくれませんか。あなたが怒鳴《どな》ったということは、はっきり見ておった人がおるとです」

「そう言われても困りますな」

「何か言えないような理由でもあるわけですか？　つまりその、それがわかってしまうと、片田さんに対する殺意と受け取られるような、ですな」

「ははは、冗談言ってもらっちゃ困るな」

「冗談なんか言っておりません。仙石さん、よかですか、かりにも人一人殺されたという事件ですぞ。しかもあんた、片田さんは仙石さんの後輩だということなら、あんただって犯人を一刻も早く捕まえたいでしょう。警察はちょっとでも手掛かりになるようなことがあれば、骨身を惜しまずに捜査を進めるのみであります。あの夜、あんたと被害者の片田さんがチキチキで出会って、あんたが片田さんを怒鳴ったということは、これは事実なのです。それを隠すというのは、何かあんたにとって具合の悪いことがあるとしか考えられませんな。たとえば、片田さん殺害事件に関係する、何かを知っておるとかです」

「刑事さん」

仙石は片手を上げて隈原の言葉を遮った。

「そういう、まるで僕が事件に関与してでもいるような言い方は、してもらいたくありませんね。うちにはカミさんもいるし、妙な話を聞けば心配もするでしょう。善良な市民の平穏を脅《おびや》かすようなことはご遠慮願いたいものです」

仙石は立ち上がって、ドアを開けた。

「さあ、もういいでしょう、お引き取りください」

ドアの向こうに、お茶をいれてきた夫人が立ちすくんでいた。仙石は「そんなものは出さなくていいよ」と静かな口調で言って、ふたたびドアを閉めた。二人の刑事を振り返った表情は、沈鬱《ちんうつ》そのものであった。

「ご覧のとおりです。妻は話を聞いて、ひどく怯えておりますよ」

「止《や》むを得んでしょう」

「止むを得ない？」

隈原と仙石は睨みあった。

「そうです、止むを得ませんな。仙石さんが片田さんを怒鳴りつけた事実について、あくまでも白《しら》をきる以上、われわれとしてはその点に疑惑をいだかざるを得ない」

「疑惑をいだくのはそっちの勝手だが、僕の家に押しかけて騒ぎ立てるのは願い下げにしたいですね」

「そうはいきません。こっちは遊びや子供の使いをしておるわけではない。東大出の法学士さんには釈迦《しやか》に説法《せつぽう》でしょうが、警察には捜査権というものがあるわけで、また、市民にはそれに協力する義務もあるわけですからな。それより、なぜあんたが本当のことを言えんとか、そのことのほうを奥さんは心配されるとやなかですか？」

仙石はドアの向こう側にチラッと視線を送ってから、眉をひそめた目でゆっくりと隈原を見返った。

「汚ないことをするね」

「汚ない？」

隈原は負けずに眉根を寄せた。「どういう意味です？」

「妻を脅《おど》せば、私が何かあらぬことを口走るとでも思っているのだろうが、そうはいかない。妻は利口な女だし、第一、私には何も喋るべき材料がないからね」

「ふーん、そうですか……そこまでおっしゃるのなら、自分のほうにも言いたいことがありますよ」

隈原は上唇をペロッと嘗《な》めた。

「天野屋さんでは、水谷静香さんという娘さんが、行方不明になっておるということですな」

「ああ、そのようだが、それがどうかしましたか」

仙石はさらに汚《けが》らわしい物を見るような目になった。

「世間では、水谷さんとあんたとの関係を噂しよるという話です」

「ははは、そんな噂をする者がいたら、連れてきてもらいたいですね」

「そんなもん、ゾロゾロおりますよ。水谷さんの失踪にも、あんたが関わっとるという、もっぱらの噂です。いずれ本格的な捜査が始まることになるでしょうが、そっちの件も心配されたほうがよろしい」

「くだらん」

仙石はあらためてドアを開いた。物を言う気にもなれん――というように、顎《あご》をしゃくって二人の刑事に玄関への方角を示した。

隈原は横柄《おうへい》な態度を装って、八木刑事を促《うなが》すと部屋を出た。仙石夫人は姿を見せなかったが、リビングへつづくドアの向こうに、彼女の佇《たたず》む気配を感じた。


「迫力ありましたねえ」

マンションを出ると、八木は興奮した口振りで言った。

「クマチョーさんがあすこまで言うとは思いませんでした」

「そげなことあるか、もちょっとバシッと決めてやるとやった」

「しかし、テキも負けておらんでした。さすが東大法学部出だけのことはあります」

「その東大出が好かんたい、エリート面《づら》しよって、刑事を岡《おか》っ引《ぴき》みたいにばかにしよるとがな。ああいうやつの化けの皮を剝《は》がして、ムショへ叩き込んでやりたいな」

「仙石は犯人ですかねえ？」

「そげなこと知るか。ただ、やつが片田と何か揉《も》めちょったいうのは間違いないと思う。それをなぜ隠しとるとか、その疑問が解消せんかぎり、仙石を容疑者として扱うしかなかとよ。おれの心証からいえば、やつが本ボシとは思えんが、しかし何かを知っとることだけは確かだ。あんちきしょう……」

マンションの六階の窓を振り仰ぎ、隈原は悪態《あくたい》をついた。

その窓から女性の顔が覗いているような気がした。顔がすっと消えたから、定かではないが、たぶん、細面の仙石夫人が見下ろしていたのだろう。

「あの奥さんには、気の毒だったかな……」

呟く声を聞きとがめて、八木刑事が「はあ?」と隈原の顔を覗き込んだ。

「いや、何でもない」

隈原は大手を振って歩きだした。

2

浅見陽一郎《ようういちろう》のところに女性から電話がかかることなど、少なくとも須美子《すみこ》が浅見家に住み込んでからは、一度もなかった。

「あの、浅見陽一郎さんのお宅でしょうか」

か細い遠慮がちな声であった。

「はい、さようでございますけど」

「陽一郎さんはいらっしゃいますか？」

「はあ、あの、失礼ですが、どなたさまでしょうか？」

陽一郎に取り次ぐのは、相手を確認してから——というのが、この家のきまりであった。それに、自分の名前を名乗らないのは、失礼ではないかと須美子は思った。

「あ、申し遅れました、あの、わたくし、今中《いまなか》と申しますけれど、奥様でいらっしゃいますか？」

「いえ、ちがいます、手伝いをしている者です。あの、どちらの今中様で？……」

「そうですわね……」

女性はしばらくためらってから、「今中とおっしゃっていただければ、おわかりかと思いますけれど」

そのままの口上を、須美子は陽一郎に告げた。陽一郎は書斎で書き物をしていたが、須美子の言葉を背中で聞いて、「今中さんねえ……」と反芻《はんすう》してから、「ん？」という目で須美子を振り返った。

「女の人かい？」

「はい、そうです。中年の、でも、おきれいな方です」

「そうか、わかった」

陽一郎は、この男には珍しいほど慌てた仕種《しぐさ》で椅子を離れた。ドアを出かかったところで気がついて、「ん？　どうして美人てわかるの？」と訊いた。

「いえ、そんな感じがしたものですから」

相手が次男坊の光彦坊っちゃまならともかく、警察庁刑事局長さまに、まさか「旦那様の目の色が変わりましたから」とも言えない。

「ははは、なかなかいい勘をしているね」

陽一郎は笑って、早足でリビングルームへ向かった。受話器を耳に当てるとすぐに、

「ああ、やっぱりあなたでしたか……」と嬉しそうな声を出した。

それからさらに何か言いかけたところで、陽一郎についてリビングに入った須美子に気づくと、送話口を覆って、「須美ちゃん、すまないが煙草を買ってきてくれないか」と言った。

須美子はすぐに外に出たから、その後の電話の内容についてはまったく知らない。煙草を買ってきたときには、陽一郎は書斎に戻っていた。須美子がドアをノックすると、重い感じの声で「何か用事？」と応じた。

「あのオ、お煙草を買ってまいりましたけど」

「あ、そうだったね、悪い悪い」

須美子が煙草のカートンを置いたテーブルの上には、封を切ったばかりのキャスターマイルドが載っていた。

「須美ちゃん、光彦を呼んでくれないか」

「あの、光彦坊っちゃまは、ただいまお留守ですけれど」

「そうか留守か。それじゃ、戻ったら私のところに来るように言ってください」

「はあ、でも、光彦坊っちゃまはしばらくお帰りにならないと思いますが」

「ふーん、どこかへ旅行にでも行ったの？」

「はい、五日前から九州に取材旅行にお出かけです」

「九州？」

「お帰りはまだ四、五日先になるはずですけれど」

「九州か、そうか、九州か……」

陽一郎は妙に感心したように、首を横に振り振り、「連絡先はわからないかな？　いや、だめだろうね、彼は鉄砲玉みたいな男だからな」

「いえ、今回はわかっています。西鉄《にしてつ》グランドホテルというところだそうです。学術調査の先生方とご一緒の宿だって、自慢していらっしゃいました」

須美子までが、なんだか誇らしい気分で言った。

「ほう、それはいい。しかし、いるかな、この時間に」

陽一郎はチラッと時計を見やってから、テーブルの上の電話に手をかけた。陽一郎専用の電話で、いわば警察庁と結ぶホットラインのように機能する。ときには深夜、長官や大臣からの電話もかかることがある。

「あの、お電話番号もお聞きしておりますけど」

「いや、光彦にはあとでかける。番号は自分で調べるからいいよ。どうもありがとう」

陽一郎は須美子を送り出すように、ドアに手を差し延べて、「あ、そうそう、光彦のこと、坊っちゃまはよしたほうがいいんじゃないかな。彼も三十を越えた男だからね」

「はい」と答えたが、須美子の「坊っちゃま」は直りそうにない——と、彼女自身がそう思っていた。第一、「坊っちゃま」でなければ、何と呼べばいいのだろう？「光彦さん」などと言おうものなら、須美子の胸は切なくて張り裂けるにちがいない。「坊っちゃま」という呼び名は、当家の次男坊に対する須美子の節度を、辛うじて保つための呪《じゅ》文《もん》のようなものなのだ。

それから陽一郎は、長いこと電話をかけていた気配であった。その後、須美子は何度か書斎の前の廊下を通ったが、そのつど、中からかすかに洩れてくる声が聞こえた。あの女性との電話なのかどうかはわからないが、いずれにしても、あの電話が何か、不穏な波紋を広げているようで、須美子は重苦しい気分であった。

夕食の時刻になっても、陽一郎はダイニングルームに出てこなかった。和子《かずこ》夫人が息子の雅人《まさと》に「パパをお呼びしていらっしゃい」と言うと、雪江《ゆきえ》未亡人が「陽一郎さんはお電話のようでしたよ」と言った。

「まあ、ずいぶん長いんですね」

須美子が不用意に洩らした言葉を雪江は耳聡《みみざと》く聞き咎《とが》めた。

「おや、そんなに長いの？　どなたと話しているのかしら？」

「さあ……」

須美子は理由もなく、ドキリとした。何か自分までが、陽一郎の秘密の共犯者ででもあるかのように思った。

ふだん留守がちの主《あるじ》である。日曜日は休みのはずだが、こんなふうに夕食どきに自宅にいることはごく稀《まれ》だ。せっかくだからと、陽一郎が席につくのを待ったが、あまりにも遅すぎる。

「わたくしが待ちますから、お母様はお召し上がりになって。あなたたちもね」

「いいのよ和子さん、わたくしも待ちます。雅人と智美《ともみ》はおあがりなさい」

雪江の好物のアコウダイの西京漬《さいきょうづ》けを、せっかくタイミングを計って焼いたのに、すっかり冷《さ》めてしまった。それと同時に、食卓の雰囲気も白けたものになった。手持ち無沙汰《ぶさた》に控えている須美子のおなかがクーと鳴って、雅人が笑った。

「お下劣《げれつ》ですよ」

雪江が一喝した。

「すみません」

須美子が謝った。

「あなたじゃないの。ご飯をいただきながら高笑いをするものではありませんよ。早くデザートをいただいてお勉強なさい」

雅人は「はーい」と不服そうに返事をして、「叔父さんは今日もいないの？」と須美子に訊いた。

「はい、まだお戻りではありません」

「叔父さんがいないと、なんだか寂しいと思わない？」

「ええ、ほんと……」

「ばかおっしゃい。本来ならとっくに、この家からいなくなってなきゃならないのですよ、あの叔父様は」

雪江は苦々しげに言って、「だけどあの子、どこで何をしているのかしら？」

「福岡です、お仕事で」

須美子は嬉々《きき》として言った。

「お仕事って、まさか、また変なことをしているのじゃないでしょうね」

「いいえ、とんでもない。学術調査のお仕事とかおっしゃってました」

「ふーん、ほんとかしらねえ……」

雪江は疑わしい目をした。

「それならいいけれど、光彦のことだから、何をしているかわかったものではありませんよ。ついこのあいだも、福岡県の柳川《やながわ》に行っていたかと思ったら、箱根《はこね》で自動車が崖から落ちた事件に、何か関係していたというではありませんか。そのたびに陽一郎さんが引っ張り出されることになるのですからね、あなたも注意して、そういうことをしそうなときは、わたくしに知らせなさい」

「はい……」

須美子がひたすら頭を低くしたとき、陽一郎が珍しく足音を立てて入ってきた。

「須美ちゃん、光彦から電話がなかったかな？」

いきなり訊いた。

「いいえ、ございませんけど」

「そうか、しようがないやつだな……」

深刻そうに腕組みをした。(ほーら、言ってるそばから——)と、雪江が身をよじるようにして訊いた。

「陽一郎さん、また何かしたのかしら、あの子?」

「は? いえ、そうじゃありません。ただ、連絡をくれるように伝言を頼んであるのですが、ホテルを出たきり戻らないらしくて、ちっとも摑まらない」

「警察に捕まえてもらえばいいのに」

雅人が言ったジョークは、父親以外にはうけなかった。雪江は「なんていうことを」

と嘆かわしそうに目をつぶった。和子が慌てて「あなたたちは、デザートを持ってお部屋に行きなさい」と追い立てた。

「やあ、うまそうですね、西京漬けじゃないかな、このタイは」

陽一郎は陽気を装ってテーブルについたが、雪江の機嫌は直らない。

「いいえ、アコウダイです。でもね、もうすっかり冷めてしまいましたよ」

冷えきったアコウダイよりも、ずっと冷ややかな口調だった。

「あの、チンをしてまいりましょうか?」

須美子が取りなすように言ったが、「このままで結構」と箸《はし》をとった。

「ずいぶん長いお電話でしたけれど、日曜日だというのに、役所のお仕事なの？」

「いえ、そうでは……はあ、まあ、そんなようなものです」

陽一郎は急いで言い繕《つくろ》ったが、雪江はかすかに顔を曇らせた。警察庁刑事局長だからというわけでなく、浅見家の長男は先天的に、母親には嘘のつけない体質だ。

こういう場合、光彦坊っちゃまなら、とっさに「ええ、そうです」と殊勝《しゅしょう》げに答えるところなのに――と、須美子は首筋がヒヤリとした。

それと同時に、陽一郎がなぜあの女性の電話を隠そうとしているのか、須美子はそのことが気になってならない。女性は「陽一郎さん」と言ったが、その口振りには、どことなく親しげなニュアンスがあった。和子夫人は何も知らずに、裏切者の夫のためにお茶を注いであげている。

電話が鳴って、須美子は飛び上がった。

電話は光彦坊っちゃまからであった。

「やあ須美ちゃん、元気？　僕がいないと静かでいいだろう」などと、呑気なことを言った。

「何をしてらっしゃるのですか、旦那様がずっとお待ちですよ」

人の気も知らないで——と、須美子はあやうく涙ぐみそうになった。

陽一郎が電話に出て、「十分後にかけ直してくれないか。そうだな、私の書斎のほうの電話がいい。いや、構わないよ、緊急な用事だ」と真剣な表情で言った。ホットライン用の電話は家族には使わせないはずである。その電話を指示するところを見ると、よほど重要な用件なのだろう。

三人の女は、三人三様の想いで、陽一郎の姿を心配そうに見つめていた。

3

兄は「助けてやってくれ」と言った。まるで自分のことを懇願するような、切実なひびきがあった。

そもそも「ホットライン」を使わせたこと自体、きわめて異例だ。兄とどういう関係の女性なのかは言わなかったし、浅見もそれを訊こうとは思わなかった。ただ、よほど大切な人なのだろう——という印象はあった。

電話を切る前に、陽一郎はふいに「因縁《いんねん》かな」と独り言のように言って、かすかに笑った。その女性とのことを言ったようでもあるし、浅見が福岡にいたことを言ったのかもしれなかった。

都市再開発の工事現場から中世の博多の遺構が現われたので取材に行ってくれと、『旅《たび》と歴史《れきし》』の藤田《ふじた》編集長に頼まれたのがきっかけで、思わぬ事件に遭遇《そうぐう》した。浅見はただ、先生たちの談話を聞き取り集めて、中世の商業都市・博多のロマンを書けばいいだけの仕事だったのだが、よけいなお節介を焼いて、手掘りで進めている学術調査の発掘作業を手伝ったとたん、白骨死体を掘り出してしまった。

なんだかいやな臭《にお》いがするな——と思いながら土中に突っ込んだ手が、まだ腐肉が付着している手首の関節部分を摑み上げてしまったときには、卒倒するかと思った。いや、事前に例の菊池一族の悲劇を聞いていなければ、確実に失神していたにちがいない。しかし、もしかすると学術的大発見かもしれない——という助平根性が、辛うじて意識を支えた。

そんなだらしない第一発見者のくせに、どうやら事件性があるらしいことを知ると、こんどは仕事そっちのけで、警察の捜査にお節介を焼きはじめた。浅見があまりにも熱心に警察に協力しようとするものだから、先生たちはおかんむりだった。

「浅見さん、あなたが妙な物を掘り出したのは仕方がないとしてです、なにも警察の尻《しり》馬《うま》に乗って、ヒョコヒョコ動き回ることはないでしょう。ただでさえ作業が停滞しているのですからね。あんな目障《めざわ》りなロープなど、さっさと撤去《てっきょ》して、いいかげんで切り上げてもらいたいものだ。あなたからも、そう言ってくれませんか」

発掘作業の指揮を取っているのは、K大考古学研究室の堀山《ほりやま》という教授で、名前からいってもいかにも発掘の達人という印象だ。この先生はふだんは鷹揚《おうよう》で、闊達《かったつ》な人物なのだが、どういうわけか警察を毛嫌いしているらしい。刑事が事情聴取にやってくると、浅見をスポークスマンにして、自分はさっさと宿舎に逃げ込んでしまった。

「堀山先生は学生運動の闘士でしたからね、警察アレルギーがあるんじゃないですか」

村松《むらまつ》という助手の一人が、笑いながら教えてくれた。

学生運動といっても、浅見の年代の者にはピンとこないけれど、堀山教授が学生だった一九六〇年代から七〇年代にかけては、日本にも現在の韓国で繰り広げられているような、騒乱状態に近い学生運動があった。

学生運動を「若気《わかげ》のいたり」と決めつけたり、中には「不逞《ふてい》の輩《やから》」などとこきおろす人もいたけれど、回天《かいてん》の大事業を行なう者は、いつの時代でも二十代、三十代の若者であり学生だったのである。幕末の高杉晋作《たかすぎしんさく》や坂本龍馬《さかもとりょうま》も若くして立ち、若くして死んだ。平和であることはいいにはちがいないが、若者が無力感に陥り、安逸《あんいつ》ばかりを貪っている現状が、ほんとうにいいかどうかはわからない。

そのことは、浅見のような少しトウの立ちかけた青年も、漠然と不安に思ってはいる。ことに、浅見が福岡にやってくる前に、たまたま韓国で学生が焼身自殺したことがきっかけで、大規模な衝突があった。そのニュースに遭遇して、ノンポリの浅見といえども、文字どおり、対岸の火事とばかりに無関心ではいられない気分であった。

「堀山先生が考古学を選ばれたのは、挫折《ざせつ》が原因だそうですよ」

村松助手はそう言った。

「デモ隊が国会議事堂に乱入したとき、機動隊との衝突で樺美智子《かんばみちこ》さんという女性が死んだ事件があって、それをきっかけに、堀山先生は運動から遠ざかったのだそうです。べつに樺美智子さんが恋人だったわけじゃないけど、そのとき、絶望し挫折したと言っておられましたよ。それ以来、穴を掘って古いものに逃げ込むことにしたのだって、酒を飲んだとき、笑って話されたのだが、あれはかなり、先生の本音の部分なのじゃないかなあ」

堀山教授の警察アレルギーの原因はわかった。浅見だって、警察庁幹部を兄に持ちながら、車を運転していて、警察官の姿を見ると、何も違反をしていないときでも、反射的にギクッとする。しかし、たとえどんなに警察が嫌いでも、現実の生活では警察に頼っている部分が少なくないのだ。そのジレンマをつきつめて考えると、嫌いな相手に抱かれなければならないような苦痛を感じて、つい逃避《とうひ》したくなる気持ちなのかもしれない。

だからといって、浅見は堀山教授を蔑《さげす》んだり憐《あわ》れんだりなどはできっこない。それどころか、挫折しようにも、現代の多くの若者と同様、何もしないまま生きている自分が恥ずかしいばかりだ。

それはともかくとして、堀山教授に叱られた浅見は、鰹節《かつおぶし》を前にしたネコのように、よだれを垂らしながら、しかし、ひたすら本来の仕事に専念する日々を過ごしていた。だから、兄の陽一郎から、「エイコウグループの片田二郎が殺された事件を調べろ」と言われたときは、耳を疑った。「事件に手を出すな」というのとの聞き間違いではないか——と思った。

「あれは、警察がすでに捜査にかかっているのですが……」

不得要領《ふとくようりょう》のまま、オズオズと言った。

「ああ、それはもちろんそうだが、きみにも調べてもらいたいのだよ」

「ということは、警察の捜査に参加しろというんですか?」

「うーん……」

陽一郎はしばらく考え、

「基本的にはそれが望ましいが、警察としては、立場上、民間人であるきみの協力など受け入れるわけにはいかないだろう。したがって、さしあたり、きみ独自の捜査を進めてもらうことになると思う。ただし、警察が把握《はあく》している捜査のデータについては、私のほうから逐次《ちくじ》、きみに伝えよう。それともう一つ、天野屋デパートの社員で水谷静香という女性が行方不明になっているそうだ。これと片田の事件との関連についても留意しておくように。それから、もし警察とのあいだでトラブルがあった場合には、現場の人間ではなく、福岡県警本部長の島野《しまの》警視監と連絡を取るようにしてくれ」

「わかりました」

それからえんえん一時間以上にわたって、陽一郎は弟に事件の概要を説明した。それはじつに詳細にわたった。警察の中枢《ちゅうすう》にいながら、現場の状況にこれだけ通じるというのは、通常は考えられないことだ。本人がよほどの熱意をもって、所轄の警察や県警本部に問い合わせ、場合によっては、末端の刑事からも直接、話を聞いたのかもしれない。

その中には、浅見がすでに充分すぎるほど知っている事柄も含まれていた。なぜなら、浅見は片田二郎の事件の第一発見者であることを、ついに言い出しかねたまま、一方的な聞き役にまわったからである。

「以上が現在までにわかっていることのすべてだと思ってくれていい。もちろん、今後も新しい事実が出てくるだろうが、それはそのつど連絡する。また、これ以外にも、きみ独自でキャッチする事実も浮かんでくるかもしれないが、それについても警察にではなく、私のほうに伝えてもらいたい」

「ほう……」

浅見は（意外だ——）という想いをそのまま口から発した。警察幹部である兄が、こともあろうに警察をないがしろにするようなことを言うとは——。

「妙な話だと思うかもしれないが、これにはいろいろ事情があってね」

陽一郎ははにかんだような言い方をした。刑事の頂点に立つという、外に向けたきびしい表情もいいけれど、微妙に歪《ゆが》んだような笑みを浮かべたときの、兄の人間味あふれる顔が、浅見は好きだ。電話の向こうにその顔があると思って、浅見もまたニヤリと笑ってしまった。

電話を切って、浅見は窓の下の博多の夜を眺めた。西鉄グランドホテルの東側には、九州随一の繁華街「天神」がある。新天町《しんてんちよう》商店街、西鉄福岡駅ビルや、兄が言っていた天野屋デパートといった建物が犇《ひし》めいている。夜が更《ふ》けて、街の明かりがもっともきらびやかな時刻だ。いつの、どこへの旅でも、こんなふうに窓辺に佇《たたず》んで夜の街の風景を眺めるとき、もっとも深く切なく旅情が忍び寄るものである。それとともに、日中はひそんでいる街の暗部が顔を覗かせ、魑魅魍魎《ちみもうりょう》が蠢《うごめ》き出すのが見えるような気もする。

九州には何度も来たし、福岡を通過したことは何度もある。しかし博多をこうして、じっくりと眺めたことはかつてなかった。旅の途中で見る街は、漫然と眺めて通るだけでは、ただの風景でしかない。

浅見には自分でも理解できない不可思議な能力がある。一つは予知能力というべきもので、現実に、浅見の車めがけて「飛込み自殺」があったとき、数十メートル手前でそのことを予知してブレーキをかけ、人身事故を起こすのを未然に避けたことがある。そのときはさすがに浅見もゾーッとした。横断しようとして急に飛び出す――というのではなく、はっきり「あの男は飛込み自殺する」と予感したことに背筋がゾーッとした。

もう一つは、これも不思議なのだが、他人の視点に意識を入り込ませる――とでもいうような能力があるらしい。たとえば、田舎の駅で線路脇の農家の庭先にニワトリが遊んでいるのを列車の窓から見ていたとする。その次の瞬間、浅見は農家の土間に立つ老人の視点で、庭先の風景を見ているのである。こちらからは死角になっている垣根の下に咲くタンポポの花が、あざやかに見えたりする。早い話、御供所町の公園の穴に、全裸の死体を埋めたときの、犯人の視点にだって、立つことができたのだ。黒々とした夜のしじまの底で、ひときわ暗い公園の、さらに深い闇の底の穴に死体を落とし込んだときの、犯人のおぞましい心の動きさえも、疑似体験できたのである。

こういうことを言っても、信じてくれるのは軽井沢《かるいざわ》にいる浅見の友人の推理作家と兄の陽一郎ぐらいなもので、信じない人のほうが多い。下手をするとアブナイ人間と思われかねない。

兄陽一郎が、警察にではなく、弟とはいえ民間人に捜査を委託するというのは尋常でないことはたしかだ。そうしなければならない理由はただ一つしかない。要するに、警察の公式的な捜査で得られる結論ではない「別の見方」を弟に期待してのことにちがいない。それは前述したような、浅見の「特殊能力」を知っているからだ。

兄が自分を信じ、頼りにしてくれることに対して、浅見は最大限に報《むく》いなければならないと思っている。「いろいろな事情」とはどんなものなのか、兄は何も説明を加えなかった。しかし、あの兄が何も言わないということは、百万言を費《つい》やした説明よりも能弁に、その必然性を語っている。

しかも、その「捜査」は警察には内密で行なう必要があるということだ。警察幹部が警察に内密の捜査を指示する奇妙さに、兄の苦衷《くちゆう》は苦衷として、浅見は胸が躍《おど》るような興奮をおぼえた。

一年三カ月前に行方不明になった片田二郎が、全裸の白骨死体で発見された。背景にはエイコウグループと博多の土着の商人との軋轢《あつれき》があるらしいという。あるいは、レインボードーム計画を巡《めぐ》る利害関係が絡《から》んでいるのかもしれない。もしそうだとしたら、事件はこれだけで終わらない可能性もある。現に、天野屋では女性社員が行方不明になっているというのだ。警察内部には、それを恣意《しい》的に片田の事件と結びつけようとする動きもあるらしい。

博多――一見、いかにも陽気で呑気そうな「どんたく」の町は、いま、まるで尻に火がついたように、変貌に向かって走り出そうとしている。大規模な開発には、決まって大きな悪《あ》しき企みがつきものであることは、列島改造以来の歴史が証明している。片田二郎の死は、その悪しき企みの犠牲だったのだろうか。

街の灯は満開の花のように、いまが盛りであった。夜が深まって、その灯火が一つ、また一つと消えてゆく。しかし、明日の夜になればまた灯はともるだろう。そのことを信じて、灯火はともり、消えてゆくのだろうか。

4

広大な天神中央《てんじんちゅうおう》公園のグラウンドの北側に、福岡毎朝新聞会館ビルがある。二十年も昔なら、この辺りではちょっと目立った建物といえたのかもしれないが、いまは中央公園の斜め向かいにある、マンモスのごとく巨大な福岡市役所に睥睨《へいげい》されて、小さく縮《ちぢ》こまった感じだ。おまけに、細長い八階建てのビルの半分は、乗っ取りでもしたように、東京の電鉄系のホテルが使っている。

兄に指示されたとおり、一階のホールから電話して「小柳さんを」と言うと、早口で「はい、小柳は私ですが」と言った。

「今中さんのご紹介で……」

「あ、聞いてます聞いてます。すぐ下りていきますから、隣りのホテルの喫茶店で待っていてください」

よほどせっかちな性格らしい。こっちの話を遮るようにして喋って、ガチャリと受話器を置いた。

ホールから大きなガラス戸を隔てた向こう側がホテルのスペースである。廊下を抜けていくと喫茶ルームがあった。白とピンクを基調にした明るい雰囲気で、くたびれ果てた毎朝新聞側のそれとは対照的だ。

しばらく待たせて、小柳記者はやってきた。四十前後だろうか、いくぶん小柄だが、歩き方もセカセカとして、見るからに俊敏《しゅんびん》そうな男だ。

「えーと、今中さんのご紹介というのは、あなたですか？」

ほかに独りでいる客はないので、浅見に見当をつけて近づいて、訊いた。

「はい、浅見といいます」

浅見は立ち上がり、『旅と歴史』編集部の肩書のある名刺を出した。

「ほう、『旅と歴史』の……」と、小柳はあまり売れない雑誌のことを知っていた。

小柳の名刺には「毎朝新聞福岡支局記者　小柳淳次」とだけあって、社会部とか文化部とかいう肩書はなかった。支局の規模では、あらゆるジャンルをこなさなければならないということなのかもしれない。

「いつ、こちらに？」

「昨日、まいりました」

これは嘘だが、昨日までで発掘作業の取材を終えたという意味では、まんざらでたらめではない。

「お忙しいところを、突然お邪魔して恐縮です」

「いや、今中さんに連絡をもらっていますからね、私でお役に立てることなら、何なりと言ってください」

「今中さんとは、どういう？」

「ん？　あははは、それはむしろ私のほうで聞きたいくらいだが、おたがい、そういうことは聞かないということになっているのではありませんでしたか？」

「あ、そうでした、失礼しました」

浅見は慌てて詫びた。じつのところは、陽一郎からそんな申し合わせがあるなどとは、聞いていない。

「ただ、今中さんから、どういうふうにお話ししていただいているのか、それをお訊きしたかったのですが」

「ああ、それだったら、博多の商業戦争の実態を取材されたいとか聞いてますよ。うちの新聞に、七回にわたる連載を書き終えたばかりですからね、たぶん参考になる話ができると思います。それと、デパートの内側を見たいということのようでしたが、それでよろしいのですか？」

「はい、そうお願いできればありがたいです」

「デパートの人間も知ってますから、紹介してあげてもいいのですが、それだと、きれいごとだけしか案内してくれないでしょうからね。いや、デパートなんて一見華やかそうだが、存外、陰謀渦巻く——なんてこともあるわけでしてね。ことに女性同士の鞘当《さやあ》てなんか、なかなかのものですよ」

小柳は話しているうちに、興が乗ってきたらしい。

「そうだ、浅見さんに美人を一人紹介しましょうかね。あなたとだったら歳恰好《としかっこう》もちょうどいい。この女性なるものが、独身主義を標榜《ひょうぼう》しているのだが、はたして本物かどうか実験してやりましょうや。浅見さんを見てもグラッとこないようなら本物ですな」

「そんな、実験などとは失礼ではありませんか」

「いや、そんなことはない。あなただって独身だそうじゃないですか。うまく話が纏《まと》まれば、それはそれでおめでたいことだしね。まあ、任しておきなさい。それも条件の一つだったはずですよ」

「はあ……」

浅見は煙《けむ》に巻かれたような気がしないでもなかったが、今中という人物と小柳とのあいだで、どういう話しあいになっているのかがよくわからないので、成り行きに任せるほかはなかった。

それから三十分ほどかけて、小柳は福岡経済界の現状について、ひととおりレクチャーしてくれた。

「福岡大アジア主義というのがありましてね。『九州の州都からアジアの州都へ』というのが合言葉になっています。現に、福岡空港からは釜山《プサン》、ソウル、台北《タイペイ》、香港《ホンコン》、上《シャン》海《ハイ》、北京《ペキン》、サイパン、グアム、クアラルンプール、シドニー、コロンボとのあいだに直行便が飛んでいます。ほかにもフェリーが出てるし、年間の出入国者は四十万人を超える勢いで、これは成田《なりた》、大阪に次ぐ規模です。韓国からカツギ屋のオモニが、気軽に往復しているのですからなあ。だいたい、九州の商売や観光といったって、長崎のオランダ村や宮崎《みやざき》のサファリパークにしても、集客能力はそろそろ頭打ちでして、大阪以東からの客はほとんど期待できない。それだったら、いっそ、目を海外へ向けようってわけですよ。韓国からの新婚旅行がどんどん増えているし、ゆくゆくは中国からの観光客だって期待できる。なんてったって中国はでかいですよ。その連中が博多で日本の家電製品を買って帰る。ウォーターフロントの『シーサイドももち』にはデイズニーランドと幕張《まくはり》メッセを合わせたようなテーマパークやコンベンションホールを作る。はるばる東京まで行って、高い金を払うことはないとなれば、アジアの人たちは九州に来る。福岡に博多にどんどんやってくる――というのが『福岡大アジア主義』の構想なんですがね。

これがうまくゆくか、画《え》に描《か》いた餅《もち》に終わるか、いまはまさに、せめぎあいの真っ只中《ただなか》というわけですな」

小柳はこういった内容のことを、ほとんど息もつかずに喋った。つづけて、エイコウグループの福岡進出とレインボードーム計画、博多出店計画のもたらす、地元デパートや商店街との軋轢など、喋るだけ喋ると、サッと伝票を手にして立ち上がった。

「それじゃ行きましょう」

浅見が制止する間もなくレジでサインをして、さっさと外へ出た。

雨は落ちていないが、空は鬱陶《うっとう》しく曇っていた。小柳は大して長くもない脚を精一杯開いて歩く。足の運びが速く、信号が点滅を始めると、小走りに渡った。浅見はどちらかというとのんびり歩くタイプだから、油断すると置いてけぼりになりそうだ。

ビルのメインストリート側の壁面に、「へ」に「天」の字をあしらった天野屋の古い商標をつけた、大きな暖簾《のれん》が下がっている。CIが行なわれているから、現在の天野屋のブランドマークは洗練されたものだが、「〈天」の字の商標も、こうしてみると迫力があって、かえって新鮮味を感じさせる。

暖簾の下を通って店に入った。入口近くの案内嬢とは顔馴染《かおなじ》みらしく、小柳は手を上げ、「よおっ、元気」と声をかけた。女性はにこやかなつくり笑顔に、べつの親しみを籠《こ》めた表情を浮かべて、丁寧にお辞儀をした。

小柳はいったん通り過ぎかけて、ふと思い出したように後戻りして、「水谷静香さん、どうした？」と訊いた。

女性はチラッと浅見のほうに視線を飛ばしてから、表情を曇らせ、黙って首を横に振った。小柳はさり気なく「そう」と頷いて、歩きだした。

「水谷静香さんというと、行方不明になっている女性ですね？」

人込みの中で肩を寄せるようにしながら、浅見は言った。

「ん？……」と、小柳は驚いた。

「あなた、知っているんですか」

「はあ、ちょっと」

「ふーん……」

小柳はほんの一瞬、立ち止まり、浅見を振り返った。

「まあいいか、深くは詮索《せんさく》しないことにしましょうや」

エスカレーターで地下二階の食料品売場に下りて、そのまま地下道へ出た。どこへ行くのかと思っていると、地下道の向かい側にある鉄扉を開けて入っていく。そこはデパートの楽屋裏といったスペースで、広い通路を荷物運搬車や作業着姿の男たちが行き交い、華やかな表側とは対照的に、暗く、埃《ほこり》っぽく、雑駁《ざっぱく》な雰囲気であった。

「どうです、こんなところには入ったことがないでしょう。しかし、これがないとデパートは機能しません。デパートにかぎらず、経済活動のあらゆるものの裏側には、こういうスペースがあり、そこに従事する人々がいる。いや、なくてはならない存在なのです。それを近ごろは3Kだとかなんだとか、敬遠する連中ばかりが多くて……」

小柳はやけくそのように、荷物用エレベーターのボタンを押した。

エレベーターを五階で降りた。そこは厨房《ちゆうぼう》の裏手にあたるらしく、エレベーターの前には、青いプラスチック製の塵芥《じんかい》類入れのバケツなどがあって、残飯の臭いが漂っている。そこから厨房とは逆の側のドアを出ると、広い社員食堂であった。

「ここで飯を食いましょう。もうじきデパートガールたちで氾濫《はんらん》しますよ」

小柳は慣れた様子で食券を買い、カレーライスとキツネうどんを手にしていちばん隅っこのほうのテーブルに運んだ。浅見もそれを見習ったが、カレーライスとうどんは食べきれるかどうか、自信がなかった。

十一時半を過ぎたとたん、二、三人ずつ連れ立った女性たちがやってきた。その人数は加速度的に膨《ふく》れ上がり、みるみるうちに数百人分のテーブルが満席になった。ものすごい喧騒《けんそう》である。もちろん男性も少なくないのだが、けたたましい声の不協和音は、オクタープの高い女性のもので占められている。

小柳はうどんを啜りながら、しきりに入口のほうを気にしていたが、ふいに立ち上がると、手を振りかざして走っていった。浅見が驚いて見ていると、若い女性二人を、腕を引っ張るようにして連れてきた。

「こちら、浅見さん、東京のルポライター」

小柳にいきなり紹介されて、浅見は慌てて立ち上がった。

「えーと、彼女は秘書室の元久聡子さん。こっちは庶務課の関口和美さん。いずれも天野屋を代表する美人かな」

「嘘ですよ、そんなの。元久さんは美人ですけどね」

関口和美と紹介されたほうの女性がそう言った。

「そうか、それはいえてる、ははは」と小柳は屈託なく笑って、「しかし、浅見さんのハンサムはほんとうだったろう」

「うん、ほんと」

関口和美も元久聡子も、同時に頷いて、それから「ははは……」と笑った。

「これがね、博多の女ですよ。開けっぴろげすぎて、どうしようもないでしょう」

「はあ、圧倒されます」

浅見が頷くと、関口和美は「わたしは浅見さんになら圧倒されてもいいけど」と言って、また笑った。

「ばかなこと言ってないで、メシを取ってきたらどうだ。どうせ今日もまたラーメンライスなんだろう」

「いいえ、いつもどおりたまご丼ですわ」

澄まして言って、二人が食事を取りに行く背中に、小柳は「逃げないで、戻ってきてくれよ」と声をかけた。

「あの二人はそれぞれ消息通でしてね。デパートの裏話を聞きたいのなら、ぜひにと思って紹介したのですよ。ことに、元久っていう子のほうは秘書室勤務だから、デパート経営の秘められた部分について、かなりきわどいことまで知っているはずです。ただし、喋ってくれるかどうかは、浅見さんの腕次第ですがね」

小柳は意味ありげな目で浅見を眺めた。浅見はヘドモドして、「いや、僕はそういうのはどうも、自信がありません」と言った。

「たしかにそんな感じですなあ。いまどき珍しいというか……ま、いいでしょう、お膳立てはしてあげますよ。しかし、その前に彼女たち、戻ってくるかな。いつも嫌われるようなことばかり言ってるもんでね……」

小柳の心配は杞憂《きゆう》に終わった。二人の女性は逃げないで戻ってきてくれた。それからひとしきり、お喋りはトーンダウンした。周辺に仲間がいなくなるまで、小柳も当たり障りのない話題だけで過ごして、タイミングのいい頃合いを見計らって、四人分のコーヒーを運んできた。大雑把《おおざっぱ》のようで、濃やかな気配りのある男だ。

「ところで、今夜だけど、どっちか空いてないかな？」

小柳はコーヒーを配りながら、さり気なく切り出した。

「私はだめ、先約ありよ」

関口和美は嬉しそうに言った。

「だろうね、元久さんはどうなの？」

「私は空いてるけど、どうしてですか？」

「浅見さんの案内をしてもらえないかな。福岡、はじめてなのだそうだ。だめかな」

「いいですよ、私でよければ」

あまりにもあっさりオーケーしたので、浅見には信じられない気がした。

「えっ、小柳さんじゃなかったの、だったらわたしもキャンセルしたのに」

関口和美が頰を膨らませたが、小柳は「あははは、もう遅いよ。そのおめでたい誰かさんと、うまくやんなさい」と一蹴《いっしゅう》した。

「でも、会社出るの、遅くなりますけど、たぶん七時ごろ。それでもいいですか？」

「もちろんです。そこの西鉄グランドホテルにいますから、電話ください」

「あら、いきなりホテル？　いいわねえ」

関口和美は憎まれ口を叩いた。

「ばかなこと言わないでよ」

元久聡子は顔を赤くして叱ったが、それ以上に浅見も赤くなった。

ふいに小柳が立ち上がった。彼が会話の最中も、たえず気を配っているのに浅見は気づいていた。遠くにいる男に手を上げて、「仙石さん、どうも」と呼んで、浅見に「彼は仙石隆一郎氏、天野屋デパートの報道官」と早口で言った。

仙石隆一郎は茫洋《ぼうよう》とした笑顔で近づくと、「うちの娘たちをからかっちゃ困るよ」と、冗談とも本気ともつかずに言った。

「毎朝の新人ですか？」

浅見を見て訊いた。

「いえ、東京から見えたルポライターさんですよ」

浅見は小柳に促されて名刺を出した。

「浅見、さん、ですか……」

名刺に見入って、仙石は呟いた。そのとき浅見は、仙石の目の中に微妙に揺れるものが見えたように思った。しかし、それはほんの一瞬のことで、仙石はすぐにゾウのような優しい目に戻った。

「というと、何か取材ですか？」

「いや、そうじゃないんです」と、小柳は浅見の返事を横取りした。

「浅見さんに博多の夜を案内してやってくれって、彼女に頼んだところです」

「ふーん、そうか、きみだったのか、うちの女性たちをスポイルしている張本人は」

「ひどいことを言うなあ」と小柳は笑ったが、浅見は真面目くさって、「僕はスポイルしたりはしません」と言った。

「ははは、冗談ですよ。第一、あなたなら小柳君と違って、人畜無害なのはわかりますからね。むしろスポイルされないように注意したほうがいいですぞ」

ひとしきり笑いあって、二人の女性は去っていった。食事にやってくる社員の数は波のように増減しながら、まだつづいていたが、仙石がいるせいか、この周囲には近づく者がなかった。

仙石は食事をせず、コーヒーだけを飲んで、煙草をたてつづけに何本も吸った。

「浅見さんの本当の目的は何です？」

突然、独り言のように言った。視線は灰皿に置いたままだ。

「えっ？」と、浅見よりも先に小柳が反応したが、仙石はそれを無視した。

「人畜無害のあなたが、博多くんだりまで来て、デートでもないでしょう。いったい何を探ろうという魂胆です？」

「ははは、まずいなあ、やっぱり仙石さんには見透かされましたか」

小柳は浅見をガードするように言った。

「正直に言いますと、彼はこの博多で繰り広げられるデパート合戦を取材したいそうなのですよ。ことにエイコウグループ対天野屋の戦いが見物《みもの》だというわけです。いま、天野屋デパートの首脳陣は何を考えているのか、エイコウを迎え撃つどういう秘策があるのか。本来なら仙石さんに話を聞けばいいのだけど、室長のことだから、どうせ核心に触れるようなことは話してはくれないでしょう。そこで彼女を紹介してあげたのです。あの元久さんの口から、それを探り出すことができれば大成功です」

「なるほど」

仙石は一応、納得したように頷いた。

「しかし、元久は喋らんでしょう。元久にかぎったことじゃない、秘書連中は口が固いからね。だいたい、そんなことぐらい、きみは百も承知だろう」

「いや、私には喋ってくれなくても、浅見さんなら、ということはあるんじゃないですかね」

「ははは、それはきみよりはかなり有利だろうが、しかしだめでしょう。浅見さんも過大な期待はしないほうがいいですよ。まあ、今夜のところは博多の夜のデートを楽しむことに専念してくださいや」

「はあ、そうします」

「うん、素直でけっこう。その代わり、大概《たいがい》のことは私がお話ししますよ。明日にでも、またいらっしゃい」

仙石は席を立った。つられて立った浅見に挨拶をしかけて、ちょっと思案してから、

「それと、あなたの依頼人に、無駄な詮索はしないほうがいいとお伝えください」と言うと、軽く会釈《えしやく》して立ち去った。

「妙なことを言いましたね。どういう意味だろう？……」

小柳は不安そうに、伸び上がって仙石の後ろ姿を見送った。

それから浅見は、小柳の案内で天野屋デパートの事務業務のセクションを見学して回った。小柳はどこへ行っても顔パスで、ことに女性社員のウケがよかった。浅見がその秘訣を訊くと、「音楽会のチケットなんかを、ときどき差し入れしたりして、もっぱら

友好関係の維持に努めているのです」と、照れくさそうに笑った。

驚いたことに、デパートのマル秘部門と思われる「商品開発部」の中にまで、小柳は平気で入り込んだ。商品開発部には、来年春のカラーポリシーに関する資料などがデスクの上に広げてある。それを横目に見ながら、小柳は部員たちと冗談を交わしたりした。

「あんなところまで見せてもらって、いいんですか？」

浅見はいくぶん遠慮ぎみに訊いた。

「なあに、いいんですよ。こっちも、折りにふれて情報を提供してますからね。ヨーロッパのファッションの傾向なんか、東京のデパートなみの早さです。いうなれば相身互《あいみたが》い。それに、マスコミをうまく利用するのが得策だってことを、あちらさんもちゃんと知っていますよ」

全階の各売場から売上金が集まってくる出納室も見せてもらった。ただしここはガラス戸越しに覗き込むだけである。紳士然とした男が三人、銀行窓口のようなところに並んで座って、脇目も振らずにゼニ勘定をしていた。

「このドアを素通しにしてあるのは、不正防止のためという説があるそうです」

前を通過しながら、小柳は囁いた。

そう言われて気がついたのだが、事務セクションの各部屋のドアは、ほとんどが素通しガラスの窓で中を覗けるようになっている。その次に訪れた電話交換室もそうだった。

交換室はウナギの寝床のような細長い部屋で、両側に送受信装置がそれぞれ五台ずつ並び、ブレストをつけたオペレーターの女性がしきりに応対している。現在稼働しているのは、右側の二台と左側に一台だった。ほかの女性は隣りの休憩室でお茶を飲んでいる。忙しいときには、ほぼ全員が機械に向かうのだそうだ。

交換室の左側の壁にはガラス窓が嵌《は》まっていて、その向こうは放送局の副調整室のような部屋である。電話関係の機器はすべてコンピュータによってコントロールされる。コンピュータ技師は交換室唯一の男性だという。花園に迷い込んだヒグマのような中年男が、浅見たちには見向きもせずに、何やらロール紙を広げ、膨大な数字と取り組んでいた。

「最後に面白いものを見せてあげましょう」

小柳は言って、六階売場の楽屋裏のような場所に連れていった。そこは幅が七、八メートルもある洗面用の流しで、食事を終え、売場に戻ろうとする女店員たちが押しあいへしあい、鏡とにらめっこで化粧を直している最中だった。歯を磨く者、髪をとかす者、口紅を引く者……これから女の戦争でも始まりそうな賑わいだ。

「あっ、こんなとこ見ないでよ」

女性の一人が気づいて、小柳に文句を言った。小柳は「へへへ」と笑ったが、浅見は恐縮して、さっさと退散することにした。

第三章　脊振《せふり》ダム殺人事件

1

元久聡子からは七時十五分過ぎに電話が入った。「いま、ロビーにいます」と言う。浅見は勇躍して下りていった。

聡子は一人ではなかった。彼女の脇に関口和美がピッタリと寄り添っている。

「お邪魔虫でーす」とおどけた。

「あれ、先約のほうはいいのですか？」

「いいの、キャンセルしました」

「ひどい人だなあ」

浅見が苦笑すると、聡子も「ひどいでしょう」と、少し本気を感じさせる言い方で、和美を睨んだ。和美はいっこうに応《こた》えた様子もなく、「さあ、行きましょう」と浅見の腕を摑んだ。

　女性二人は、昼間見たのとはまるっきり違う印象であった。ユニホームを着替えるのと一緒に、化粧の仕方も変えるのかどうかまでは、そういうことに詳しくない浅見は判定できないが、淡い明かりの下で見る彼女たちは、それぞれ美しく、少しドキリとするほどに「おんな」の媚《こび》を装っている。とりわけ元久聡子は魅力的だった。色白の顔にバラの花びらを置いたような唇が鮮やかだ。

　どこをどう歩いているのか、浅見には方向感覚がなかった。とにかくいろいろな「夜の博多」を見せるつもりらしい。その中で「予備校《よびこう》通り」というのが印象に残った。大手やら中堅やらの進学予備校がいくつも軒を連ねるようにしているのだそうだ。

「昼間だと、この道は若い人たちがあふれて、リゴウできないくらいなんですよ」

　聡子が解説した。

「リゴウできない……というと？」

「ですから、人込みで、リゴウできないんです」

「はあ……それは、リゴウというのは、博多の方言ですか？」

「え？　まさか、リゴウですよ、標準語でしょう、辞書にも載っているでしょう、ねえ関口さん」

「うん載ってる載ってる。知らないんですか？　うそ……浅見さんて、ほんとにルポライターですか？　それとも、ルポライターって文章は書かないんですか？」

二人の女性は立ち止まって、信じられないものを見る目で浅見を見た。

「いや、ルポライターといえども物書きの端《はし》くれですから、もちろん文章は書きますよ。うまくはないですが……それじゃ、リゴウっていうのは、離合集散の離合ですか？」

「そうですよ、なんだ、知ってるんじゃないですか」

「それは知ってはいますが……しかし『離合できない』という使い方をするとは知らなかったなあ。どういう意味なんですか？」

「混雑していて、身動きが取れないとか、擦《す》れ違うのがやっとみたいなとか、そういう状態のことをいうのでしょう。そうよね」

聡子は和美に同意を求め、和美も当然のように頷いた。浅見はショックだった。自分よりずっと若い彼女たちが知っていて、物書きの、しかも東京人である自分が知らない「標準語」があったことに、である。

失意の浅見を、二人は「魚村《うおむら》」という料理屋に連れていった。だだっ広くて、面白い造りの店であった。吹き抜けになっていて、一階の中央には大きな生け簀《いす》があり、タイやハマチやヒラメが泳いでいる。二階は芝居小屋の桟敷《さじき》のようにグルッと三方を囲み、生け簀の中を見物できる仕組みだ。浅見は珍しがって、しきりに生け簀を覗き込んだが、この手の店は博多にはいくつもあるのだそうだ。

聡子は「適当に頼んでいいですか？」と確かめておいて、物慣れた感じで仲居《なかい》さんに料理と酒を注文した。背後に陽一郎という財閥が控えているから、浅見は珍しく、懐ろに心配のない状態である。「どんどん頼んでください」と、にわか成金のごとくに振る舞ったから、二人の女性はたぶん、ルポライターがきわめて高収入であるという幻想をいだいたにちがいない。

タイの活《い》き造り、イカの活き造り、エビのオドリ、アワビの刺身……と、出る料理がむやみに生物《なまもの》ばかりなのには驚いた。美味《うま》いことは美味いけれど、たまには焼き物なんかもあるといいな——と思ってしまう。せっかく活きがいいのだから、生で食べるほうがいいに決まっている——という思想もわからないではないけれど、活きのいいやつを焼くなり煮るなりして供するのが料理の神髄だともいえるわけだ。

それにしても、女性二人はよく飲んだ。浅見はあまりいけるクチではないから、もっぱら料理に挑戦したが、彼女たちはそんなものは食べ慣れているのか、ほんのおつまみ程度に箸をつけるだけで、ビールに始まって、日本酒、焼酎《しょうちゅう》のお湯割りと次々に注文した。

元久聡子の白い頬がほんのり染まって、とても艶めかしい。関口和美のほうにいたっては顔色も変えずに、関取のような、およそ可愛げのない飲み方をする。まさにこれが博多の女だな――と、浅見は見惚《みと》れるばかりだ。

この分なら、二人とも酔い潰《つぶ》れるということはなさそうだが、それでも、さすがに酔いが回った証拠なのか、やたらに饒舌《じょうぜつ》になってきた。せめてそうなってくれないことには、この、身分不相応な巨額の投資をした意味がない。

話題の中心は博多の風物のことに置くように見せかけて、浅見は時折り、天野屋の内情についてそれとなく聞き出した。聡子のほうはさすがに、要所要所で口が重くなるけれど、和美は、社内のスキャンダルといっていいようなことまで、ケロッとした口調で喋ってくれる。女性社員同士の恋の鞘当てだとか、上司との不倫だとか、足の引っ張りあいだとか、まあ、言ってしまえばどこの会社にもあるような出来事ではあるけれど、表舞台が華やかなデパートだけに、いっそう、悲喜劇が強調され、聞いている者には面白い。

こういうときの浅見の聞き上手は、天性とも思えるほどに巧みで、しかも自然だ。子供が母親に「それからどうしたの?」「それから?」と、話のつづきをねだるような、素朴な好奇心に満ちた表情で相槌を打つ。浅見のキラキラ輝く鳶色《とびいろ》の目に見つめられると、たいがいの人間は魔術にかかったように、洗いざらいを話してしまう。

ひとしきり喋って、話題が尽きたとき、浅見はイカの刺身をつまみながら、「そういえば」と、核心に触れる話題を切り出した。

「天野屋デパートの女性社員が一人、行方不明になっているそうですね」

「あ、それ、毎朝新聞の小柳さんから聞いたんでしょ。あの人、お喋りなんだから」

和美が言った。自分のお喋りは棚に上げている。

「いや、小柳さんだとは言ってませんよ。ニュースソースを明かさないのは、ジャーナリストとしての最低のモラルですから」

浅見は笑いながら言って、「たしか、水谷静香さんでしたか」

「ふーん、名前まで知ってるんですか」

和美は訝《いぶか》しそうな目になった。それは聡子も同様で、浅見に対する認識を新たにしたような表情が見えた。

「それで、会社は警察に届けたりしたのですか？」

「警察？　まさか……」

二人の女性は顔を見合わせた。

「えっ、まさかって……まさかそういう心配をぜんぜんしていないわけじゃないのでしようね？」

「そういう心配って？」

和美はポカンと口を丸く開けて、訊いた。

「それはつまり、その、なんて言うか、たとえばですよ、自殺のおそれがあるとか、そういったことです」

「自殺……」

ギョッとして、酒を飲む手が止まった。

「浅見さん、自殺って、彼女がほんとに自殺すると思うんですか？」

聡子が怖い顔をして言った。

「可能性としては、充分考えられるし、また、当然そう考えるべきでしょう。事実、行方不明になってから、すでに何日も経《た》っているのですからね」

「だけど、たかがあんなことぐらいで、自殺したりするかしら？」

「あんなことというと？」

「ですから、相合傘の落書き……あら、それじゃ浅見さんは、そのことは知らなかったんですか？」

「ええ、知りません。しかし、そうですか、相合傘の落書きをされたのが原因で失踪したのですか」

「ううん、行方不明になったのは、落書きをされる前ですけど……」

聡子は言い淀《よど》んだ。

「は？　というと、相合傘の落書きが書かれる以前に、すでに原因があったわけですか？」

「うん、そうなの。噂がね、あったわけ」

関口和美が面倒臭そうに言った。

「となると、問題は相合傘の下に書かれた、男の人の名前ですね。それは誰だったのですか？」

「仙石さん……」

聡子が慌てて、「だめよ！」と和美の腕を摑んだが、遅かった。

「仙石さん？　あの広報室長のですか……」

浅見は、中年もすでに峠を過ぎようとしている仙石の、どちらかというとズングリした体軀を思い浮かべた。

「その噂は当たっているのですか？　つまり、水谷さんと仙石さんとの結びつきは」

「当たっていませんよ、そんなもの」

元久聡子が、汚ないものを吐き出すような、はげしい口調で言った。

「あら、そうとも言えないのとちがう？」

和美は不満そうに口を尖らせた。

「そりゃ、たしかに、仙石室長と水谷さんじゃ、親子ほども歳が違うけど、でもね、男女の仲はわからないんだから」

「いくつなんですか、仙石室長は？」

「四十代の後半……四十七か、八ぐらいだと思ったけど。水谷さんは元久さんと同じでしょう？　それじゃ、二十は違うわね」

「そうなのですか……」

小柳は「ちょうどいい歳恰好」と言っていたが、そうだったのか——と、浅見は特別な想いで聡子を見た。

聡子は浅見の視線を払い除《の》けるようにかぶりを振って、「だけど、仙石さんは絶対に違うわよ」と言った。

「なんで？　なんでそう言えるわけ？」

和美は絡みつくような言い方をしている。少し酔いが回ったのかもしれない。

「聞いたんだもの」

「聞いたって、仙石さんに？」

「そうよ、聞いたのよ、でたらめだって、すっごく迷惑しているって」

「そんなもの、誰でも否定するわよ。私は関係あると思うな。現に、見たもの。あの二人がデートしているところ」

「うそ」

「うそじゃないって。見たのは私だけじゃないわよ。ほかにも何人もいるわよ。二人はできてるって噂、知らないの？　でなかったら、水谷さん、どうして消えてしまわなければならなかったのよ」

「それはわからないけど。だけど違うわね、絶対に違う。デートしてたっていうのだって、たまたま一緒にいたのかもしれないじゃない。仙石さんと水谷さんにかぎって、絶対に何もないわよ」

「すごい自信ですね」

浅見は穏やかな苦笑を浮かべて、二人のやりとりに割って入った。

「もし仙石さんと水谷さんが何の関係もないとすると、噂はもちろん、中傷されたぐらいで、失踪するのはおかしいですね」

「そうよ、おかしいわよ。やっぱし、何かあるに決まってるわよ」

和美がわが意を得たりとばかりに強調するのを抑えて、浅見は言った。

「そうとばかりはいえないな。失踪したから二人の間に何かあったと決めつけるのは、論理的じゃないですよ。何かあったから失踪した——というのは論理的にその可能性はあるけれど、その逆もまた真とはいえないでしょう」

「ん？　それ、どういう意味？」

「つまり、かりに仙石さんと水谷さんのあいだに何もなくても、失踪はあり得るのじゃありませんか？　言い換えれば、失踪の原因のすべてが、仙石さんとの不倫な関係や、その噂を苦にしたためだと断定するのは、間違っているということです」

「そうよ、そうですよ」

聡子が大きく頷いた。

「そればかりではありませんよ。彼女に失踪するような理由がまったくなくても、失踪する可能性はあるものです」

「はア？……」

今度は聡子までが煙に巻かれたように、和美と顔を見合わせた。

「仙石さんと水谷さんの相合傘の落書きがあったことと、水谷さんの失踪事件は、偶然、重なりあって起きたことかもしれないし、ことによると……」

浅見はプツンとテープが切れたように、言葉を止めた。

「ことによると、何なのですか？」

聡子は眉をひそめて、浅見を睨みつけて訊いた。浅見はしばらく逡巡《しゅんじゅん》したが、仕方なさそうに言った。

「もしかするとですよ、誰かがそういう意図を持って落書きを書いた可能性も、考えられないわけではありません」

「そういう意図っていうと？」

「水谷さんが、失踪して、追い討ちをかけるように落書きが出れば、誰だって落書きと失踪を結びつけるだろうという意味です」

「あっ……」

聡子は胸を衝かれたように顎を引いた。

「えっ、えっ、何なのよ、それってどういうこと？　わかんない」

和美は聡子の腕を摑《つか》んで、揺さぶった。

「止《や》めましょう、こんな話。不愉快になるばっかしだもの。さ、飲もうよ、ね」

聡子は和美のグラスに、お銚子《ちょうし》の中身をトクトクと注いだ。

「そんな、自分ばっかしわかって……だけど、まあいいか。飲もう飲もう」

顔には出ていないが、さすがに和美の酔いはかなり進んだ様子だった。体の揺れが大きくなっている。聡子はさらに積極的に和美にアルコールを勧めた。明らかに、お邪魔虫を酔いつぶしてしまおうという意図が見える。

それから十分ほどいて、三人は魚村を出た。浅見は少し料金が心配だったが、想像以上に安いのでほっとした。

和美はむやみに陽気になって、浅見の腕に縋《すが》りついてはしゃいだ。

「ねえ、ディスコ、行こう」

「だめよ、踊ったりしたら、あんたメロメロになっちゃうから。それより子供と酔っぱらいは、もう帰る時間だわ」

「私は酔ってなんかいないし、子供でもないわよ。嘘だと思うなら、ねえ、浅見さん、ホテル行こう。私はジェットバスのあるお部屋がいいな。聡子はどうなの？」

「ばかなこと言わないでよ」

聡子は慌てて和美の口を押えて、「浅見さん、タクシー止めて。とにかく、この子、帰しちゃいましょう」

浅見も慌てふためいてタクシーを呼んだ。

和美は駄々《だだ》をこねていたが、タクシーに押し込むと、運転手が心得て、ドアを閉めるなり、サッと走りだした。

2

残った二人はバツの悪い顔を見交わして、肩を竦《すく》めあった。

「浅見さん、長浜《ながはま》の屋台、行ってみませんか？」

「ああ、いいですね。後学のために一度行きたかったのです」

夜の街をゆっくり歩いた。

「さっき浅見さんがおっしゃったことだけど」と、聡子は足元に視線を落としながら言った。

「あれは、つまり、水谷静香さんの失踪は、何者かが仕組んだことだという意味だったのですか？」

「そうですよ」

浅見はあっさり肯定した。

「そして、それを誤魔化《ごまか》すために、仙石さんと水谷さんの相合傘の落書きを書いたっていうわけですね？」

「そうです」

「だったら、水谷さんは、いま、どこで何をしているんですか？」

「さあ……何かしていてくれればいいですけどね」

「えっ？　それ、どういう……」

聡子は立ち止まった。振り返った浅見を、ネコのような目が睨んでいる。

「長浜、行きましょう」

浅見は背中を見せて歩きだした。聡子もついてきたが、一歩、浅見より遅れて歩いた。

「あなたが仙石さんから聞いた話をしてくれませんか」

浅見は前を向いたまま言った。

「課長は、仙石室長は、さっき言ったみたいに、あの落書きは事実無根だって言いました。それから、水谷さんの消息がどうなっているのか、調べてみてくれって……水谷さんと私とは、同期なんです。私は秘書室だし、彼女は案内ガールで、わりとほかの人たちから白い目で見られたりするセクションにいるわけで、何かと話しあうことがあったものだから、彼女の消息を知っていると思ったのかもしれません」

聡子は浅見の背中に向けて、喋った。

「でも、水谷さんからは何も聞いていなかったし、失踪の兆候《ちょうこう》みたいなことにも、何も思い当たらないんです。一応、彼女の自宅にも行って、ご両親からいろいろ聞いてみたんですけど、やっぱり何もわからないっておっしゃるんです」

「恋人とか、付き合っている男性はいなかったのですか？」

「水谷さんは美人だし、恋人やボーイフレンドの一人や二人いたと思うのだけど、それが不思議に、誰も知らないんですよね。むしろ、さっき和美が言っていたみたいに、仙石室長の名前なんかが噂に出てきて……だから彼女、よっぽど上手に隠していたのか、それとも、ほんとにいなかったのか……」

「家族は警察に、捜索願の届けは出したのですかね？」

「出したと思います」

捜索願が出ても、警察が真剣に捜索に取り組んでくれるかどうか、あまり期待しないほうがいいのは、いつの場合も同じだ。

夜更《よふ》けの街を十分ぐらいは歩いた。聡子はいつしか浅見と肩を並べていた。

「こうしているところを、誰かが見たら、デートだと思いますよね、きっと」

聡子が笑いを含んだ声で言った。照れ隠しに言っているようでもあるけれど、男の気持ちを打診するようにも聞こえて、浅見はドキリとした。

「なるほど、関口さんが、仙石さんと水谷さんのデートを目撃したと言っていたのも、ひょっとすると、こういう状態を見たにすぎなかったのかもしれませんね」

「え？　ええ、まあ……」

聡子はチラッと、「人畜無害」の青年に視線をくれて、つまらなそうな顔になった。

長浜の屋台はあまりにも有名だ。魚市場の裏通りの両側に、ビッシリと店が並び、とんこつラーメンやおでん、煮物、焼き魚、ホルモン焼きのたぐいを食べさせる。

屋台といっても、ふつうのラーメン屋のように車で引いて歩く——というのではなく、バラックの小屋程度の、かなりしっかりした造りである。簡単で粗末な木製のベンチに腰かける。足元はコンクリートの地面だが、囲いもあればドアもある。その店が、夕方、市場が閉まるころからバタバタと組み立てられ、明け方近くになると、いっせいに店を畳む。あとは、きれいに掃除も行き届き、打ち水までした、本来の広い歩道に早変わりというわけだ。

聡子の馴染みだという店に入った。威勢のいいおやじが「いらっしゃい、久し振りだねえ」と声をかけて寄越した。

「このお店、水谷さんと何度か来たことがあるんです」

聡子はもの慣れた様子で、浅見のために、ラーメンと、何やら名前のわからない、煮物のようなものを注文してくれた。

お世辞にも衛生状態がいいとは思えないし、世の中にはもっと美味いものがたくさんあるはずなのだが、長浜の屋台街はいっこうに廃《すた》れないのだそうだ。いまでは観光名所になって、全国からここを目当てに博多を訪れる客も多いらしい。

「今日はもう一人のベッピンさんのおネエちゃん、来んと？」

おやじが訊いた。

「うん、ちょっとね。ここしばらく会社、休んでいるの」

「ふーん、病気でもしとるんかね？」

「そうじゃないけど」

「あのねえちゃんが来たら、このあいだのこと冷やかしてやろ思うとったが」

「あら、彼女、あれから来たの、おじさんのお店に？」

「いや、そうじゃないが、ひょんなところで見かけたもんでよ」

「ひょんなところって、どこ？」

「早良《さわら》の山の中でよ」

「早良？」

聡子は浅見に、「早良区っていうのは、シーサイドももちのあるところです」と説明を加えた。

「シーサイドももち」といえば、ウォーターフロントで、エイコウグループのレインボードーム計画が進行しつつあるところだ。浅見は緊張した。

「いや、わしが見たのは、早良ちゅうても、ずっと南の端、ほら脊振《せふり》ダムいうのがあるでしょが、あのダムの近くたい」

「ああ、そうなの。でも、そう言われても、よくわからないけど、そんな山の中で、何していたの？」

「わしは……」と言いかけて、おやじは「へへへ」と卑猥《ひわい》な笑い方をした。

「まあ、わしのこつはどうでもよかが、あのねえちゃんは、車でデートしよったんやろうな」

「というと、男の人と一緒だったわけ？」

「そらそういうことになろうな」

「それ、いつのこと？」

「いつだったか……一週間ぐらい前のことやないやろうか」

「一週間……」

聡子は浅見を見た。浅見は黙って頷いた。質問をつづけて――という意思表示だ。

「ねえ、それ正確なところ、何日だったか憶えていない？　ううん、ぜひ思い出してほしいんだけど」

「火曜日やったから……そうや、六日前ということになるか」

　またしても、聡子は浅見の顔を見た。今週から中元セールに入って、休日は返上だが、火曜日は天野屋の定休日で、まさしく、水谷静香が会社を休みはじめた前日のことなのだ。

「彼女の相手、どんな男の人だった？」

「あはは、男のことはどうでもええ思うとったもんで、顔ははっきり見んかったな。それに、むこう向いとったし」

「若い人？」

「いや、中年だな、四十歳くらいやなかったかな」

「プロポーションは……あ、そうか、車の中じゃわからないわねえ……せめて、がっしりしたタイプかどうかぐらいわからなかったかしらねえ」

　聡子は暗に、男が仙石隆一郎であるかないかを気にしている。

「がっしりしとったかどうか知らんが、痩《や》せた感じではなかったな」

「女性は間違いなく彼女だったの？」

「ああ、それは間違いない。車が通るのに気づいて、顔をこっちに捩《ね》じ曲げたのを、バッチリ見たから」

「どんな感じでした？　楽しそうだった？」

「楽しいっていう感じではなかったな。なんだか心配そうな顔しとった」

「心配そう？」

「ああ、心配そうというか、不安というか……それでちょっと気になったけど、こっちも連れがおったし、そのまま素通りしてきてしまったが」

そのときのおやじの感じた「不安」が伝染したように、聡子は脅えたような表情を浅見に向けた。

「その早良の山の中というのは」と浅見が訊いた。

「デートコースなのですか？」

「そうやなあ、ちょっと不便なところやけど、まあデートコースいうてもよかろうな。景色もよかし、脊振ダムをひと巡りするあの道は、女性にはごきげんやろな。あんまり人も来んし……」

「彼女に出会ったのは、何時ごろでした？」

「四時過ぎだったのじゃないかな。そうだ、間違いないですよ。わしは、この店を開かにゃいかんもんで、焦《あせ》っとったもんね」

「彼女が乗っていた車ですが、どんな車でしたか？」

「えーと、何だったかな……いや、憶えておらんなあ。外車ではなかったと思うけど、ぜんぜん記憶がないなあ」

おやじは首を振った。

結局、それ以上のことは、おやじは憶えていないということであった。

会話の最中も、おやじは手を休めず料理を作って、注文したものが浅見と聡子の前に並んでいた。しかし、話が一段落するまで、二人ともほとんど料理に箸をつけなかった。すっかりのびてしまったラーメンを、浅見はお義理に、美味そうに啜った。

屋台を出ると、聡子はずっと気になっていたらしく、すぐに言った。

「水谷さんがいなくなったことと、そのデートと、何か関係があるのかしら？」

「あるでしょうね」

浅見は断定的に言った。

「十八日の午後四時過ぎだとすると、私は何をしていたのかな？　……火曜日か……そうだわ、その日は社長が東京から戻るので、川井さんと一緒に空港まで迎えに出たんだわ」

聡子は暗い空に星を求めるように、視線を彷徨《さまよ》わせてから、言った。

「仙石室長、これからどうなるのかしら？」

唐突なようだが、彼女の胸のうちには、たえずそのことが引っかかっていたにちがいない――と浅見は思った。

「明日、脊振ダムというところへ行ってみることにします」

「えっ、じゃあ、捜しに？……」

訊いてから、「探し物」のことを想像して、聡子ばかりか、訊かれた浅見のほうも肩をすくめた。急に気温が下がったように、鳥肌が立った。

「だいぶ遅くなりましたね、お送りしましょう」

「いいんです、タクシーで帰りますから」

「お宅はどこなのですか？」

「東《ひがし》区の舞松原《まいまつばら》っていうところですけど、浅見さんは知らないでしょう？　舞うって字に松原って書きます」

「いい名前ですね。羽衣《はごろも》みたいに、まるで天女でも舞いそうなイメージだ」

「あ、そうなんです。昔は海岸線の松原だったところで、天女じゃないけど、神功皇后《じんぐう》が舞いを舞ったという伝説があるんです。すぐ近くには香椎宮《かしいぐう》があります」

「ああ、香椎宮の近くですか。えーと、香椎宮は神功皇后と仲哀《ちゆうあい》天皇と応神《おうじん》天皇を祀《まつ》っているのでしたっけ」

「ええ、そうです、そうです。よく知ってますねえ。さすがにルポライターだけのことはあります」

「ははは、ありがとう。しかし、『離合』も知らないだめな物書きですよ」

「そんなことはありませんよ。人間、何もかも完璧っていうわけにはいかないわ」

聡子は慰めてくれた。

屋台街の近くにタクシーが屯《たむろ》している。

「こんな遅くまで付き合っていただいて、ご両親に叱られませんか？」

「いまは独り住まいなんです」

「えっ、そうなんですか、それは寂しいでしょう」

「そうでもありません。マンションの三階ですけど、けっこう眺めもいいし、近所の自動車教習所の下手な運転を見物して、独りで笑いころげたり、楽しくやってます」

「ふーん……」

「いやだなあ、そんな化け物でも見るような目で見つめないでください。浅見さんはお子さんは？」

「お子さんどころか、僕もまだ独りです」

「それだったら、同じじゃないですか」

「それが違うのです。おふくろや兄の家族と同居していましてね。いまだに独立もできずにいます。だから、あなたのように独りでやっているひとは尊敬しちゃいますよ」

「でも、そういうの多いですよ。水谷さんだってそうだったし。女もね、二十五を過ぎると、だんだん家にいづらくなって……浅見さんは結婚はしない主義ですか？」

「ははは、僕もいま、同じ質問をしたくて、しかし遠慮していたところです」

「あら、遠慮なんかいらないわ。私は当分は結婚しないつもりです。いまの秘書の仕事、面白いし、つづけるつもりなら結婚できない条件みたいのがあるんです」

「というと、生涯、独身？」

「かどうか……結婚したくなったら、秘書を辞めればいいんですから」

「そうですか、羨《うらや》ましいなあ。居候はそう簡単には辞められません」

浅見の口調に妙に実感が籠《こも》っていたので、聡子は一瞬、目をみはってから、浅見が笑い出すのと一緒にはじけるように笑った。タクシーの運転手が、乗るのか乗らないのか？――と言いたげな顔で窓から覗いていた。浅見は運転手に五千円札を渡して、「舞松原まで送ってください」と言い、抗議しようとする聡子に、「じゃあ、また明日、連絡します」と言い置くと、身を翻《ひるがえ》して大股で歩きだした。

3

翌日、浅見は図書館で地名辞典を調べ、地図とガイドブックを買い込むと、レンタカーを借りて脊振ダムへ出掛けた。ラーメン屋のおやじの目撃談はどこまで信用できるものかわからなかったが、とにかく何もしないで待つよりは、積極的に動いてみるほうがいいに決まっている。

それにしても、福岡市内――それも特別区の中――と高をくくって出掛けたにしては、脊振ダムは遠かった。

福岡市にはじめて区制が敷かれたのは昭和四十七年で、その当時は西区《にし》、中央区《ちゅうおう》、博多区、東区、南区《みなみ》の五区であった。昭和五十年に西区は「早良町」を併合し、さらに昭和五十七年、西区が「西」「早良」「城南《じょうなん》」の三区に分割された。

三区の真ん中、博多湾に注ぐ室見川《むろみがわ》の東側に位置するのが早良区である。

「筑前国早良郷《ちくぜんのくにさわらごう》」は平安期のころからその地名は知られていた。文永《ぶんえい》の役《えき》のときには、蒙古《もうこ》軍は室見川河口付近の百道《ももち》の浜に上陸、室見川沿いに南下し、日本軍とのあいだに激戦を繰り広げた。その戦いの中心地は、現在の早良区の中央部付近であったという。

早良区はその辺りまではどうにかこうにか市街地、または住宅地と呼べる賑わいがあるけれど、それから南下するにつれて農地と山林が増え、やがて本格的な山地になってゆく。

室見川の上流は、内野《うちの》地区を過ぎた小笠木川《おかさぎがわ》との合流点から奥は「椎原川《しいばらがわ》」と名前が変わる。椎原の集落辺りからはしだいに谷川の様相を呈して、川沿いの道は勾配がきつく、屈曲が多くなる。そして、分水嶺《ぶんすいれい》の板屋《いたや》峠を越えると急に視界がひらけた。牧場のある、なだらかな丘陵《きゆうりよう》地《ち》の底に、脊振ダムの湖面が見える。鈍いブルーの湖面が、薄曇りの空から洩れる陽射《ひざ》しに、キラキラ輝いた。

峠から先の集落を板屋という。板屋の世帯数は、二十、人口はおよそ五十——と地名辞典にはあった。とても早良区の一部とは思えない山村の風景である。

梅雨の雨が不足ぎみなのか、峠を下りきったダム湖の最上流地点付近は水がなく、ただの細い谷川になっていた。そこからダム湖畔を巡る道に入ることができるのだが、浅見は右にハンドルを切って板屋の集落を通ってみることにした。

ダム湖とのあいだに小さな丘を配した、盆地のような高原である。よく手入れされた田畑の中を行く道のところどころに、ポツリポツリという感じで民家が並ぶ。集落の中央に寺もある。博多の街とはあまりにも対照的で、何となく平家の隠れ里を連想させた。

板屋の集落を通り抜けたところで、ダムサイトへ行く道に左折した。そこは変則的な十字路で、右手の山道に入る角に「脊振少年自然の家」の看板があるのが目印だった。

切り通しのような坂道を五百メートルほど下ると、ダム湖にぶつかった。そこで道は左右に分かれる。車を降りて道路の端まで行くと、真下にダム湖が見下ろせた。右のほうに堰堤《えんてい》とダムサイトの建物がある。左へ行けばダム湖の周回道路である。白いコンクリートの道が、湖岸の森の濃密にしたたる緑の中に消えてゆく。

その緑の奥から人影が現われた。車椅子に乗った老人と、それを押す男と、若い女性の三人連れである。ハイキングにでも来ているのだろうか。若い女性は水色の裾《すそ》の長いワンピースに、大きな帽子を被《かぶ》って、車椅子の周りを踊るようなステップを踏んで歩いている。老人は車椅子にうずくまるように座って、じっと動かない。老人と娘に較べるせいか、車椅子を押す男はずいぶん大柄に見えた。三十五、六歳か、あるいはもっと上か、陽焼けした顔はいかめしく、スポーツシャツの袖からはみ出た腕は見るからに逞《たくま》しい。

三人の中で、若い女性だけが浅見に気づくのが遅れた。かなり近づいてから、ギョッとして、踊るような動きを止めて、急いで男の陰に隠れた。ワンピースの長い裾がフワッと風に舞った。その仕種がまるで少女のようにあどけない。

浅見はしぜんに笑みが浮かんで、何気なく三人に会釈を送った。

老人は無表情に、男はいかめしく、若い女性は恐ろしげに……三人三様の反応であったが、浅見の親愛の情を拒絶することでは共通していた。

カラカラと、車椅子の小さな乾いた音を引きながら、三人は浅見が見送る目の前を、黙って通り過ぎ、坂道を登っていった。長い坂道なのに、車椅子を押す男は平然と、同じ足取りで歩いている。一度だけ若い女性がこっちを振り向いたが、浅見の視線に出くわすと、おびえたように顔をそむけた。

三人の姿はじきにカーブを曲がって、茂みの向こうに見えなくなったが、白昼夢のような不思議な印象を、浅見の心に残した。

浅見はダムサイトの事務所に行ってみたが、巡回にでも出ているのか、人影は見えなかった。

車に戻って、ダム湖畔の道をゆっくり走った。ラーメン屋のおやじはこの道を「恋人」と二人でドライブしたと言っていた。その途中のどこかで、水谷静香と思われる女性を目撃したというだけで、はっきりした場所はわからないらしい。

しかし、湖畔の道路は細く、車を停めてデートを楽しめるような場所はなかなか見つからなかった。ただし、車を停めて死体を投げ捨てるのには、どこもかしこも適しているようには思える。浅見はときどき車を停めてはダム湖を覗き込み、茂みの奥を透かして見た。しかし、たとえ広大なダム湖のどこかに死体があるにしても、よほどの幸運（？）でもないかぎり、それを発見することは不可能であると思わないわけにいかなかった。

ダム湖の水が消えて、最上流部に達した。峠から下って来る本道にぶつかる地点である。そこを右に折れて、湖畔の反対側の周回路を辿った。

湖に突き出た岬のような平坦な土地に、ちっぽけな神社が建っている。草が生《お》い茂った境内《けいだい》に、どこかの高校生らしいトレーニングウエアの少年たちが屯していた。その前を通過して、浅見は少し車のスピードを上げた。

＊

この日、脊振少年自然の家では、小笠木にある早良高校サッカー部の部員十四人が合宿中であった。

「自然の家」から脊振ダム湖を巡ってくるコースは、ジョギングにはうってつけの距離である。全体がゆるやかな起伏に富んだコースであり、道がいいわりには、交通量がほとんどない。

十四人の部員は湖の対岸を時計の針とは逆に回って、北端にある神社で小休止した。境内の草地に思い思いに腰を下ろしていると、県道のほうから車がやってきた。平凡な国産車で、それ自体には何の興味も惹《ひ》かれなかったが、全員がその車を目撃しているのは、この辺りでは、車に出会うことがまったくといっていいくらいなかったためである。それに、エンジントラブルでも起きたのではないか——と思えるほど、ゆっくりした速度で走ってきたから、奇異な印象を受けた。実際、ほとんどの部員は故障かと思ったのである。

しかし、よく見ると、運転をしている男が、道路の左右に気を配り、まるで落とし物でも探している様子だ。道路脇だけでなく、草地や灌木《かんぼく》の繁茂《はんも》するあたりまで、覗き込むような目を注いでいた。

車は神社の前まで来て、サッカー部員たちが草地の中にたむろしているのを見ると、「探し物」を諦めたのか、急にスピードを上げ、行ってしまった。

それを潮《しお》のように、キャプテンが「さあ、行こか」と腰を上げた。そのときになって、部員の一人が便意を催した。仲間にからかわれながら、茂みの奥に入り込んだ。

この付近は灌木が多く、草が生い茂っている。あまり人には見せたくなく、また見たくもない、例のポーズを取るには、最適の場所ではあった。

「おい、なるべく遠くへ行ってやれよ」

キャプテンの命令がなくても、恥ずかしがりの彼はどんどん茂みの奥まで入ってトレパンを押し下げた。

とたんに、異臭が鼻をついた。自分のモノの臭いはまだ発生していないにもかかわらず——である。しかし彼は、自分のモノの前触れかもしれないと思い直した。そして、本格的に目的の作業にかかったが、新鮮なそのモノの臭いとは、明らかに異質の、しかも強烈な臭気に、思わず吐き気を催した。

（何だ、これは？——）

彼は本来の作業に文字どおり「ふんぎり」をつけて、臭気の発生源を確かめるべきかどうかを思案した。得体の知れぬいやな予感が、彼に仲間の元に戻るよう命じた。だが、そのとき、中腰になって周囲を見回した彼の目は、ほんの十メートルばかり先に横たわっている、人間の、それも女性らしい衣服に包まれた物体を発見してしまった。

彼は悲鳴を上げ、たったいま体外に排出したばかりのモノを、もう一度元に戻したいとでもいうような位置に、尻餅をついた。

彼の悲鳴を聞いて、十三人の部員全員が現場に駆けつけた。試合には弱いが、チームワークのいいのが、早良高イレブンの特色であった。しかし、その特色が、現場に残されていたかもしれない足跡を完全に採取不能にしてしまった。

それから二時間後、大挙してやってきた警察の連中は、踏み荒らされた茂みを前に、地団駄《じだんだ》を踏むことになる。

異臭を発していたのは女性の死体で、死後数日を経ていると推定される。身元を示すような所持品はなかったが、洋服にネームがあって、「水谷」と読めた。

解剖の結果、死因は頸部《けいぶ》をロープ状のもので絞めたことによる窒息死。状況から見て殺人事件と断定、ただちに所轄の西《にし》警察署に捜査本部が開設された。

警察は現場周辺の目撃者捜しにかかったが、第一発見者である早良高の生徒たちから、耳よりな話を聞いた。ほぼ全員が、現場付近の道路を、胡散《うさん》臭い様子で走っていた車を目撃したというものだ。

車種は簡単に特定できたが、そのうえに、二人の生徒が「あれはレンタカーだった」と証言した。ナンバープレートの平仮名が、レンタカーであることを示す「わ」であったというのである。事件に関係があるかどうかはともかくとして、警察は市内のレンタカー屋を当たり、翌日の朝までには、同車種の車を借りた人物を探し出した。

――浅見光彦――

これがその人物の名前であった。免許証の住所は「東京」である。

「西鉄グランドホテルにお泊まりだと思いますよ。車をホテルにお届けしましたから」

レンタカー屋がそう教えてくれた。急がないとチェックアウトしてしまうおそれがあった。

＊

浅見にとって、この日の出来事は災難というほかはない。昨夜、『旅と歴史』の原稿のまとめにかかって、夜明け近くまでワープロを叩いた。午前十時までは眠るつもりが、けたたましい電話のベルに叩き起こされた。それが厄日《やくび》の始まりである。

電話はフロントからで、「警察の方がお目にかかりたいと……」と言った。

何だかわからないが、ラウンジに下りてゆくことにして、眠い目をこすりこすり、部屋を出た。

そのとき、廊下の左右に明らかに刑事とわかる男が佇んでいるのに気がついた。エレベーターに乗ると、二人ともちゃんと背後についてきていた。浅見はいやーな予感がした。

ロビーにも二人、すぐにそれとわかる男どもがいた。彼らの中でもっとも年配と思われる小柄な男が寄ってきて、「浅見さんですね？」と確認してから、手帳を示した。この男がどうやらいちばん上役らしい。

「恐縮ですが、あちらでちょっとお話を聞かせてください」

うわべは丁寧《ていねい》そうだが、むろん有無を言わせない態度である。

男はほかの三人をその場に残して、ラウンジに入った。この時間はラウンジは営業していないので、客はもちろん、従業員もいない。事情聴取にはもってこいの場所だ。

刑事は「西警察署の北島《きたじま》巡査部長」と名乗り、まず、浅見の昨日の午後四時ごろの行動を訊いた。相手の意図が摑めなかったが、浅見はともかく素直に答えることにした。

「午後四時ごろは、レンタカーを借りて、ドライブをしていましたが」

「どこを走っていました？」

「さあ、何ていうところか、山道みたいなところでしたよ」

「この地図で示してくれませんか」

北島部長刑事は福岡市域の地図を広げた。そのことで浅見は驚いてしまった。

「ほう、僕がドライブしていたのが福岡市内だなんて、どうしてわかるのですか？」

北島はニヤリと笑った。警察は何でもお見通しだ――と言いたげだ。

「まあいいですから、どこを走ったのか、教えてください」

「この辺りだと思いますが」

浅見は隠しても無駄そうだと思って、脊振ダムを巡る道路の辺りを指差した。

「そこで何をしていたのですか？」

「何って……もちろん車を走らせていましたが」

「速度はどのくらいでした？」

「速度？……いや、僕はスピード違反なんかしていませんよ」

「ははは、そのようですな。それどころか、きわめてゆっくりした速度で走っていたそうですが。どうしてですか？」

「驚きましたねえ。ゆっくり走って文句を言われるとは思いませんでしたよ」

「いや、文句を言うつもりはありません。ただ、何が目的で、ゆっくり走ったのか、お訊きしているのです」

「それはもちろん、景色を楽しみながら走っていたのです」

「ふーん、妙な話ですなあ。目撃者の話によると、あなたは道端ばかりを見ながら走っていたそうじゃないですか。それとも、道端にいい景色でも落ちていましたか？」

「ははは、面白いことを……」

笑おうとした浅見の顔が、ふいにこわばった。

「えっ？……まさか……それじゃ、見つかったのですか？」

とたんに北島が身構えた。

「見つかったとは、何のことです？」

「決まっているでしょう、死体ですよ」

「死体？……やっぱりそうか」

北島は中腰になると、少し離れたところに待機している仲間に合図した。四人の刑事が浅見の周りを取り囲んだ。

「ちょっとあんた、署まで来てもらいましょうか」

「えっ、僕が警察にですか？　どうしてですか？」

「どうしてって……ここで尋問をするわけにはいかんだろう」

北島は周囲を見回して、言った。

「尋問とは穏やかじゃありませんね、まるで容疑者に対するみたいな……」

「まあいいから、とにかく言いたいことがあれば、署に行って話してもらいましょう」

「そんなことを言われても困りますねえ。僕のほうにもいろいろ予定がありますよ。第一、まだ顔も洗っていないし、食事だって」

「食事ぐらいは警察でも食える。それに、何もなければすぐに帰れるのだから、ホテルでゆっくり、フランス料理のフルコースでも食えばいいでしょうが」

何を言っても無駄であった。

西警察署までは、ホテルのある天神から昭和《しようわ》通りを一直線、十分ほどの距離であった。交通地獄の東京から見れば、福岡市はどこへ行くのも簡単だ。

浅見は取調室に入れられて、すぐに尋問が始まった。

「さっきの続きだが、早い話、あんたがやったのか？」

北島は居丈高に言った。言葉つきも無礼になっている。

「やったって、何をですか？」

「とぼけてどうする？　自分でそう言ったじゃないか。『死体』と」

「ええ、言いましたよ、死体が見つかったのかと訊いたのです。そうでもなければ、朝っぱらから僕を叩き起こしたり、こんなふうに尋問する理由がないじゃありませんか。やっぱりあの峠のどこかにあったのですね？」

「そうか、死体を遺棄したのは別の人間というわけか。仲間は……共犯は何人だ？」

「ばかばかしい、何を勘違いしているんですか。それより、死体が見つかったのなら、すでに身元の確認はできたのでしょうね？　やはり水谷静香さんだったのですか？」

「水谷……」

北島は（信じられない――）という顔になった。訊かれもしないのに、被害者の名前まで口走る犯人なんて、彼の長い経験に照らしても、あるはずがないのだ。

「あ、あんた、その水谷シズカというのは誰のことかね？」

「えっ、じゃあ、違うのですか？」

「ん？　いや、水谷は水谷だが、下の名前がシズカかどうか警察ではまだ確認……いや、そんなことはどうでもいい。それより、あんた、どうしてその、被害者の名前を知っているのか説明してもらいたいな」

「どうして知っているかって……警察だって知っているでしょう。彼女の捜索願が出ているはずですが」

「なに？　捜索願が出ているって？」

「驚いたなあ、まだそんなことも調べていないのですか？　いったい、警察は何をしているのですか？」

「ん？　あ、いや、その作業は別班でやっていることであって……しかし本当かね、その捜索願が出ているというのは」

「本当ですよ。たしか大牟田署のほうに出されているはずです。嘘だと思ったら調べてみてください」

北島部長刑事が指示するまでもなく、刑事の一人が取調室を飛び出して、廊下をドタドタと走っていった。その結果がわかるまで、気まずい沈黙の時間が流れた。

しかし、刑事はすぐに戻ってきた。たしかに大牟田署のほうに水谷静香に関する捜索願が出されていて、たったいま、捜査本部にもその報告があったところだという。

「ふーん……」

北島部長刑事は当惑した目で、しばらく浅見を見つめてから、思い直したように、新たな疑惑をかき立てて言った。

「それにしても、あんた、どうしてそんなことを知っているのか？」

「いや、そんなことより、彼女の遺体はどこにあったのですか？　やはり、あのダム湖畔のどこかですか？　死体の第一発見者は誰ですか？　死後経過はどのくらいでしたか？　死因は？　自殺ですか、他殺ですか？　死体および現場の状況は？……」

「うるさい！」

北島は癇癪《かんしゃく》を起こした。

「尋問しよるのはこっちだ。あんたは黙って、こっちの訊くことにちゃんと答えればよかたい。わしがあんたに訊いとるとは、なんで被害者のことを知っとるとかってことたい」

「それはですね、ある人があそこの近くで、車に乗っている彼女を見かけたという話を聞いたからです。しかもですよ、彼女は男性の運転する車に乗っていたというのです。それで僕は、もしかすると、何か彼女の失踪事件の手掛かりが掴めるかもしれないと思って、車を借りてあの湖畔の道路を走ってみたのです。しかし、車で通過しただけじゃ、何もわかりませんでした……あ、そうか、発見したのは、あのときのマラソンの連中ですか。たしか高校生ぐらいの。なるほど、僕を目撃していたのも彼らだったわけですね。しかし、さすが警察ですね、レンタカーを探し当てて、僕のところに来るにしても、かなりのスピードです。いやあ、立派ですねえ」

「あんたねえ……」

北島部長刑事は、目にゴミでも入ったように顔をしかめて、首を振り振り言った。

「あんたにわれわれの仕事を褒めてもらったって、嬉しくも何ともないよ。それよか、どういうことになっとるとか……まず、あんたとその水谷ちゅう死んだ女性の関係から聞かせてもらおうかね」

「関係なんかありませんよ。たまたま、水谷さんが失踪していることを知っただけです。しかし、捜査に役立ちそうな事実について、多少のことは知っていますから、教えてあげてもいいですよ」

「教えるって……何を言いよるとか、あんたは、こっちに訊かれたことをありのまま話せばいいんだ」

「いや、それじゃもどかしいですよ。だいたい、警察の尋問は無駄が多いものです。的外れの質問やよけいな話を抜きにして、核心に触れることだけを話します。それより刑事さん、僕の考えだと、この事件はですね……」

「いいから！」

北島は悪夢を振り払うように、横殴りに腕を振って怒鳴った。

「あんたの考えなんか聞きたくもないよ。第一だ、警察の尋問に的外れだとか無駄話なんかはないのだ。わかったかね」

「はあ、まあ、わかりました」

「それでは改めて訊くが、まず住所氏名年齢職業等を聞かせてもらおうじゃないか」

浅見はやれやれ——と吐息《といき》をついた。こうなったらもう、災難と思って諦めるほかはない。

4

元久聡子が出勤するのを、まるでどこかで見ていたように、無人の秘書室の電話が鳴りだした。聡子はバッグをデスクの上に放り投げるようにして、受話器を取った。

電話は仙石隆一郎からだった。「やあ、おはよう」少し眠さが残っているような、振幅の大きいバリトンであった。

「いま、きみが来るのを窓から見ていてね、それでタイミングを計って、電話した」

仙石はいたずらっぽく言って、「新聞、見たかい?」と訊いた。

「新聞? 何かしら。これから見るつもりですけど」

「だったら毎朝の社会面を開いてごらん」

聡子は積み上げてある新聞の中から毎朝新聞を抜き出した。

「少し左寄りの三段目のところ」

仙石に言われた場所には、「脊振ダム湖畔で女性の変死体——他殺か?」という見出しが三段抜きで出ている。聡子はドキリとした。

「これ、まさか……」

「この記事には何も書いてないのだが、さっき、毎朝の小柳を通じて警察に確認してもらったところによると、衣服に『水谷』という縫い取りがあったそうだ」

「えーっ!……」

聡子は悲鳴を上げながら、「あっ」と思い出した。

「そういえば、脊振ダムの近くで水谷さんを見たっていう話、聞いたんです」

「ほう、いつ、誰に？」

「一昨日の夜、長浜のラーメン屋で、おじさんが話してたんです。ほら、仙石課長も知ってるでしょう。食堂で会った、浅見さんていう、ルポライターの人と一緒でした」

「ふーん、彼もその話、聞いたのか」

「ええ、あの人、水谷さんが死んでいるって、予言めいたこと言ってたけど、当たったわけだわ」

「ラーメン屋は何て言ってた？」

「その店には水谷さんも私と何度か行って、おじさんも顔見知りでしたけど、水谷さんていう名前は知らないんです。でも、顔は彼女に間違いないって。車の助手席で、不安そうな顔をしていて、運転していたのは中年の男性で……」

言いながら、聡子は（はっ――）と胸を衝かれた。もしかすると、その男性は仙石かもしれないのだった。

「中年の男性で、どうしたって？」

「え？　いえ、中年の男性だっていうことしかわからないって、言ってました」

聡子はまるで、仙石を安心させるような気持ちを籠めて言った。

「そうか……」

仙石はまだ何か言いたそうな口振りだったが、そのとき、川井真知子が入ってきた。聡子は仙石にわかるように、「お早《はよ》うございます」と挨拶した。「お早う」と返す真知子の声を聞いて、仙石は「社長も見えたのかな？」と訊いた。

「いえ、社長はまだだと思いますけど」

聡子は真知子に「そうでしょう？」と、目顔で訊いた。真知子は頷いて、「誰なの？」と問い返した。

「仙石室長です。あ、室長、たったいま川井さんが見えましたから、電話、代わりましょうか？」

「うん、そうだね、そうしてくれ。それから、昼休みにグランドホテルのラウンジに来てくれないか」

早口で言うのに、聡子は明瞭な返事をする間もなく、真知子に受話器を渡した。

川井真知子は大友社長のスケジュールについて説明した。

「社長は一カ所、寄り道をしてから出社するとおっしゃってました」

真知子が言い、それに対して仙石もひと言ふた言、何かを依頼したらしい。

それからの三時間、聡子はふだんどおりに行動したつもりだが、実際は、ほとんど上《うわ》の空《そら》で過ごした。六人の秘書の中で、水谷静香の死を知っているのは自分だけだ——ということが、ひどく後ろめたかったし、それを誰にも話せない状態に、それこそ「腹ふくるる心地」であった。

社長は十一時近くになって出社した。すぐに仙石が呼ばれて何やら密談をしている様子だった。

昼休みになるのを待ち兼ねて、聡子は食事もしないで外出した。昼下がりの不倫にでも行くようで、無意識に人目を憚《はばか》っていた。

天野屋のユニホームを着たままで、西鉄グランドホテルのロビーに入るのは、かなり気がひけるものである。しかし、逆の見方をすれば、何か仕事上のことで来たように見られるという利点はあるかもしれない。実際、ここの贈答品の品揃えについては、天野屋の商品部が提携している。

ラウンジにはすでに仙石が待っていた。コーヒーはとっくに空になっていて、灰皿には吸《す》い殻《がら》が三本あった。

「じきに小柳が来るけど、変死体はやっぱり水谷静香だったそうだよ」

仙石は憂鬱そうな顔で言った。

「今日の夕刊には、かなり大きく扱われることになりそうだ」

聡子は「そう、ですか……」と言ったきり、体の震えがしばらく止まらなかった。あの静香が死んだ。それも、殺されて山の中の湖畔に捨てられていたなんて——。

「午後になると、たぶん警察がやってくる。事情聴取やら家宅捜索やらで、当分のあいだは、落ち着かないことになるだろうな。そのうちにマスコミもやってくるし」

仙石は嘆かわしそうに首を振ってから、腕時計を覗いた。それを合図のように小柳記者が小走りにやってきた。

聡子に手を上げて、「やあ」と挨拶して、「妙なことになってるみたいですよ」と、仙石に向けて言った。

「浅見氏は留守だそうです。それもですね、フロントが言い渋っていて、はっきりしないのだが、どうやら警察に連行されたらしいのです」

「浅見氏が警察に？……どういうことだろう？」

聡子も仙石と同じ疑問と、それに不安を感じて、小柳の顔に見入った。

「どういうことかわかりませんね。僕はとにかく、ここで十一時に会うことにしていたのです。それも彼のほうからの申し入れだったのだから……」

「ちょっと確認できないかな？」

「ええ、いまサツ回りのやつに頼んでおきましたから、おっつけ、何かわかるとは思いますが」

聡子と小柳はコーヒーを注文し、しばらくのあいだ、三人は沈黙した。急変する事態を前にして、それぞれの想いに耽《ふけ》っている。

聡子には事態を冷静に把握したり憶測したりする余裕はなかった。ただひたすら、水谷静香の変死体をイメージしないように——と、そんなことばかり考えていた。そのくせ、逃げようとすればするほど、髪振り乱した、恨《うら》めしそうな静香の死に顔が、脳裏に浮かんできてしまう。このぶんだと、今夜の夢に、間違いなく彼女が現われそうだ。

ボーイが「お電話です」と、小柳を呼びに来た。「ほいきた」と応じて、小柳は身軽に走っていった。

「じつはね」と、仙石は小柳の後ろ姿を見送りながら、聡子に言った。

「半月ばかり前、水谷さんと内密に会ったことがあるのだよ」

聡子は何を言い出すのか——と、目を丸くして、仙石を見つめてしまった。

「彼女のほうから内密に話したいってね。それで、博多駅前地下街の喫茶店で落ち合って話を聞くことにしたのだが、たまたま途中から思わぬ邪魔が入って、肝心なことは聞けなかった」

「邪魔って、何ですか？」

「まったくの偶然なのだが、隣りのテーブルに安岡さんが座ったんだ」

「えっ、安岡さんて、あの、電話交換室にいた安岡礼子さんですか？」

「そう、驚いたなあ。彼女が辞《や》めて以来だから、二年ぶりぐらいじゃないかな。彼女のほうもびっくりしてね、最初はこっちがデートでもしているのかと思ったらしくて、遠慮していたが、そんなんじゃないからって、一緒の席に呼んでさ……しかし、水谷さんは困ったような顔をしてはいたね。もっとも、隣りに座っていられたんじゃ、込み入った話をしたくてもできない状況には変わりがない。結局、僕のほうも時間切れで、そのまま中座することになったから、そのあと、二人がどうなったかも知らないのだが」

「あとで水谷さんから聞かなかったのですか？」

「ああ、そのうちに聞こうと思っていたら、こういうことになってしまった」

仙石は沈痛な表情になった。

「水谷さん、何を話そうとしていたのですかねえ？　わざわざ室長を呼び出したくらいだから、きっと重要なことだったにちがいありませんよ」

「まあそうだね、安岡さんが来る直前に、少し聞いた話だけでも、興味を惹かれる内容だった。いや、それだけじゃないんだ。じつは、それがきみに、ここに来てもらった理由でもあるのだが、その話の中に、きみの名前が出たものだからね」

「えっ？　私の、ですか？」

「そう、彼女が『元久さんの……』と言いかけたときに、安岡さんが現われた。それで僕はあとの言葉にストップをかけたのだよ。固有名詞が出るのは、具合が悪いと思ったからね。水谷さんのほうもそう思ったにちがいないし、秘密を要する内容だったのだろう。でなければ、構わず話したはずだ」

「だけど、私がどうしたって言うつもりだったのかしら？」

「うーん、それはわからないが……どうだろう、きみに何か心当たりはないかな？　安岡さんが来るまでの、話の前段部分から推測すると、かなり重大な事実を含んだものであったと思うのだが」

「そんなこと……」

聡子は唖然《あぜん》としてしまった。

「そんな重大なこと、私は何も知りませんけど……話の前段部分て、いったい何のことだったんですか？」

「いや、それもまだ、彼女がはっきりしたことを言い出す前だったから、詳しいことはわからないのだが、ただ、『内部告発』という言葉を口にしていた」

「内部告発……」

「ああ、内部告発に関する資料があるらしいのだよ」

「天野屋のですか？」

「まあ、彼女が言うのだから、おそらくそうだろうね」

「それに私が関係しているっていうことですか？」

「それはわからない。ある人物とある人物が話しているのを、ある人物がたまたま聞いていて、それを水谷さんに話して聞かせたということだ」

「そんな……ある人物って、それ、誰と誰と誰なんですか？」

「三人のうちの一人については、わかっているけれど、ほかの二人はわからない。水谷さんは知っていたのかもしれないし、教えてくれるつもりだったかもしれないが、そこに安岡さんが現われたというわけだよ」

「その三人の誰かのうちの一人が私だっていうのでしょうか？」

聡子は顔から、サーッと血の気が引いてゆくのがわかった。

仙石がそれに答えようとしたとき、小柳が戻ってきた。

「どうも、警察のガードが固くて、はっきりしたことは掴めないんですがね。西警察署に、それらしい人物が連行された気配があるにはあるそうです。しかし、それが浅見さんかどうかはわかりません」

「そうか……」

仙石は時計を見た。

「そろそろ来るころだな」

「警察ですか？」

「ああ、マスコミも煩《うるさ》く言ってくるのだろうね」

「いや、デパートさん相手に、むやみに騒ぎ立てるようなことはしませんよ。少なくとも、うちの新聞にとって、天野屋さんは大切な広告主《クライアント》ですからね。テレビだって同じでしょう」

「そうあってほしいものだね。さて、引き上げるか。広報室としては、これからしばらくは身動きが取れないことになるな」

仙石は席を立って、聡子に「きみも早めに戻ったほうがいい」と言った。

「その前に教えてください」

聡子は表情を引き締めて、言った。

「三人のうちで、名前がわかっている一人というのは、私のことですか？」

「ん？　ああ、いや、それは違うよ」

「じゃあ、誰なんですか？」

「うーん……いや、きみには言わんほうがいいだろう」

「どうしてですか、教えてくださいよ。私の名前が出たっていうのに、当の私が何が何だかわからないままでいるなんて、たまったもんじゃありませんよ」

聡子は本気で怒っていた。その剣幕に、仙石はもちろん、小柳もびっくりしたらしい。二人の男はしばらく動きを停めて、聡子を見つめていた。それから、仙石は苦笑して、聡子の耳元に口を寄せて、「鳥井昌樹だよ」と囁いた。聡子はドキリとして、顔が赤くなるのがわかった。思わず背を反《そ》らせ、仙石を睨みつけるようにして、「どうして？……」と訊いた。どうして鳥井の名前が出たのか――という意味と、どうして鳥井と私のことを知っているのか――という意味が籠められていた。

仙石は当惑げに首をかしげ、苦笑しただけで、聡子の問いには答えないまま、不得要領な顔をしている小柳の肩を押すようにして、行ってしまった。

第四章　怪しいルポライター

1

捜査当局がエイコウグループの平岡烈会長とはじめて接触できたのは、片田二郎の白骨死体が発見され、身元が確認されてから五日目のことであった。

平岡会長のスケジュールは文字どおり殺人的なもので、並みの人間なら、とっくに仕事に殺されているだろう——というのが、平岡を知る者たちのなかば感心し、なかば呆《あき》れての批評である。その平岡に事情聴取を申し入れてあったのが、この日になって、ようやく了解を取りつけるにいたった。

事情聴取は、エイコウグループ九州総本部の会長室で行なわれた。警察側からは福岡県警捜査一課長田原《たはら》警視正と、彼の部下であり、「御供所町殺人事件捜査本部」の主任捜査官に任じられた友永警視および吉田《よしだ》警部補の三名。吉田は若いエリート警視・友永の補佐をする恰好で、どこへでもついて歩く。いわば教育係としてなくてはならない貴重な存在だが、周辺の口の悪いのは、面と向かって「子守りじいさん」と呼んでいる。

「会長とのお話は、十分間だけにお願いいたします」

エイコウの河口所長は、玄関ホールのエレベーターの前で警察の連中を迎えたとき、開口一番、そう言った。「なにぶん、次の予定を繰り下げて、特別にご協力申し上げるわけでありますので」といったことを、クドクドとつづけた。

「それは困りますね」

友永警視は硬い口調で突っぱねた。

「困るとおっしゃると？」

河口は、自分よりはるかに年下の警視をジロリと見た。

「いや、十分になるか二十分になるか、話をお聞きしてみないことには、何とも言えませんよ」

「しかしですね、会長には二カ月も前から決まっている予定がありましてねえ」

「そんなことを言っても、片田二郎さんが殺されるなんてことまで、予定に入っていたとは思えませんが」

「それはまあ、そのとおりですが……」

河口は苦々しい顔になった。

「そもそも、被害者はおたくの会社の幹部社員なのですから、ほかはともかくとして、おたくが捜査に全面的に協力するのは当然だと思いますよ」

「そうおっしゃられても……」

河口は田原捜査一課長に、「どうなっているのです？」という、非難の色の籠った目を向けた。警察側とエイコウ側とのあいだには、あらかじめ暗黙の了解事項が成立しているのだ。この若い警視に、その「ルール」を守ってもらわなければ困るのである。

「まあまあ……」と捜査一課長は友永を宥めるように言った。

「こちらの会長さんは、このあと、通産大臣との会合がおありなのだそうだから、無理を申し上げるわけにもいかんのだよ」

「はあ……」

友永は仕方なしに「わかりました」と言った。エリート官僚が政治家の名前に弱いのは、若いころからの心得のようなものだ。

九州総本部の会長室は警察の連中が想像していたのよりは、ずっと小さく、質素な感じさえした。二千六百億のレインボードーム計画などと吹き込まれていたためにそういう気がするのではなく、実際、ごく平凡な会社のごく平凡な社長室並みのものであった。

平岡会長は、表向きは「やあ、ご苦労さまです」と、愛想よく迎えた。

「ほう、あなたが捜査主任をお務めですか。いや、お若いのにご立派なことです」

友永の名刺を見ると、ふかぶかと白髪《しらが》頭を下げた。こういうところが、この男の老獪《ろうかい》さである。目尻に皺を寄せて、柔和《にゅうわ》な表情を浮かべている。しかし、彼の網膜に映っているのは羽毛を逆立てて、せいぜい背伸びをしているヒヨッ子でしかない。こんなのは、いずれ、博多名物の饅頭《まんじゅう》のように、食ってしまうつもりでいる。

事情聴取といっても、相手が相手だけに、おのずから通りいっぺんのものになってしまう。会長から見た片田二郎の人となり――といったことに重点を置いた質問になった。平岡は片田を手放しで褒めた。「惜しい人材を失った」と何度も言い、「エイコウグループにとって、触角と手足を奪われたも同然」とまで嘆いた。額面どおりに受け取っていいかどうかはわからないにしても、平岡が片田を重用《ちょうよう》していたことは事実のようだ。

「ということですと」と捜査一課長は、ここぞとばかりに言った。

「逆に言えば、片田さんが亡くなったことで喜んだ人々もいるわけでしょうね」

「それはもちろんお説のとおりでしょうな」

平岡はわが意を得たり――とばかりに大きく頷いた。

「たしかに、片田が私やエイコウグループにとって、もっとも有能でありもっとも忠実な人材の一人であったことは事実ですよ。エイコウグループが九州に上陸して以来の、いうなれば破竹《はちく》の進撃は、片田の戦略と努力に負うところが大きかったのは、万人の認めるところでありますからなあ」

それに付け込むように、友永が言った。

「だとすると、その万人の中には、片田さんを恨みに思うような人間もいたと考えていいわけでしょうか？」

「ん？……いや、そこまでは申し上げませんがね」

平岡は苦笑した。

「しかしですね、現実に、聞込み捜査を行なっておりますと、ほとんどそれに近いような話も耳に入ってくるのでありまして。われわれとしては、会長さんがおっしゃったようなに、片田さんはきわめて有能なビジネスマンであるというふうに承知していたわけですが、その片田さんの、もう一つの顔といったものが現われてくるのです」

「ほう、もう一つの顔ですか」

「つまり、片田さんのエイコウグループに対する貢献度の高さは、裏返しをすると、エイコウグループの進撃に晒《さら》され、敗退していった地元企業にとっては、まったく逆の評価がなされるということだと思います」

「うーん、それはお説のとおりかもしれませんな。エイコウグループの九州上陸を、地元が諸手《もろて》を挙げて歓迎するはずはないですからな。いや、九州にかぎらず、全国的に見ても、わがエイコウグループの合理主義的な経営戦略に対して、いわゆる『平岡商法』といった表現で、批判なさるむきもおありですよ。こちらでも、『博多はエイコウの城下町になってしまう』などとおっしゃる人が現実にいることも、あえて否定しません。しかし、もしそういうことで恨みに思い、片田を亡き者にしようなどというのであれば、まさに逆恨みもはなはだしい。エイコウグループは庶民のため、消費者、一般大衆のためにあることを願い、また誇りにも思って、日夜、努力を傾けてまいった企業でありますからな」

平岡はまるで、目の前にいる三人が「逆恨み」の本人であるかのごとく、まなじりを決し、拳《こぶし》を構えて、力説した。

「おっしゃることはよくわかります」

友永警視は色白の頬を朱に染めて、甲高い声を出した。

「ただ、会長さんやエイコウグループの理念はともかくとして、片田さんが殺されたという事実はあるわけで、そこにはそれなりの動機が存在することも無視できません。逆恨みであろうと何であろうと、とにかく片田さんを恨み、殺害に及んだ犯人が現実にいるということです。警察としては、そういった動機を抱く人間の割り出しを急がなければならないのです。それについて、会長さんの視点からご覧になってですね、つまり、個人的な恨みではなく、エイコウグループの切り込み隊長といわれた片田さんに恨みを抱く可能性のある人物なり組織なりに、思い当たることがあれば、ぜひお聞かせいただきたいと思うわけであります」

「うん」と、平岡は満足げに頷いた。こういう、将来、国家権力の担《にな》い手の一員になるであろう若いエリートが、自分のような「大物」に立ち向かおうとする姿は、平岡には好ましく映るのだろう。

「端的にいえばですな、九州地区においては、エイコウグループおよび私個人、さらには片田を含めた、わが社の人間に対する反感なり怨恨《えんこん》なりを抱く人物がありとするならば、大きく、三つの動機が考えられますな」

平岡は指を三本立てて、言った。

「第一に、わが社がユニコンマートを吸収したことに関するもの。第二に、シーサイドももちのウォーターフロント計画をめぐる問題に関するもの。第三に、博多中心部への進出に関するもの——以上です。それぞれの問題について、どういった組織なり人物なりが、どういった具体的動機を持ち得るかについては、申し上げるわけにはいかんが、それは警察の力をもってすれば、容易に調べられることでしょうな。もっとも、片田を殺害した動機が、きわめて私的なものであって、たとえば女性をめぐるトラブルなどというのであれば、何をかいわんやですがね。しかし、片田はそんなつまらんことで、一生を棒に振るような愚か者ではないはずです」

平岡はその片田を偲《しの》ぶように目を閉じてから、スックと立ち上がった。

「さて、これくらいでよろしいかな。予定していることもあるので、失礼するが」

「ちょっとお待ちください」

友永は座ったまま、平岡を見上げた。

「いまおっしゃった第一と第三の問題については、おおよその見当はつくのですが、第二のウォーターフロント計画についてのことは、あまりにも漠然としていて、わかりにくいのです。おっしゃる意味は、福岡市のコンペで、エイコウグループさんが勝利を収めたことに対する反感ということなのでしょうか？　たとえば、二千六百億という予算をお示しになったことについて、競合相手の中には『札束で横面を張った』などと、不快感を表明する者もあるとか聞いておりますが」

「いや、それもあるが……」

平岡は言葉を濁して、河口を振り返った。河口は当惑げに、「そろそろお急ぎになりませんと」と、オズオズと言った。

平岡も「うむ」と頷いて行きかけたが、不満そうに立ち上がる友永を目の端に捉えて、立ち止まった。

「いずれわかることだが、レインボードームの予備工事は、二年ほど前に始まったのが、現在中断しております。そのへんのことを、少し調べられたがよろしかろう」

それだけ言うと、三人の警察官のお辞儀を背中に受け、二人の秘書を引き連れて、大股で会長室を出ていった。

河口所長が残って、三人の客を部屋の外に送り出した。大役を果たし終えた――といわんばかりに、消耗《しょうもう》した顔である。

「いま会長が言われたことですが」

友永警視が言うと、河口はビクッとして、迷惑げに「はあ」と答えた。足のほうは停まらずに、エレベーターの方角へ急ぐ。

「レインボードームの工事が中断している理由は何なのでしょうか？」

「そうですな……」

河口はしばらく考えた。すぐにエレベーターがやってきて、ドアが開いた。エレベーターは他に乗っている者がいない。いわば密室のような状況であった。

「まあ、会長が言われたのですから、いまさら警察に隠すことはないということなのでしょう。それで申し上げますが、じつは、ちょっとした不祥事がありまして、建設業者をキャンセルしたのです」

「不祥事？　というのは？」

「あいだに入って、地元業者の取りまとめをしてくれていた人物が、協賛金という名目で業者から金品を受け取っていたことが発覚しましてね。それも、トータルで数億円といわれる額なのです。その中に、協賛金を出していながら、実際には、設計に最初から存在しない工事に関係する業者がいたものだから、当社の社長に『詐欺《さぎ》ではないか』と直訴《じきそ》に及んだものです」

「ほう、それが事実だとすると、たしかに詐欺事件か、少なくとも背任横領事件ということになりますが……それは片田さんの事件と関係があるのですか？」

「それはわかりません。ただ、片田君が失踪したのが、ちょうど、その不祥事が発覚する直前のことでして、その点からいえば、あるいは何か関連があるのかもしれません」

「その人物とは、誰なのですか？」

「いや、私の口から個人名を申し上げるわけにはいきません。いずれ警察でお調べになるでありましょうし、あるいは、ひょっとするとマスコミのほうが先になるか、ともかく明るみに出ることではありますが」

エレベーターが一階ホールに着いた。河口は玄関ドアのところまで送って、丁重にお辞儀をしたが、それ以上のことは、口が裂けても喋らない顔であった。

「どうなのでしょうか？」

黒い公用車に乗り込むと、友永は田原一課長に言った。

「平岡会長が言っていた三つの問題点の中で、もっとも疑わしいのはどれだと思われますか？」

「うーん、そうだねえ……会長の話を聞くまでは、私はユニコンマート問題がもっとも根が深いと考えておったのだが。どうかね、吉田君？」

「ええ、それは自分も同じ気持ちでした」

吉田警部補はそういった地元の事情に詳しい。エイコウグループに対して恨みを抱いている人間——と言って、まず頭に浮かぶのは、エイコウグループの強引な商法に、あっという間に席巻《せっけん》され併合された、ユニコンマートの関係者である。

事実、エイコウグループによるユニコンマートの併合劇は、信じられないほどのスピードで行なわれた。その立役者は片田二郎であった。警察がこれまでに把握《はあく》している情報から推定して、そのやり方には、手段を選ばず——と評されても仕方がない面もたしかにあったらしい。

片田はユニコンマートに隣接する場所に、エイコウストアを次々にオープンした。それも、ユニコンマートのある市街地から一歩外に出た郊外店を、いわばユニコンマートの前に立ちはだかるかたちで建設した。車社会の決め手である広い駐車スペースと店舗面積を誇示し、品揃え、廉価の面でもユニコンを圧倒した。ユニコンが出すチラシ広告の内容を、事前にキャッチして、同じ日に一割も安い価格設定でチラシを配ったりもした。もっとも、そんな姑息《こそく》なことをしなくても、エイコウグループの、新しく、清潔で、洗練された店舗デザインは、それだけで充分、客を惹《ひ》きつけずにはおかなかった。

ユニコンの滅亡については、ユニコン側にも責任がないわけではない。それまで、ほとんど独占的に北九州全域に展開して、消費者を思うまま操っている——という驕《おご》りがあったことも事実だ。そのために、近代化が遅れ、サービスや、さらには、量販店の使命である低価格・大量販売への取り組みに、真摯《しんし》さを欠いていた。その弱点を、エイコウグループ——片田が的確に衝いたといっていい。

もともと仕入れ段階でコストに開きがあるところにもってきて、客が激減しては、ひとたまりもない。お客の入らないスーパーマーケットは、まさに閑古鳥の鳴く寂しさで、その雰囲気がさらに加速度的な客の減少につながってゆく。

かくて、最盛時は二十四店あったユニコンマートは、各個撃破のかたちで、次々に閉店を余儀なくされていった。そして、ついにエイコウ軍団の前に白旗を掲げるまで、それほどの年月は必要としなかったのである。

名目的には合併の体裁を取ったが、事実上は、旧ユニコン系の経営者と幹部クラスは失脚した。それがユニコンマート合併劇の全容である。

マクロ的に見ればそういうことだが、しかし、これまで営々としてユニコン王国を築いてきた人々にとっては、やはり、エイコウグループに乗っ取られたという気持ちは拭《ぬぐ》い切れない。合併の条件として、旧社員全員の再雇用が約束されていたにもかかわらず、幹部クラスをはじめ、生え抜き社員の多くは、配置転換や露骨な左遷《させん》など、事実上の解雇に近い扱いを受け、そのほとんどが、泣く泣く辞めていった。

こういった背景があるだけに、捜査当局の感触としても、ユニコン関連の動機によって起きた事件——とする見方が多かった。

しかし、平岡会長が洩らした、「レインボードーム建設計画」に絡んで詐欺事件まがいの出来事が起きていたのだとすると、片田副所長を囲む環境は、そっちのほうがはるかに険悪だった可能性が出てきた。

田原捜査一課長を県警本部まで送り届けてから、友永警視と吉田警部補は、捜査本部のある博多署に引き上げた。

「主任さん」と、博多署が近づいたころになって、吉田が遠慮がちに言った。

「平岡会長が言っていた、第三の問題点については、どうお考えですか？」

「ああ、それは可能性はまったくないものと考えていいでしょう」

友永は冷徹な目を天神の町並みに向けながら、答えた。

「エイコウグループの博多中心地への進出は、たしかに、天野屋を筆頭とする、既存のデパートや商店街に対して大きな脅威を与えているとはいえ、殺人事件が起きるほどまでは、事態が切羽詰まったものでないと考えられますね。そうそう……」

視線を吉田の顔に向け直して、いくぶん詰《なじ》るような口調で言った。

「そういえば、博多署の署員の中に、その方面への捜査強化を主張する、たしか隈原とかいう部長刑事がいると聞きましたが、それはどうなっているのです？」

「はあ、ご存じでしたか。隈原君は自分と同期の男で、なかなか気《き》っ風《ぷ》のいい人間なのですが、自分同様、ちょっと古臭いところがありまして……」

「いや、あなたが古臭いなどとは、私は思っていませんよ。しかし、そうですか、署員の中に異論がある状態は、あまり好ましいことではありませんね」

「はあ、博多署の刑事課長も、そう思って、捜査本部から外したと聞いております」

「そうですか。そうね、それでよかったかもしれませんね」

車が博多署の内庭に入っていくころには、友永警視は、すでにべつのことを考えている表情であった。

2

捜査方針の中から、天野屋がらみの対象がどんどん外されてゆくことに、隈原部長刑事はやり場のない歯痒《はがゆ》さを感じていた。隈原は事件発生直後から、執拗に仙石隆一郎に目をつけたままだった。

高級クラブ「チキチキ」で、あの夜、仙石と片田二郎が険悪な様子で会話を交わしていた事実を、捜査本部の連中が、なぜ重視しようとしないのか、隈原には理解できない。

仙石と片田とのあいだに、どんな確執があったのか、いまのところまだわかっていない。しかし、天野屋切っての情報通とまでいわれる仙石のことだ、片田の動きをいち早く察知して、対抗策を講じたとしても、何の不思議もないはずだ。

仙石は片田の大学の先輩でもある。その立場から片田に圧力をかけようとしたのかもしれない。殺意があったとは思えないまでも、言葉のやりとりの果てに暴力沙汰になり、思わぬアクシデントのように死に到らしめた——といったことだって、充分、考えられるではないか。

しかも、仙石には水谷静香との不倫の噂もある。片田が天野屋切り崩しのために、仙石を懐柔《かいじゅう》し、自陣営に引きずり込むつもりであったと仮定すれば、その噂をネタに仙石の天野屋に対する忠誠心を揺さぶった可能性だってありそうだ。

仙石が片田に、「そんなことは止《や》めろ!」とはげしい口調で言ったというのも、そう考えれば辻褄《つじつま》が合う。ひょっとすると、仙石の「スキャンダル」そのものが、片田の画策によるものであるかもしれない。

その考えは、部下の八木刑事だけが支持してくれている。隈原は刑事課長にも提言してみたのだが、あまりいい反応は返ってこなかった。「いまのところは、捜査一課のお歴々の考えで捜査を進めているからして、もうちょっと様子を見たほうがいい」というのが、刑事課長の回答だ。

「クマさんの考えもわからんではないが、どうも、仙石氏といえば、天野屋の幹部で、なかなかの人物と聞いている。その仙石氏が、そんなに安易に殺人を犯すとは考えにくいのではないか。実際、クマさんが仙石氏に事情聴取した結果でも、新しい疑惑は何も出なかったわけだしな」

「そんなことはないです。仙石は水谷静香という女性と不倫な関係があったという噂があることも事実でありますし……」

「いや、それも、単に噂の範囲を出んことだと聞いとるがなあ」

その矢先、水谷静香が他殺死体で発見されたという報告が飛び込んできた。

隈原ももちろん、朝、自宅を出る前に、脊振ダムで女性の死体が発見されたという新聞記事は読んでいたが、所轄が西警察署であることで、さほど関心を惹かれなかった。

ところが、その死体が水谷静香だというのである。

隈原はちょうど、外出先から署に戻り、遅い昼飯を食べかけたところだった。出前の天丼《てんどん》がすっかり冷めてしまって、エビ天のコロモがベチャベチャになったのを、「こげなもん食えるか」と、ぼやきながら、箸の先でつついていた。

そのとき、目の前のドアが開いて、八木刑事が入ってきた。

「隈原さん、けさの新聞に出ておった、西署のホトケ、あれは水谷静香だということがわかったそうです」

「なんやと!……」

隈原は椅子を後ろにひっくり返して、立ち上がった。一瞬、天丼に未練が残ったが、目をつぶるようにしてドアに向かった。

玄関先で吉田警部補と擦れ違った。「あっ、クマさん！」と呼ばれて立ち止まると、吉田は、「ちょっと話があるんだ」と寄ってきた。

「話だったらあとにしてもらいましょうか。急ぎよるもんで」

「何か事件でもあったんか？」

「いや、そういうわけじゃ……そうだ、このあいだわしが言うとった、水谷静香という女な、あれが死んだというの、まだ聞いておらんとですか？」

「ほう、ほんとね？」

「ああ、ほんとや。それで、ちょっと調べてこよう思っとるが」

「あ、それだったら、やめときない。うちの主任さんが気ィ悪くするけん」

「それは、関係なかとでしょう。わしは捜査本部に入っとらんから」

「そうはいかん。クマさんも博多署の人間であるということに変わらんけんね。あとで刑事課長が困った立場になる」

「まあ、そうなったらそうなったで、よかですよ。とにかく行ってきます」

隈原は吉田の忠告を振り切って、天神へ向かって走った。車はもちろん、バスも使わずに息せききって走った。

隈原が天野屋に着いたのは、午後二時近かった。その時点では、すでに天野屋の広報室前の廊下には、大勢のマスコミ関係者が押しかけてきていた。記者連中の中には顔見知りもいて、汗みどろの隈原に、「あれ？　クマチョーさんは管轄違いじゃなかったですか？」と怪訝《けげん》そうな顔をした。

「わしは事件捜査で来たとやない」

隈原はとぼけた。

「こんなに大勢さんが詰めかけて、何しよるとね？」

「待っているんですよ、仙石広報室長をね。脊振ダムで殺された女性が、天野屋の社員だったというもんで……しかし、それにしても長いなあ……」

記者は時計を見て、顔をしかめた。西署の刑事が、天野屋を代表するスポークスマンである仙石から、水谷静香についてのもろもろを聴いているのだという。それが終わったとしても、そのあとはマスコミへの説明会がつづくことだろう。所轄の刑事でもない隈原が、仙石に会えるまで、まだかなり時間がかかりそうだ。第一、仙石に会えたとしても、この連中が引き上げないかぎり話を聞けそうにない。

隈原が諦めて、広報室に背を向けたとき、西署の連中が出てきた。

その先頭にいる刑事課長めがけて、記者たちが殺到した。刑事課長は「だめだめ」と手を振ったが、結局摑まって、当たり障りのないことを喋っている。

集団から抜け出た捜査員の一人が、「よおっ、クマさん」と、隈原の背後から呼びかけた。北島部長刑事であった。隈原と北島は、以前、中央署勤務で二年ほど一緒だった時期がある。歳恰好も似たようなものだし、性格もそっくりなところがある。要するに古いタイプの刑事で、出世も遅いということだ。

「なんだ、キタさんか」

隈原は面白くもなさそうな顔をした。正直なところ、水谷静香の死体が発見されたことを契機に、西署の捜査で、仙石に容疑が向いてしまうのは、あまり歓迎できない心境なのだ。仙石のシッポは、あくまでも自分の手で摑まなければ気がすまない。

「御供所町の死体遺棄事件は、その後どげんなっとるとか」

「知らんよ。わしは捜査本部には所属しとらんけん」

「なんでか？　クマさんがおらん捜査本部なんか、クリープを入れんコーヒーみたいなもんじゃなかか」

「ははは、おべんちゃらこくな。県警のエリート警視どのに、好かれとらんごたる」

「ふーん、そうか、わかるような気もせんではないが……それにしても、クマさんがこんなところにいるというのは、どげん風の吹き回しかね？」

並んで歩きながら、北島は訊いた。

「べつに何ということやなかが、ブンヤさんたちが大勢入っていくもんで、何事かと思ってな。聞いたら、脊振ダムのホトケが、このデパートの社員だったというが」

「ああ、そういうわけだが、それについて、妙なことがあった」

「妙なこと？」

「聞き込みで、死体遺棄の場所をウロウロしとったという男を見つけだして、しょっぴいたのだが、じつをいうと、脊振ダムのホトケの身元を、水谷静香というて教えてくれたんは、その男だったのだ」

「ん？　そしたら、そいつがホシというわけか？」

「いや、どうもそれがよくわからん。まだうちの署のほうにとめといて、これから戻って尋問するつもりだが、言うことが変わっとって、少し頭がおかしいとやないか、という気もするるな、あれは」

「何をしとる男だ？」

「東京の人間で、ルポライターとか言うとった」

「なに！……」

隈原は立ち止まった。

「その男は、もしかすると、浅見という名前の男とちがうとやないか？」

「そうや、浅見という男だが、それがどうかしたとや?」

「どげんもこげんもなか。そいつはうちのほうの事件の第一発見者だ。御供所町の白骨死体を発見したとは、その男たいね」

「なんやと?……」

二人の部長刑事は、廊下の真ん中で睨みあった。制服姿の店員が、怯えた恰好で、その脇をすり抜けて通った。

3

取調室の格子のはまった窓は、なぜかいちばん上のガラスだけが素通しになっていて、薄陽《うすび》の射してきた空が見える。容疑者に里心をつかせて、自供を誘い出そうという狙いでもあるのだろうか。

そうしてみると、こんなふうに放っぽりっぱなしにしておくのも、尋問のテクニックなのかもしれない。

浅見にとっては、こうしている一刻一刻が貴重な時間なのに、あのわからず屋の部長刑事が出ていったきり、二時間経ってても戻ってこない。トイレに行くのも監視つきで、どうやら、立派な被疑者扱いのようだ。

昼食にはカツ丼が出た。ふだんならひどく粗末に感じそうな、靴底の敷革のような代物だが、何しろ朝飯も食わずにしょっぴかれたのだから、贅沢を言えないどころか、けっこう、これが美味に思えた。やはり空腹は最高の料理人なのである。

生温いお茶を飲み、窓の向こうの空を見上げながら、浅見はぼんやりと思案をめぐらせた。

水谷静香が殺されていたというのは、すでに予測したことだが、犯人側の残忍さを再認識しないわけにいかない。

問題は動機である。

片田二郎殺害の動機と、水谷静香のそれとでは、どこにも接点が見いだせそうにないが、その一方で、二つの事件に関連性があるという心証も捨てることができない。

それにしても、エイコウグループ九州総本部副所長の片田二郎と、天野屋の案内嬢である水谷静香とのあいだに、どのようなつながりが想定できるというのだろうか？——。

しかも、片田と水谷静香の事件とのあいだには、一年を越える時間のズレがある。常識的に考えれば、二つの事件を結びつける発想など、なかなか生じないはずだ。

ところが、そこに共通の因子が存在した。それは天野屋広報室長の仙石隆一郎だ。仙石はまさにブリッジのように、二人の犠牲者のそれぞれに接点がある。それも、かなり疑わしい要素で彩《いろど》られてもいた。

警察はこの状況に、どう対応するのだろうか――と、本来なら浅見は、傍観者の立場でいることも可能なのだが、今度ばかりはそうもいかない。

「仙石隆一郎の苦境を救ってやってくれ」

これが、兄陽一郎から受けた至上命令であった。しかも、仙石には察知されないように動かなければならないという条件つきだ。

もっとも、後のほうは仙石の炯眼《けいがん》の前に、あっさり見破られた気配がある。そうなることは、さすがの浅見にも予測不能であった。「浅見」という名前を聞いただけで、仙石にこっちのカラクリが見通せるとは、思ってもみなかったのだ。

「あなたの依頼人に、よけいな詮索はしないほうがいいと……」

仙石は、明らかに皮肉を籠めた口調で、そう言った。「依頼人」の素性も目的すらも、ちゃんとわかっている――とでも言いたげであった。

「救ってやってくれ」と言う兄と、「よけいな詮索を……」と言う仙石とのあいだにあるものが何なのか、浅見にはおぼろげながら、わかるような気もしないではなかった。

しかし、その中身をあえて暴《あば》こうとするつもりは、いまのところはない。

とはいうものの、仙石がこっちの素性を知って、頑《かたくな》な態度を取りつづけるのは、何よりも困る。

仙石隆一郎とはいちど会ったにすぎないけれど、浅見は一見、豪放磊落に見える仙石が、その実、緻密《ちみつ》な思考の持ち主であり、決して心を開ききらない男であると感じた。穏やかで柔和な笑顔の裏側に、鋼《はがね》のように硬く冷たく拒否する壁がほの見えた。

（仙石は、何かを知っていながら、隠しているのでは？——）と浅見は疑った。

片田二郎の失踪や死の意味するところや、水谷静香の死の理由も、ひょっとすると、仙石にはわかっているのかもしれない。しかし、かりにわかっていたとしても、仙石は一筋縄では喋ってくれそうにない。むろん警察の調査に対しても、冷淡に素知らぬ顔を装いつづけるにちがいない。そういう反社会的なところが、たしかに仙石には感じられた。

ふいに乱れた足音が廊下に近づいてきて、ドアが開いた。北島部長刑事のいかつい顔が「いたか——」という、少し笑いを含んだ目でこっちを覗き込んだ。

そして、北島の後ろから部屋に入ってきた男の顔を見て、浅見は「あっ」と懐かしそうな声を立てた。

「隈原部長さん、でしたね。どうもその節はお世話になりました」

「ああ、どうも」

隈原は仕方なさそうに、右手を軽く挙げて挨拶を返した。こっちにあまりいい感情を抱いていないことが、浅見にもよくわかる。

まあ、たしかに嫌われる理由もわからないでもない。何しろ、あのときは、いささか喋りすぎた。「この死体は、かなり白骨化が進んでいますが、ところどころ肉片が残っている状況から見て、死後一年から二年といったところでしょう。一般に地中にある場合には腐敗の進捗《しんちょく》が鈍く、通常、空気中に放置した場合の八分の一程度といわれますが、全裸であったことと、比較的風通しも陽当たりもいい場所であったことを勘案すれば、やはり一、二年かと……」などと、講釈まで加えて喋りまくった。じつは、その少し前、浅見はY大学法医学教室の須田《すだ》助教授に取材に行って、まさにそのものズバリ、死後経過の推定方法について、話を聞いたばかりで、にわか仕込みの新知識を披瀝《ひれき》したくて仕方がなかったのだ。

隈原の表情には、そのときの憂鬱が、まるで腐肉のようにこびりついている。

「妙なところで会いますなあ」

隈原はニヤニヤ笑いを浮かべて、小気味よさそうに厭味《いやみ》を言った。

「まったくですねえ。しかし驚いたなあ、片田さんの事件と水谷静香さんの事件とが結びつくなんて」

「なに？……」

隈原の顔から笑いが消えた。

「あんた、なぜそんなふうに思うのかね？」

「あれ？　違うんですか？　だって隈原さんがこっちの事件に顔を出すからには、接点があると判断されたのでしょう？　それとも、西署に転勤になったのですか？」

「いや、そのどっちでもなかたい。わしは、あんたがこっちの事件でも、またしても第一発見者だと聞いて、大いに興味をそそられてやってきただけだ」

「ああ、そうなのですか。ただし、僕は死体の発見者ではありませんよ」

「しかし、あんた、現場付近をウロウロしちょったそうやないか」

「そうなんですよねえ。すぐ近くを通っていたのですが、惜しいことをしました。といっても、僕は元来、臆病な人間ですから、本音をいえば、死体にはなるべくお目にかかりたくはないのですが」

「お目にかかりたくないのに、なんだって死体を探したりしようとかいな？」

「それはあれです、何て言ったらいいのかな……そうだ、それじゃ訊きますが、刑事さんたちは死体が好きなのですか？」

「ん？　バカ言いない。刑事だって人間ですよ。死体が好きなわけがなかろうが」

「そうでしょう。それにもかかわらず、変死体が出たと聞けば、おっとり刀で飛んでゆくじゃありませんか」

「おっとり刀って……あんたねえ、われわれは仕事ですよ、仕事」

「しかし、その仕事を選んだわけですから。職業選択の自由がある中で、です。なぜ警察官への道を選んだのですか？」

「なんでって……それはまあ、かっこよく言えば、正義と真実を守るため――ということになるかな」

さすがに、隈原は照れくさそうに頰を歪めながら言った。

「そうでしょう、僕だって同じことですよ。正義と……いや、正義はともかく、真実を見極めたい気持ちは隈原さんたちと同じです。ことに、こんなふうに複雑怪奇な事件となると、僕の中に寄生している悪い虫が騒ぎだすのです」

「ほほう、複雑怪奇ねえ……あんた、この事件がどう複雑怪奇なのかね？」

「あれ？　それじゃ、複雑怪奇じゃないっていうのですか？　それにしてはおかしいですね」

「おかしい？　何かおかしかことがあるとか？」

「だってそうじゃありませんか。捜査本部員でもない隈原さんが、どうして単独で事件に関わっているのか——おまけに、ぜんぜん関係のないこっちの事件にまで顔を突っ込んでいるのか——それでも複雑怪奇と言わないのなら、この世の中、何がおきても不思議はないことになりますよ」

「せからしか（うるさい）！」

隈原はもっとも痛いところを衝かれて、ついに怒鳴った。脇で見ている北島も怒らなければならない立場であるのに、他人事《ひとごと》だし、日ごろはこわもての隈原が困っているのはおかしいのだろう。笑いたいのを堪《こら》えているような、珍妙な顔をして、言った。

「浅見さん、あんた、よくまあそげな、憎たらしいことば言いよるな……しかし、警察としても、そこまで言われてはトコトン調べさせてもらうことにするけん。覚悟してもらうばい」

「覚悟って……任意で取り調べるのなら構いませんが。だったら、そろそろ帰してもらいたいですね。こっちにもいろいろ予定がありますし」

「いや、そっちの予定はキャンセルしてもらおうかね。なんなら、任意を逮捕に切り替えてもよかとばい」

「ははは、逮捕だなんて、そんな子供だましみたいなことを言わないでくださいよ。いったい何の容疑で逮捕状を請求するつもりなんですか」

「それは……つまり、要するに、そうたい、さしあたりは死体遺棄容疑や」

「ばかばかしい」

「ばか？　ばかとは何や！」

今度は北島が怒鳴って、隈原がニヤリと笑った。

「まあまあ、キタさんよ、そう憤慨したってしようがなかろう。言いたい者には言わせておけばよか。ついでにいろいろ喋ってくれるかもしれんけん」

「ああ、それもそうだな。とにかく、浅見さん、あんたにはしばらくおってもらうけん、そのつもりにしていんさいや」

「まいったなあ……」

浅見はジョークも出ないほど、ほんとうに困った。たぶん一泊させるつもりはないだろうけれど、夜まで動きが取れないことになるのは間違いなさそうだ。

「それじゃ、電話を一本だけ、かけさせてくれませんか。こっちの状況を知らせたいですからね」

浅見は頼んだ。さすがに北島もそれを拒《こば》むわけにはいかない。

「まあよかろう。しかし、証拠湮滅《いんめつ》と逃亡のおそれがあるけん、電話のそばには本官が立ち会うことにしますよ」

浅見は一階まで下りて公衆電話を使った。北島は電話から三メートルばかりのところ、さらにその向こうには北島の部下が電話と玄関との中間あたりに立ち、隈原までが裏口への通路を遮断《しやだん》するかたちで、佇んでいる。

浅見は兄から聞いた番号にダイヤルした。

「はい、本部長室ですが」と男の声が出た。

「島野さんをお願いします。こちらは浅見という者です」

北島が聞いているとまずいので、浅見は相手の官職名を言わなかった。「浅見」で通じるかどうか心配だったが、男はすぐに電話を繋いでくれた。

「はい島野です、聞いておりますよ。どうしましたかな？」

気さくな、包容力のあるバリトンが、浅見をほっとさせた。浅見は手短かに現状を説明した。

島野警視監は「ははは」と笑った。

「よろしい、すぐに手配をしましょう。あと十分ほど待っていてくださいよ」

お礼を言って電話を切ったとたん、北島がニコニコしながら寄ってきた。電話の内容が、相手に状況を説明しただけで、何も依頼していないとわかって、安心したらしい。

しかし、ニコニコは浅見も同様だった。上機嫌の二人と不得要領の隈原の三人は、ふたたび取調室に戻った。

島野は「十分」と言っていたが、それからものの五、六分で浅見は「解放」された。突然、取調室に刑事課長が現われ、「その人はもう、帰ってもらってもいいのではないか」と言った。

「は？　それはまた、どういうわけでっしょうか？　これから本格的な取調べに入ろうとしとるところでありますが」

北島は抵抗する構えだ。

「いいから帰ってもらえ」

課長は不機嫌そうに言って、ついでに隈原にも当たった。

「だいたい、きみはよその署の人間ではなかか。なんだってうちの署の取調室におるとか？」

「それはですね、この人物が……」

「いいからいいから、きみはもう、ゴチャゴチャ言わんと帰りんさいや。北島君、この人にも帰ってもらいない。わかったな」

「それは、そげん言われるなら……しかし課長、いったいどうしたことでありますか？」

「おれに訊いたってしようがない。理由を知りたければ署長に訊いてくれ。いいな、わかったな」

言うだけ言うと、ドアを開けっぱなしにして出ていった。

「何か、これは？……」

二人の部長刑事は顔を見合わせ、それから浅見の横顔を眺めた。何か手品でも使ったとしか思えない急変であった。

4

雲はすっかり消えて、陽射しが眩《まぶ》しく、気温もむしろ、昼ごろよりも上昇していた。

玄関を出て、階段を下りきったとき、車がスーッと寄ってきて、窓から小柳記者が「浅見さん」と呼びかけた。

「やあ、どうも、こんにちは」

「そんな呑気な挨拶している場合じゃないでしょう。とにかく乗った乗った」

助手席に浅見を収容すると、小柳はすぐに車を出して、怒ったような口調で訊いた。

「いったい、どういうことになっちゃったんですか？」

「それより、よくわかりましたね、僕がここにいることが」

「ホテルで聞いたんですよ。刑事らしい連中と一緒に出ていったというんで、調べたら、どうやらここにいることがわかってね」

「あっ、そうでしたね、十一時に会う約束でしたっけ」

「ひどいなあ、忘れてたわけ？」

「そうじゃありませんよ。しかし、僕のほうも九時に叩き起こされて、いきなり警察に連行されたんですから、どうしようもなかったのです」

「まあ、それはわかりますがね、ホテルでは仙石さんも待っていたのですよ」

「仙石さんが、僕を、ですか？」

「そう、それに、あの美人の元久聡子嬢も一緒だった」

「彼女も……それはまた、どういうことなのですか？」

「元久嬢は仙石さんが呼んだみたいだから、僕にはわからないが、いずれにしても浅見さんに何か話したいことがあったんじゃないかなあ」

「いま、仙石さんはどこですか？」

「天野屋にいますよ。警察の事情聴取につづいて、マスコミが押しかけて、昼からずっとカンヅメ状態でね。しかし、そろそろ解放されたかな？」

小柳は時計を見た。午後四時を回ろうとしている。車をホテルの駐車場に置いて、二人は天野屋へ向かった。

すでに午後のテレビのニュースで、事件は報じられている。街を行く人々の中の何パーセントかは、脊振ダムの被害者が天野屋の店員であることを知っている様子で、建物を見上げ、何やら囁き交わしている買い物姿の女たちを見かけた。

水谷静香は天野屋を代表するような、美人案内嬢であった。一階正面玄関を入ったところで、いつもにこやかにお辞儀をしていた彼女を、お客の多くが、一度や二度は見ているはずだ。それだけに、ふつうの事件とは異なった衝撃を、市民にも与えたにちがいない。あの美人が、なぜあたら若い命を奪われなければならなかったのか――事件の背景に何があるのか――といった関心を抱かないではいられないだろう。

ふだんなら、店の連中に軽口の一つも投げて通る小柳だが、この日ばかりは黙りこくったまま、足早に歩いた。店の女性たちの笑顔にも、心なしか硬さが窺える。

記者たちは引き上げ、広報室は静まり返っていた。仙石をはじめスタッフは全員が揃っているのだが、誰もかれも消耗した顔で、物を言うのも億劫《おっくう》なのか、二人の客を見ても、わずかに会釈しただけだ。嵐が去ったあとの空虚な気配が漂っている。

「よお」

仙石だけが、余裕のある声を投げて、すぐに立ち上がった。

「食堂へ行こうか」

食堂まで、三人とも口をきかなかった。だだっ広い食堂のいちばん奥の片隅のテーブルに着いた。

「浅見さんは、水谷静香の死を予言していたのだそうですな」

仙石はいきなり言った。

「はあ、まあ……しかし、あの状況では、誰でもそういう予測はしたのじゃないでしょうか」

「そうね、事情に通じている者ならね。だが、おたくは違うでしょう。だからってべつに非難しようというのではないですよ。むしろその逆、鋭さに感心しているのです。さすがに……いや、ともかく、おたくの言ったとおりのことが起きたことは事実なのだから、さぞかし満足していることでしょうね」

「どういう意味ですか、それは？」

浅見は仙石の悪意に満ちた言い方に、思わず語気が強くなった。

「人が亡くなったことで、どうして満足なんかできますか？」

「ん？……」

仙石は浅見の真っ直ぐな怒りの視線を、まともに見返した。

「ほう、これは失礼をしました。失言取り消します。謝ります」

テーブルに手をついて、ふかぶかと頭を下げた。かえって浅見のほうが当惑して、対応の仕方に窮してしまった。ただ、その瞬間、浅見は（試されたな――）と思った。試されたこと自体はあまり愉快ではないが、しかし、仙石の立場としては、それもまた止むを得ないか――とも思った。

小柳は二人のやりとりを傍観しながら、これまた困惑した表情だ。小柳には、浅見と仙石とのあいだで交わされた言葉の持つ真の意味や、その背後にある、微妙な駆け引きまで推《お》し量《はか》る知識はない。

「僕に何か用事だそうですが、そのことを言いたかったのですか？」

「ははは、まあそんなに気を悪くしないでください」

仙石は苦笑して、煙草に火をつけ、しばらく間を置いてから、言った。

「小柳君、きみは秘密を守れるかい？」

「は？……」

小柳は意表を衝かれて戸惑ったが、「ひどいことを言いますね」と、浅見と同じ程度に怒った。

「僕がどういう人間かは、室長がいちばんよく知っているじゃないですか」

「うん、それはそうだが、しかしきみはジャーナリストだからね、報道の自由という名の甘い囁きに、誘惑されないとはかぎらないだろう」

「それも、ことと次第によりけりです。室長が黙っていろと言うなら、貝にだってなりますよ」

「ありがとう、感謝します」

仙石は真顔で頭を下げた。

「それでは、この三人だけの秘密ということで聞いてもらいたいのだが……」

「ちょっと待ってください。僕はいいけど、この人はどうなんですか、浅見さんには秘密厳守を確認しないでもいいんですか?」

「ああ、彼はいいんだ」

「ひどいなあ、差別だなあ……」

小柳は不満そうに言ったが、顔は笑っていた。

「奇妙なことが起きつつある」

仙石はふいに本論に入った。

「エイコウグループの平岡会長が、うちの社長にコンタクトを取ってきた」

「えーっ、ほんとですか？　狙いは何なのですかね、和戦いずれですか？」

　小柳は驚きの声を発した。

「それが、じつにわけのわからないことを言ってきたのだ。どちらかといえば、喧嘩を仕掛けてきたと解釈できないこともない」

「喧嘩？……というと、ユニコンマートのケース同様、吸収合併の案でも突きつけてきたのですか？」

「いや、そういうビジネスライクな話ではないらしい。もっと端的にいえば、イチャモンをつけているとしか思えないようなことのようだ」

「イチャモン？　まるでヤクザの喧嘩じゃありませんか。いったいどんなイチャモンを言ってきたのですか？」

「それがどうもよくわからないのだが、怒っているのは向こうのほうでね、『そんな汚ないことをするなら、当方にも考えがある』という、まるっきり意味不明の、取りようによっては、恫喝《どうかつ》とも思えるようなことを言っているそうだ」

「汚ないこと――とは何なのですか？」

「だから、それがわからないのだよ」

「そういえば」と、浅見がはじめて口を開いた。

「たしか、仙石さんも、片田さんに最後に会ったとき、『汚ないことをするな』とおっしゃったのでしたね」

「ほうっ……」

仙石もだが、小柳が目をみはった。

「驚いたなあ、そんなことがあったのですか？……しかし、それにしても浅見さん、あんた、どうしてそんなことを知っているんですか？」

「いや、彼ならそのくらいのことを知っていても、不思議はない」

仙石は複雑な笑みを浮かべて言った。

「ふーん、そうなのですか……」

小柳はしげしげと浅見を見つめた。浅見は素知らぬ顔を装った。

「どういうことかよくわからないが、しかし室長、それが事実なら、警察が黙っていないでしょう」

「ああ、刑事がつけ狙っているよ。いまのところ、捜査の中心はエイコウグループ内部への聞き込みと、ユニコンマート関係に向かっているから、煩わしいのは一人か二人だが、早晩、私にトバッチリがくるだろうね」

「トバッチリどころか、現在の捜査対象に材料が出尽くせば、ワッとばかりに集中攻撃がきますよ。それで、その『汚ないこと』というのですが、いったい片田氏は何をやったのです？」

「いろいろだよ。ウチの社員の引き抜きだとか、スパイ工作だとか」

「引き抜きはともかく、スパイ工作とは穏やかじゃないですね」

「おいおい、引き抜きだって、やられる側にとっては穏やかじゃないよ。いい顧客を握っている外商の人間を片っ端から抜かれたら、たまったものじゃない」

「それはそうですが、それより、スパイ工作のほうは、具体的に何をやろうっていうんですか？」

「ははは、それはだから、いろいろだ」

「その情報を」と浅見は訊いた。「仙石さんはどこから仕入れたのですか？」

「ん？……」

仙石はそっぽを向いた。（いやなことを訊くな——）という意思表示だが、小柳はそこに付け込むように、「そうだ、そうですよ、室長、情報源はどこなんです？」と言った。

仙石は窓の外に向けた目をじっと固定したまま、黙っている。浅見は仙石の横顔を見つめながら、この男が兄陽一郎と同じ年代であることをしみじみと思った。役者のような、ときには能面にさえ見えるほど、すべすべした兄の顔に比べると、仙石の顔は皮膚細胞の一つ一つに苦闘の歴史を感じさせるほど、荒れた膚《はだ》をしている。

それにしても、すでに秘密を打ち明け、胸襟《きょうきん》を開いたというのに、仙石は何を躊躇しているのだろう？——スパイの動向をキャッチするには、逆スパイが存在するはずだ。少なくとも、どういうかたちにもせよ、スパイ側と接触した人物がいなければならない。

浅見はふいに、「あっ……」と思い当たった。気配に小柳が振り向いた。

「浅見さん、何かわかったのですか？」

「は？　いや、そうじゃないのですが……人と会う約束があるのを、忘れてました。しかし、もう間に合いませんから」

時計を見て、小柳の訝しげにまつわりつく視線を振り払うように言った。

「それはともかくとして、そのイチャモンの内容として考えられるものは、何がありますか？」

「想像の域を出ないが、総会屋や暴力団がよく使う手口としては、スキャンダルをネタにした脅しでしょうな。いま、エイコウグループが九州地区で取っている、いわば膨張政策には、かなりの無理がありますからね。行き過ぎや勇み足もあるだろうし、そこに付け込む余地がないとはいえない」

「天野屋が、そんなことをする可能性はあるのですか？」

「まさか、いくらなんでもそんな次元の低いことはしませんよ。といっても、そういう弁解では向こうは納得しないでしょうがね。しかし、アチラさんが言っているのは、そんなことではない、もっと次元の高い問題であるのかもしれない。何しろ、テキは全電の大島理事を通じて、会談を申し入れてきたのですからな」

「全電……」と、小柳は意外そうに言った。

「ふーん、全電ですか……しかし、何だってそこに全電――それも大島理事なんかが出てきたんです？」

「全電の中では大島理事はエイコウグループのシンパだから、仲介の労を取ることにやぶさかでないだろう。そのことはいいとして、いきなりトップ会談でことの決着をつけようとするからには、よほどの爆弾を抱えていると考えないとね」

「で、大友社長はそれを受けるのですか？　大島理事の根回しとなると、無下《むげ》な断わりもできないと思いますが」

「ああそのとおりだ。さりとて、向こうの爆弾が何なのか、わからないままでは困る。それでお二人に頼みたいことがある」

「はあ……」

小柳は頷きはしたものの、怪訝そうな目を浅見と仙石とに交互に向けた。

「どうもよくわからないのだけど、仙石室長と浅見さんとは、どういう関係なのです？　いまの話にしても、僕に頼むのは、まあ、こう見えてもブンヤの端くれだから、多少は力になれるとしても、浅見さんは東京の人間でしょう。博多のことは皆目《かいもく》、見当がつかないって言っていたくらいだ。その浅見さんに、博多で起きてるややこしい問題が理解できるとは思えませんけどねえ」

「おれと浅見さんとの関係を言うなら、その前にきみと浅見さんとの関係を説明してみたらどうなんだい」

仙石はすかさず言って、ニヤリと笑った。小柳は「それは」と反論しかけ、差し障りのあることに気づいて、黙った。

「まあいいじゃないか。おたがい、何もかもわかりきっては味気ない。きみに博多随一の情報ネットワークがあるように、浅見さんには浅見さんなりの特技があることを信じてくれさえすればいいんだ」

「わかりました、これ以上はつべこべ言いません。室長の言うとおりにしますよ。それで、僕は何をやればいいのです？」

「さしあたり、平岡会長を怒らせているのが何なのか、調べてもらいたいのだが、それと同時に、浅見さんの調査に協力してくれないか」

「浅見さんの調査……というと、何を調べようっていうんです？　当初言われていた、博多の商業戦争の実態についてと、デパートの内側については、それなりにご案内したわけだが」

「それは仮の姿なんだよ、きみ」

仙石は笑いながら言った。

「仮の姿……」

「ああ、そうだ。浅見さんのほんとうの目的は、おそらく殺人事件だろうね」

「殺人事件……というと、片田二郎氏の事件ですか？　それとも、水谷静香さんの事件ですか？」

「その両方さ」

「両方って……驚いたなあ。ほんとですか、浅見さん？」

「はあ、まあ、本当です」

浅見は、いたずらを見つかった子供のように、照れ臭そうに頷いた。

「しかし、浅見さん、いったい、そんなものを調べて、どうしようっていうんです？」

「そんなものはないだろう」

仙石がクレームをつけた。

「あ、いや、それは言葉のアヤですよ。それにしたって、どういう……驚いたなあ、それじゃ、最初からそのつもりで僕に接触してきたんですか？　だとするとあの……」

「小柳さん」と、浅見は慌てて唇に指を立てた。それ以上はタブーである。むろん小柳も気づいて、また黙った。そういう二人を、仙石は苦笑しながら眺めている。仙石がその「事情」のほとんどを先刻承知なのは、浅見も察していないわけではない。浅見への「依頼人」も、小柳への「依頼人」も仙石は知っているにちがいないし、小柳にだって、そのへんの気配が伝わらないはずがない。しかし、三人三様に知っていながら知らない素振りを装っている。たしかに、それぞれ知らない部分も多少ずつはあるのだが、そういった曖昧模糊《あいまいもこ》とした状況の上に、三人の奇妙な了解と友情のようなものが成立していた。

「六階のトイレの壁に相合傘の落書きがあった。その片側の名前は水谷静香で、相手の名前はこの私だ」

仙石は表情を引き締めて、言った。

「それは僕も聞きましたが、くだらんいたずらじゃないですか」

小柳は自分のことのように、憤然とした。

「そうとも言えんのだよ」

仙石は沈痛な面持ちで、「水谷静香と私とのあいだに、接点があったことは事実なのだからね」

「……………」

小柳は返す言葉を模索して、結局、何も言えなかった。小柳の脳裏には、あの美しい水谷静香と、目の前にいる仙石隆一郎との「接点」が、現実性を伴うところまで、どうしても昇華しきれないでいる。

「おいおい」と、仙石は小柳の表情を読んで、窘《たしな》めるように言った。

「きみは何か勘違いしているらしいが、そういう意味の接点があったわけじゃないよ」

「は？　あ、いや、そんな、それは当然ですよ」

小柳は唇を尖らせた。あらぬ想像をたくましゅうした自分に対して、怒っているのかもしれない。

「とはいえ、私と水谷静香は、何度か密《ひそ》かに会っている。市内の、ごくさり気ない喫茶店などを待合わせ場所にして、それこそきみが想像したような噂を立てられないように注意はしたのだが、それだけに目撃される可能性はあったというわけだ。だから、トイレの落書きも、ある意味では真実を衝いているといえないこともない」

「しかし、それは何だったのです？　つまりその、単なるデートではなかったとなるとですね」

「最初は去年の三月はじめのことだった」

仙石は思い出話を語る老人のように、ものうげな仕種で煙草をつまみ出した。

第五章　来なかった男

1

だだっ広い食堂に、このテーブルの三人以外、人影はなかった。デパートは学校や会社が終業するころから閉店少し前ごろが、ことに食料品売場を中心に客が立て込む。七時の閉店時間を目指して、店員たちは最後の追い込みに張り切る時間帯だ。

「こんな時間だったかな、水谷静香が声をかけてきたのは」

仙石は火をつけていない煙草をもてあそびながら、言った。

「偶然一緒になったエレベーターの中で、ふいに、相談したいことがあるというんだ。電話では具合が悪い、会って話したい、時間と場所を指定してくれと、早口で言った。妙に切羽詰《せっぱつ》まった様子でしてね、私も柄にもなくドキリとするような感じだった。で、ともかく、その日の午後八時、川端の喫茶店で会って、そのとき聞いたのが、片田二郎のことだったのですよ」

「片田二郎……」

浅見は小柳とほとんど同時に声を発した。思いがけない名前を聞いた——という驚きと、いよいよ核心に迫りつつある——という期待感に心が弾んだ。その反応に、仙石も満足げに頷いた。

「そのときの私も、片田の名前を聞いて、いまのあなたたちと同じ程度に驚いたが、それ以上に彼女の話の内容には驚かされました。つまり、想像していたよりはるかに、片田が天野屋内部に触手を伸ばしていたということです。たとえば、顧客名簿などはすでに漏洩《ろうえい》しているというし、当時計画がまとまりつつあった五カ年計画の骨子《こつし》まで洩れていたらしい。これには天野屋の新規出店計画から商品化計画、さらには海外ブランドとの提携計画なども含まれていた。じつは、その少し前ごろから、フランスのP社との提携が妙に難航していたのだが、その原因がどうやらエイコウ側の画策によるものであったことも、その時点ではっきりしました」

「しかし、水谷静香さんがなぜそんな情報をキャッチできたのですかねえ？」

小柳は首をかしげて言った。「そもそも、彼女の言うことにどの程度信憑《しんぴよう》性があるか、疑問ではなかったのでしょうか？」

「もちろん、何も裏付けがなければ、私だって頭から彼女の話を信用するほど単純じゃないよ。しかし、彼女の言っていることは、すべて事実と符合するものばかりだったのだ。たとえばフランスP社のブランド問題なんかについて、彼女ははじめ、そういう提携話があるのですか？——という言い方をしていた。実際、彼女たちのレベルでは知りようのない問題だから、少なくとも何者かがリークしていることだけは確かだ。それも幹部クラスの誰かがね」

「何者なんですか、それは？」

「その人物の名前は言わなかった。しかし、提携問題に関与している人間の数は、ごく限られたものだから、おおよその見当はつくし、その中の誰かがリークするとは考えられなかったのだよ。じつは、ずっとあとになって、彼女が情報を入手した、いわば入手ルートの末端にいた人物が何者かまではわかることはわかったのだが、その人物にしたって、いったい誰からその情報をキャッチできたのかは、いまだに謎のままだ」

「その先にいる人物を、突き止めようとはしなかったのですか？」

「突き止めようと思ったさ。それ以前に、片田のスパイ工作そのものを中止させようとも思った。ことに、引き抜きは止めさせなければならない。情報ルートを断ったところで、人材を引き抜かれたのでは、たまったものじゃないからね」

「片田氏は、東大で室長の後輩でしたね」

「そうだよ。彼は通産省のエリートだったのを、エイコウグループの平岡会長がスカウトした男だが、九州に来たばかりのころ、私のところにも挨拶に来たりして、しばらくは付き合いがあった。もともと、平岡会長が東大閥の全電向けに投入した人材だから、私のところにも来て不思議はないし、個人的にいえば優秀な人間だと思う。その後、エイコウグループはユニコンマートの吸収合併問題やレインボードーム計画などで、九州全部を相手に戦争を始めたようなことになって、私とも疎遠《そえん》になっていたが、矛先《ほこさき》が天野屋に向けられたからには、好むと好まざるとにかかわらず、いつかは対決しなければならない相手ではあったわけだね。それが、思いがけず、ある夜、中洲の高級クラブ『チキチキ』でばったり顔を合わせた」

仙石は言葉を停めて、感慨深い目を窓の向こうに向けた。

いつのまにか陽は傾いて、天神のビル街の底には淡い暮色が漂《ただよ》いはじめていた。

「片田は絶頂期にあったのだと思う。チキチキなどという高級クラブに出入りして、付き合う相手も九財会のお偉方だ。地元デパートの広報担当ごときを下風《かふう》に見ても、当然だったかもしれない。あいつ自身にも平岡イズムが乗り移って、力は正義——といった思い上がりがあったはずだ。あの夜も、そういう片田の傲岸《ごうがん》さがあらわに出た。私は最初、穏やかに説得するつもりだったが、最後には怒鳴りつけて別れた。こうなったら、こっちも力をもって対抗すると腹を決めた。ところが、その日以降、プッツリと片田は消息を絶つことになったのだ」

「そして、このあいだ、浅見さんに白骨死体で発見されたわけですか」

小柳は視線を浅見に向けた。浅見は迷惑そうにその視線を外して、言った。

「それで、仙石さんはその後も、水谷静香さんと何度も会ったのですね？」

「ああ、会いましたよ。そもそも、片田が行方不明になっていることが、まだ一般に知られていない時点で、私にそのことを告げたのは彼女だったのです。もっとも、私はすでにその事実を知っていたから、大して驚きはしなかったのだが、彼女がそれを知っていることのほうに、むしろ驚かされましたよ。その後も、彼女と折りにふれ会っては、それに関する続報を聞きました。彼女の話によると、天野屋内部の反乱分子は、片田というアジテーターが消えたために、しだいに動揺をきたして、反乱の動きもどうやら鎮静化したらしい。ただし、水谷静香に情報を洩らしていた男は、連中の中でもとくに、片田の掌中《しょうちゅう》にあったような人間だった。それだけに、片田に関する情報を掴んでいたと考えられるわけだが、最近になって、それを利用しようとするやつの標的にされているる気配があると、彼女は言っていたんだ。それがどういう相手なのか、謎の人物の正体を何とかして訊き出してくれるよう、頼んでおいたのだが、その矢先にこういう……」

仙石は眉をひそめ、唇を嚙《か》みしめて、なんとも言いようのない、沈痛な表情を見せた。

「その男ですがねえ」と小柳はじれったそうに言った。

「水谷静香さんに情報を洩らしていた人物というのは、いったい何者なんですか？」

「もちろん、彼女の恋人だよ」

「じゃあ、彼女は恋人を裏切って、室長に情報を伝えていたわけですか。それじゃ、まるっきり二重スパイみたいなものだな。いったい、彼女はなんだって室長にそこまで忠義だてをしたのです？」

「そんなことは決まっているじゃないか、愛だよ、愛」

仙石は事もなげに言ったが、さすがに照れて、右の掌でペロリと顔を撫《な》で下ろした。

「愛……」

小柳は口をパクッと開けて、点になった目で仙石を眺めた。浅見は不謹慎にも吹き出したくなるほどおかしかった。

「そうだよ、愛だよ。私にだって、無償の愛を捧げてくれる女性がいたって、不思議はないだろう」

「そりゃまあ、室長は充分に魅力的だとは思いますがね。しかし驚いたなあ……いや、かりに愛があったとしてもですよ、彼女には恋人がいたわけで……じゃあ、愛は恋よりも強かったのですか？」

「当たり前だ。愛は純粋だからね、だからこそ無償の行為があり得る。水谷静香はまさに献身的とも思えるほど、私に情報を伝えつづけてくれた……とはいっても、私には忸《じく》怩《じ》たるものがないわけではない。とどのつまり、私が彼女の好意を利用していたことには変わりないのだ」

　仙石は辛そうに顔をしかめた。

「そういうことですと」と、浅見は遠慮がちに言った。

「きわめて状況がよくありませんね」

「ああ、そうですな」

　仙石は頷いたが、小柳には通じなかった。浅見に「状況がよくないって、それ、何の話ですか？」と訊いた。

「はあ、つまり、警察にしてみれば、充分すぎるほどの状況証拠があるということです。たぶん、明日か、早ければ今夜にも、仙石さんは任意での出頭を求められ、取調べが始まると思います」

「そうなるだろうね」

仙石は他人事のように言った。

「片田の事件にしても、水谷静香の事件にしても、そのいずれにも接点がある人間といえば、いまのところ、警察には私ぐらいしか見えていないだろう。片田の事件だけなら、ほかにも数えきれないほどの容疑者がいたとしても、水谷静香とおおっぴらにデートしているところを目撃されていたのは、私ぐらいなものだ。おまけに、具合の悪いことに、その二人とも、もはや私のために証言してくれることができない状態である。警察としては私をしょっぴいて話を聞く以外、手掛かりがないというわけだ」

「そんなばかな……水谷さんの事件では、彼女の恋人がもっともくさいじゃないですか。その男のことは警察はキャッチしていないのですか？」

「ああ、まだだね。というより、驚くべきことだが、その男が水谷静香の恋人であることを知っている人間がまったくいないらしいのだよ。知っているのは当の二人と私と、それからひょっとすると、さっき言った謎の人物が知っていたかもしれないが、とにかく、じつに用心深いというか、スマートというのか、私などは大いに見習わなければならない」

「室長、感心してどうするんですか。そんな要領のいい野郎は概して女たらしに決まってますよ」

「ははは、どうもきみは私憤でものを言っているみたいだな」

図星だったらしく、小柳は黙った。浅見は会ったことはないのだが、水谷静香が天野屋の「花」的存在だったことは、容易に推測できる。長浜のラーメン屋のおやじが、擦れ違いざま、ひと目で彼女に気づいたのも、当然だったろう。

「もちろん、その女たらしがもっとも疑わしいことは、きみに言われなくてもわかっているよ。しかしね、彼にはアリバイがある」

「アリバイ？　どうして室長にそんなことがわかるのです？」

「水谷静香を乗せた車が脊振ダム付近で目撃されたころ、彼は東京にいたんだ」

「脊振ダムって……そんなことがあったのですか」

「ええ、そうなんです」と浅見がラーメン屋のおやじに聞いた話を説明した。

「その時刻に彼が東京にいたことは間違いない。定休と有給休暇を取って、家族サービスで東京ディズニーランドに行ったそうだ」

「家族サービス？　そいつは妻子持ちなんですか？　いよいよけしからんなあ」

小柳は自分の妻子持ちは棚に上げて、しきりに憤慨した。

「そのアリバイですが、確かなものなのでしょうか？」

浅見は訊いた。

「ああ、確かでしょうな。一応、私もそれとなく確かめてみたのだが、会社の連中に、ディズニーランドで撮った日付入りの写真を見せびらかしていたそうですから」

「頭にくるなあ。その時点では、すでに水谷静香さんは殺されていたわけでしょう。室長、そこまではっきりしているなら、いいかげんでそいつの名前を教えてくれませんか」

小柳の私憤はまだ収まらない。仙石は苦笑して、しばらく躊躇《ためら》ってから、ようやく腹を決めたとばかりに、溜息まじりに男の名を明かした。

「鳥井という男だよ。鳥井昌樹、外商の人間だが、きみは知らんだろう」

「知りませんよ、そんなやつ」

「かりにアリバイがあるにしても、動機を持っていることは事実なのですから、警察に話すべきではないでしょうか」

浅見が言うと、小柳も同調した。

「そうですよ、室長もおかしいですよ。同志であるわれわれにまで名前を言い渋ったりして、なんだか、そいつを庇《かば》っているみたいに受け取れるなあ」

「ああ、そのとおりなのだよ。私は鳥井を庇っているのだ」

「えっ？……」

あたかも開き直っているような仙石の言葉に、小柳も浅見も啞然とした。

「どういうことですか、それは？」

小柳は仙石の向こう側に鳥井が隠れているとでも言わんばかりに、食ってかかった。

「そんなやつを庇って、下手すりゃ、犯人秘匿罪に問われかねないじゃないですか。ねえ浅見さん、そうでしょう」

「はあ、そのとおりですね」

浅見も遠慮はあるが、肯定しないわけにはいかなかった。

「庇うのが悪いなどと、きみたちに言われる筋合いはないと思うがね」

仙石は皮肉な目を、二人に等分に向けた。

小柳はしばらく理解できない様子だったが、浅見はすぐに（あっ——）と気がついた。

「というと、鳥井夫人が頼みに来たのですか？」

語るに落ちる——とは思ったものの、いまさら芝居をつづけている意味もないので、浅見は憶測をそのまま口に出した。

「まあ、そういうことですな。鳥井のところにかぎらず、どうも亭主なるものは、女房にあまり信用されていないらしい。もっとも、彼女にしてみれば、精一杯、内助の功を尽くそうということなのかもしれないが」

仙石は背中がむず痒《がゆ》いような顔で言って、ふっと真顔に返った。

「しかし、私があえて口を噤《つぐ》むのは、単に鳥井や彼の家族のためばかりではない。天野屋本体を守る意図が大きいと思っていただきたい。かりに警察の捜査が鳥井のラインに到達すれば、そのあとは芋づる式に、天野屋内部のかなり深くまで、取調べが進んでゆくことになるでしょう。片田の工作でいったん完成していたスパイ網は、彼の死後、拠《よ》り所を失って消滅したも同然なのに、それが洗いざらい明るみに出る可能性がある。これは天野屋の社会的なイメージダウンに繋がるばかりでなく、組織や機構や社内の信頼関係を崩壊させることになります」

「そんなことを言って……黙秘みたいな真似をすれば、警察の心証を害して、室長に対する事情聴取は長引くのじゃありませんか」

小柳が情けない声を出した。

「いや、もちろん完全黙秘はしないよ。話して構わないことは喋るつもりだ。しかし、ちょっと頭が切れてしつこい刑事なら、もっと何かあると疑うだろうね。現に、そういう刑事がすでに一人いる。まさか勾留まではしないにしても、身辺にまつわりつかれては、当分、身動きできないことになるかもしれない。それは覚悟の上だよ。だからこそ、こうして、きみたちに後事を託しておきたかったのだよ」

「後事を託すって言われても、肝心の室長とコンタクトが取れないんじゃ……まあ、エイコウグループの問題はなんとか探り出せるとしても、殺人事件の真相が解明されなければ、室長を窮地から救い出すことができないじゃないですか」

「いや、そんなことはない」

仙石は神のように自信たっぷりに言った。

「こっちの事件のほうは、浅見さんが謎を解き、真犯人を捜し出してくれるはずだ。そうですね、浅見さん」

「はあ、まあ……」

浅見は仙石とは対照的に、自信があるのかないのか、頼りない答え方をした。

2

別れ際、仙石は浅見に「元久聡子と会って、鳥井のことを聞きなさい」と囁いた。

聡子の名前を聞いたとき、浅見は心臓にショックを感じた。聡子に抱いたほのかな恋心のようなものを、仙石に見破られたのかと思った。それと同時に、「女たらし」の鳥井のことを聡子に聞くという意味について、さまざまな想像がはしった。

事務関係のブロックから仕切りの鉄扉を開けて売場に出ると、そこはまるで違う世界である。天井のスピーカーからはＢＧＭが流れ、その下ではお客や店員の呼び交わす声が絶え間なく聞こえている。表と裏、舞台と楽屋——華やかな表社会の裏にある、陰湿な葛藤《かっとう》の世界をふと連想した。

街はすでに夕暮れどきだった。小柳は何か急用を思い出したように、「またあとで連絡します」と言い残すと、そそくさと毎朝新聞社に戻っていった。浅見もいったんホテルに引き上げ、しばらく逡巡したあげく、ホテルの部屋から元久聡子に電話した。

電話を取ったのは、かなり年配らしい女性で、浅見の名前を二度確認してから聡子に繋《つな》いだ。男性からの私用電話を冷遇する性格かもしれない。聡子は真面目くさった口調で対応した。浅見は退社後にホテルに電話してくれるよう頼んだ。聡子は「はい、かしこまりました、そのようにお伝えします」などと、すましていた。

天野屋の終業時間は七時だが、事務関係の社員は五時、秘書室の者も概《おおむ》ね六時を過ぎると退社できる。しかし、元久聡子は七時半になってようやく電話をくれた。「お会いできませんか」と言うと、少し引いた感じの声で「はあ」と言った。

「じつは、仙石さんからあなたに会うように言われたのです」

「えっ、仙石室長から?……」

とたんに声音が変わって、「わかりました」とつづけた。仙石の影響力はなかなかのものがあるようだ。

聡子は天野屋とは逆方向の「大名《だいみよう》」という街にあるレストランを指定した。名前から察すると、かつては武家屋敷の街だったのかもしれない。ここからは大濠公園も近く、東京の麻布《あざぶ》あたりを思わせる、しっとりした雰囲気のある街並みであった。

表通りから一本裏手に入った通りにある、あまり大きくはないが、洋館風の洒落《しやれ》た店だ。入口に出迎えたウェイターに「元久」の名を言うと、「どうぞ」と二階の窓際のテーブルに案内してくれた。

聡子は二十分ほど遅れてやってきた。念入りに化粧をし直したらしく、白い顔に口紅の色がクッキリ浮かび上がって見えた。

浅見がメニューを広げると、「何でもお好きなものをあがってください」と鷹揚《おうよう》なことを言う。

「ここ、ちょっと知り合いなんです」

勝手にワインを頼んで、浅見が躊躇っていると、「それじゃ、適当に美味しそうなものを、見繕《みつくろ》ってもらっていいですか?」と言って、ウェイターに注文してしまった。

完全に主導権を握られた恰好で、浅見は圧倒されっぱなしだ。

アマダイを使った何とかいうフランスの港町の名前がついた魚料理に、牛フィレ肉の何とか風ステーキというのがメインディッシュで、ちょっと豪華すぎはしないかと、料理にさっぱり詳しくない浅見としても、いささか気がさすようなディナーになった。

聡子はワインを飲み、かつ料理をどんどん平らげた。

途中で初老の上品な顔立ちの、マネージャーらしき男が現われ、「いかがですか？」と愛想よく、浅見に訊く。浅見は「はあ、とにかく美味いです」と芸のない答え方をした。聡子のほうは迷惑そうにそっぽを向いてワイングラスを傾けている。

「お客様は東京からお見えですか」

「はあ」

「それじゃ、ここらあたりの料理ではお気に召さないですかな」

「そんなことはありません。だいたい、僕は大抵のものは、何でも美味しく食える人間ですから」

言ってから、浅見は、これではちっとも褒めたことにならない——と気がついた。マネージャーは呆れたように、少し背を反らせて「はは……」と短く笑った。

「すみません、気を悪くしないでください。これ、とても美味いです。それだけは間違いありません」

「はい、ありがとうございます。最高の褒め言葉と受け取らせていただきます」

浅見は額に汗が噴き出した。

マネージャーが行ってしまうのを待って、浅見は肝心な話を切り出した。

「仙石さんが、水谷静香さんのことをあなたに訊くようにと言ってました」

鳥井の名前をいきなり出すのは、さすがに抵抗があった。

「水谷さんの何を、ですか？」

聡子はワイングラスを抱くようにしながら、のんびりとした口調で言った。

「彼女が付き合っていた男性のことなど、ですね」

「あら、水谷さんが付き合っていた人って、誰のことですか？」

「元久さんは本当に知らないんですか？」

「ええ……まさか仙石室長のことじゃないのでしょう？　一昨日も話したけど、あのトイレの落書き事件は単なるいたずらですよ。前にもトイレの壁に落書きされて、噂になって、会社を辞めた人がいるくらいです」

やはり仙石が言っていたとおり、水谷静香と鳥井の関係は、まったく知られていなかったらしい。

「鳥井という人らしいのですが」

「鳥井さん?……」

聡子のグラスが、テーブルの上でカタンと音を立てた。

「鳥井さんが、水谷さんの彼だったんですか?」

「そのようですよ」

聡子の驚き方に、浅見は(やはりそうだったのか――)と、特別な意味があることを感じないわけにいかなかった。

「それ、ほんとかもしれない……」

聡子は呟くように言った。「そうだったのね、あのとき、室長はそれとなく教えてくれたんだわ」

「あのときっていうと?」

「浅見さんにはわかりませんよ。ちょっとややこしい話だから……」

「ややこしくても聞きますよ」

浅見は例によって「おねだり」する坊やの目になった。聡子はチラッと浅見に視線を送って、(勝てないな――)というように首を振ってから、言った。

「室長が水谷さんと最後にデートしたとき……といっても、そういう関係のデートじゃなくて、水谷さんが会いたいって言ってきただけですよ」

そういう前置きをしてから、聡子は博多駅前地下街の喫茶店で、仙石と水谷静香が会ったときのことを話した。仙石が水谷静香から「内部告発」の動きがあると聞いたこと――。その企てに関わる三人の人間の中に鳥井昌樹の名前があったこと――。そして、肝心の話になったとき、隣りの席に安岡礼子が座ったために、最後の言葉が中途半端なままで終わってしまったこと――。

「それで最後に、水谷さんから、私の名前が出たんですって。『元久さんの……』って。そのときに安岡さんが来て、そのあとまもなく、室長は席を立ったのだそうです」

「彼女が何を言おうとしたのか、まったくわからないのですか？」

「ええ、室長はわからないって言ってるし、私にも思い当たることはありません」

「その内部告発のことはどうなんですか？」

「それも詳しいことはわからないって。ただ、内部告発の資料とかがあるらしいってことぐらい……それを誰かと誰かが話しているのを鳥井さんが聞いていて、水谷さんに話したということでした。誰と誰が話していたのか、名前は言わなかったそうです。もしかすると、水谷さん自身、知らなかったのかもしれないって言ってました」

「仙石さんは、鳥井さんにそのことを確かめようとはしないのかな？……」

浅見は首をひねった。仙石が鳥井夫人に泣きつかれたこともあって、鳥井へ捜査の手が及ばないようにしているのはわかるにしても、仙石自身が鳥井を追及することは、天野屋を護《まも》るためにも必要なことではないか——と思う。

浅見が考え込んだので、しばらく会話が途絶えた。

「ばかみたい……」と、ふいに聡子が小さく笑った。

「は？」

思索を破られて、浅見は視線を上げた。

「私ね、浅見さんから電話があったとき、もしかすると、特別な話かなとか思って、少し緊張して来たんです」

「特別な話というと？」

「ははは、だからばかだって……ほんと早とちりなんだから……さっきのマスターね、あれ、父親です」

「えっ……マスターって、あの、テーブルに挨拶にきた、あの人ですか……」

マネージャーかと思ったのだが——。なるほど、そういうことなら、さっきからの聡子の豪快な飲みっぷりや、メニューの選び方も納得できる。

「それじゃ、元久さんはこのレストランのお嬢さんですか」

「お嬢さんだなんて……ただの食堂の娘じゃないですか。それに、父がこのお店を引き受けるようになったのは、つい二年前のことで、まだ誰にも言ってませんから、黙っていてください。一度だけ水谷さんを連れてきたことがあったけど……ほんと、あの人は口が固かったわねえ」

「その口の固い水谷さんが、恋人を裏切って仙石さんに告げ口をして、殺された」

「えーっ！　まさか、そのことが原因じゃないのでしょう？」

「わかりませんが、タイミングとしてはピッタリ符合しますよ」

「だったら鳥井さんが犯人ていうこと？」

「いや、水谷さんが殺された日、鳥井さんは家族サービスで東京へ行っていました。会社の同僚に、ディズニーランドの写真を見せびらかしていたそうです」

「そう、ですか……」

聡子の顔に、安堵《あんど》とも苦痛とも取れる、複雑な表情が浮かんだ。

「しかし、それでも仙石さんは鳥井氏を追及すべきです。アリバイがあまりにもきちんとしすぎているのも、考えようによっては気に入りません」

「アリバイだなんて……なんだかミステリーみたいだわ。少し考えすぎなんじゃないですか？」

「そうだといいですが……まあ、それはともかくとして、仙石さんが鳥井さんを庇いすぎるのは不自然です。いちど確かめてみる必要があるな」

浅見は時計を見た。時刻はとっくに九時を回った。いまごろ仙石はどこにいるのだろうか。すでに帰宅したか。自宅に電話をするのは、夫人の手前、具合が悪いだろうな――などと、浅見はまた思案に耽った。

「つまんないなあ……」

聡子は嘆いた。「ぜんぜんロマンチックじゃないものねえ」

「あ、申しわけない、勝手な話ばかりして」

浅見はペコリと頭を下げた。

「いいんです。諦めました。だけど浅見さんて、どうしてこんなことに首を突っ込むんですか？　まるで刑事か私立探偵みたい」

「ははは、そうかもしれませんよ。あるときはルポライター、あるときは落ちこぼれ、またあるときは居候、しこうして、その実体は名探偵明智小五郎《あけちこごろう》……」

「誰ですか、その人？」

「えっ、知らないんですか？　驚いたなあ、ジェネレーションギャップかなあ。江戸川《えどがわ》乱歩《らんぽ》の探偵小説に出てくる有名な探偵なんですがねえ」

「浅見さんと、歳、そんなに違いませんよ。だけど知らないわねえ、そういう名前。あまり本、読まないから」

そうかもしれない——と浅見も思った。彼女にしろ関口和美にしろ、こんなふうに飲み歩くのが趣味のようでは、とても読書のひまはなさそうだ。ビジネス関係の本ならともかく、読んでも何のとくにもならないような推理小説など、たぶん手に取る気もしないのだろう。

「鳥井さんて、私、前に付き合っていたことがあるんです」

いきなり聡子は言い出した。「奥さんもお子さんもいるんだけど、べつに結婚するとか、そういうつもりもなしに、です」

「やめましょう、その話」

「いいんです。浅見さんもうすうす知っているみたいだったし、はっきりしておいたほうがいいと思うし。いまはね、何とも思っていないんです。水谷さんとのこともたぶん本当なんでしょうね。あのひと、ほんとに噂どおりの女たらしなんだと思う。社長や会長クラスが行く、チキチキっていう高級クラブがあるんですけど、そこの女性も……」

「ほう、鳥井氏はそんなところにも出入りしていたのですか？」

「ううん、まさか、いくら何でもあそこは無理ですよ。たまに誰かに連れていってもらったみたいです」

「誰かって、誰ですか？」

「えっ？　さあ、そこまでは聞かなかったけど、社長とか、そういうクラスの人じゃないかしら……でも、浅見さんて、変なことに興味を惹かれるタチなんですねえ」

「は？　あ、いや、ははは、僕も連れていってもらいたいものだと思いましてね」

「そんなことより、私のことをもっと根掘り葉掘り聞いてくれたらいいのになあ」

「いいんですか、そんな失礼なことを」

「ええどうぞ……でも、もういいんです。酔いも夢も醒めました」

言って、聡子は席を立った。トイレかなと思ったら、「さあ、帰りましょう」とバッグを手にした。

テーブルの上には伝票がなかった。入口のレジの前で浅見が立ち止まろうとするのを、聡子は「いいんです」と腕を引っ張った。レジ係の女性も「ありがとうございました」とお辞儀をしている。

「いいって、だめですよ、あなたにご馳走《ちそう》になる理由はない」

玄関の外に引っ張り出されて、浅見は抵抗した。

「私じゃなくて、父のご馳走です」

「お父さんの？」

「ええ、父に私の選んだひとを見てくれって言っておいたのです」

「あ、ひどいなあそれは。詐欺じゃありませんか」

「詐欺じゃありませんよ、半分は本気でしたもの」

聡子はすまして言って、夜の街に歩きだした。

3

ホテルに戻ると兄からのメッセージが入っていた。九時までなら役所、十時以降なら自宅に電話せよという。浅見はしばらく待って自宅のホットラインをダイヤルした。

「今日、捜査に進展があったようだ」

陽一郎はすぐに用件を言った。

博多署の捜査本部が平岡会長に事情聴取を行なって、会長が片田二郎殺害の動機として考えられる三項目を挙げたというのである。

「捜査主任は県警の友永という警視だそうだが、なかなか優秀な男らしい。きみも相当頑張らないと、先を越されるぞ」

陽一郎は、珍しく、けしかけるようなジョークを言った。

浅見もこれまでの「捜査」結果を報告した。仙石が鳥井という男を庇う動機が、浅見兄弟が仙石を庇うのと似たような動機であることに、陽一郎は複雑な笑い方をした。

「仙石のそういう反社会性はむかしからのものだ」

「兄さん」

「ん？」

「もうそろそろ、教えてくれてもいいのではありませんか」

「何を？」

「仙石夫妻と兄さんの関係を、です」

「夫妻か……そこまでわかっているのなら、何も話すことはないだろう」

「はあ……」

仙石と仙石夫人・(旧姓今中)ひろ子と兄のあいだに、どういうラブストーリーがあったのか、浅見にもうすうすは察しがついている。それ以上のことを訊くのは野暮というものかもしれない。

「若いころは」と陽一郎は、弟の沈黙に気を使うのか、物憂《ものう》げに言った。

「現状否定をする男のほうが魅力的なものだよ。というより、現状に甘んじているような男は生きていないに等しい」

「それは僕のことを言っているんじゃないでしょうね」

「ははは、きみは違うさ。きみはいつもバランス感覚のいい男だ」

「つまりノンポリという意味ですか」

「そんなふうに僻《ひが》んでみせるところだけが、きみの欠点だね」

陽一郎は浅見の痛いところを、ちゃんと見抜いている。

「現状否定は、しばしばエスカレートして暴走に繋がる。いまの韓国の学生運動を見ていると、何十年もむかしの僕らの学生時代を彷彿《ほうふつ》させる。エネルギーは必要だが、表現方法が稚拙《ちせつ》なのだ。いい悪いはべつにして、未成熟な民主主義社会の一つの典型といっていいかもしれない。反対の意思表示には自由投票という権利が約束されているにもかかわらず、物理的な力で押し通そうとする。彼らには立場を逆にして物を見る知恵が欠如しているのだ。かりにそうやって政権を握ったとして、今度は反対側に回ったイデオロギーが、暴力的に立ち向かってきたらどうなるかを考えていない。それを規制する法的実力行使が、彼らのいう『弾圧』であることに気づいていない」

「しかし、そういうチェックがないと、政治は変化しないし、政治家は恣《ほしいまま》に振る舞うことになったのではありませんか。学生たちより以前に、政治そのものが未熟な民主主義だったのでしょう」

「むろん、それを含めて未成熟な——と言ったのだ。しかし、政治家はやがて死ぬ。それを待てばよかった。ウイスキーのように樽《たる》に入れて、ひたすら熟成を待てばよかった。二十年も経《た》てば、彼らの時代がくる。彼らの多くはあの時代のもっとも優秀な青年たちだったのだから、二十年後には国を動かす地位についていただろう。彼ら自身の民主主義もまろやかに熟成して、国民もいまよりはるかに優れた民主主義を満喫できたにちがいない。宮城《きゅうじょう》前騒擾《そうじょう》事件に代表されるような、昔の労働運動に始まって、樺美智子さんが死んだ六〇年安保闘争から、安田講堂《やすだこうどう》占拠事件に到るまで、彼らの遺《のこ》した悪しき遺産はあまりにも大きい。彼らが動くたびに警察力は増強され、警察予備隊からやがて自衛隊が誕生してゆく過程は、まったくあれよあれよという速さだった。まさに北風と外套《がいとう》の寓話そのものだね」

警察庁幹部の兄が、肥大しきった国家権力を皮相的に評しているのを、浅見は奇異な思いで聞いた。兄のすごさはそういうところにあると思う。兄にだって若さはあっただろうし、青臭い正義感も冒険心も闘争心もなかったわけではないだろう。しかし、同時に、そういったものを見据えてしまう、一段上の頭のよさが備わっていたということだ。それは日和見《ひよりみ》とは違う。何十年も先の社会を透徹《とうてつ》する世界観である。

「彼らにしてみれば、怖かったのかもしれませんよ」

浅見は消極的な反論を言った。「無為のまま若さを空費して、年老いてしまうことが、です」

「むろんそのとおりだろう。しかし、光彦、私も同じように怖かった一人であることも忘れないでもらいたいな」

陽一郎の声には、どことなく悲しげなひびきが感じ取れた。これ以上、浅見は兄とこの問題で議論する気持ちが萎《な》えた。浅見家の「星」として育てられ、早くに父親を失って、弟や妹の父親代わりを務めなければならなかった兄には無謀な選択は許されないという事情があったのだ。仙石たちの「若気のいたり」が羨ましく思えた時期もあったのかもしれない。

「仙石がどう考えようと」と、陽一郎は毅然《きぜん》とした口調に戻って、言った。

「鳥井に対してわれわれがなすべきことは、仙石に対するケースとは、根本的に異なる。無用な斟酌《しんしゃく》は、この場合、優しさではなく、単なる反社会的行為でしかないのだ」

「ええ、わかっています。明日にでも仙石さんにその点をはっきりさせるつもりです」

「ああ、そのほうがいい」

電話を切って、浅見はバスを使った。

兄が言った、片田殺害の「動機」の一つは、これまでのデータには含まれていなかったものだ。

――シーサイドももちの「ウォーターフロント計画」、とくにレインボードーム建設に関わる背任・横領・詐欺事件――

しかも、片田が失踪したのは、その事件が発覚する直前といっていい時期だったというのである。この不正をキャッチしたために、片田は消された可能性が、にわかに強くなった。

警察は遅くとも一両日中には、関係した人物を割り出すだろう――と、陽一郎は言っていた。

(それだな――)と浅見も思った。レインボードーム建設に関与する業者の数がどれほどのものかは知らないが、二千六百億円の事業に群がる業者間の競争は、相当に熾烈なものになるだろう。その取りまとめを任されたと称する人物の懐ろに、貢《みつ》がれる金額は想像を絶するものがあったにちがいない。

片田ほどのキレ者が、いつまでもこの事実を掴めなかったとは考えられない。エイコウグループ九州総本部副所長として、事実上のエイコウ軍団の責任者であり指揮官であった片田だ。不正事実をキャッチした瞬間の、彼の狼狽《ろうばい》と激怒ぶりは想像に難くない。

そして――片田は消された。

殺人の実行犯が、片田に指弾糾明《しだんきゆうめい》された、その人物自身かどうかはわからない。そもそも、その背任横領事件なるものが、架空の発注をした側と受注した側との共謀によるでっち上げであるのかもしれないのだ。いや、つきつめて考えれば、片田自身がその事件に関与していた可能性だってないわけではない。まあ、片田ほどの人物が、そんな、いずれはボロが出るに決まっている犯罪に参画するような愚行はしないと思うけれど、もしも金額が数億ではなく数十億円の巨額であったりすれば、フッと魔がさすことだってなきにしもあらずだ。だとすれば、事件の鍵を握っている片田を消すことには、それなりの理由がある。

いずれにしても、かりにそっちの動機による犯行だとすれば、浅見の出る幕はない。友永とかいう主任警視ドノがあざやかに事件を解決してしまうことだろう。もっとも、その場合には仙石は事件に絡んでいないのだから、浅見が頑張る必要も、おのずから消滅するわけだ。

浅見はバスタブの中で、フーッと息をついた。なんだか、せっかく張り詰めていたものが、吐息と一緒に抜けてしまったような気分であった。

「しかしまあ……」と、天井を仰いで独り言を呟いた。

「やるだけやってみるか」

まだ結論が出たわけではないのだ。第一、片田の事件は事件として、水谷静香がなぜ殺されなければならなかったのかについては必ずしも説明がつかない。

もっとも、片田の事件と水谷静香の事件とは、まったく別の次元のものである可能性もあるにはあった。

「まあ、やるだけやってみるか」

もう一度言って、浅見は湯を掬《すく》って顔を洗った。

その瞬間、何かが頭の中を走り抜けたような気がした。

(あれ?——)と思った。

いまの、ほんの一瞬の千切れ雲のようなものは何だったのだろう?——

記憶の海原の表面に、フワッと影を落としていったものは何だったのだろう?——

無意識のうちに何かを見ていながら、そのことの重大さに気づかないまま通り過ぎてきて、後になってふと気にかかって、しかし思い出せない——という経験のなんと多いことか。

浅見は湯を掬っては顔にかける行為を、何度も繰り返した。そうすることで、心の眼を覆っているウロコを洗い落とそうとした。しかし虚《むな》しい努力であった。いったん消えてしまった雲の正体は、ついにふたたび見えてくることはなかった。

そのもどかしさは、ベッドにもぐり込んでからも、ひと晩じゅう、安眠を妨げた。浅見はほとんど三十分ごとに目が覚め、その代わり、最後に六時十五分の数字を見たあとは、九時半まで眠りこけた。

ベッドから出ると、浅見はまず最初に仙石に電話を入れた。

「やあ、いかがでした、博多の夜は？」

仙石はいくぶん冷やかすような口調でそう言った。どうやら、浅見が昨夜、元久聡子とデートしたことを知っているらしい。

「仙石さんのご指示どおり、いろいろ参考になる話を聞けました」

浅見は適当にあしらってから、「ところで」と硬い調子で言った。

「鳥井昌樹氏のことですが、仙石さんはやはり追及しないつもりですか？」

「ん？　ああ、現段階では、少なくとも積極的にやるつもりはありません」

「しかし、ことがことですからね、僕のほうは放置するわけにはいきません」

「放置しないとすると、どうしようと言われるのかな？」

「直接会って、話を聞きます。彼自身は実行犯ではないにせよ、犯人の心当たりがある可能性は強いですからね。本来からいえばやはり、警察の介入を求めるべきではないでしょうか。できれば、そうなる前に仙石さんが鳥井氏を説得するのが望ましいのですが」

仙石はしばらく考え込んだ。朝っぱらから、あまり愉快でない話題を、それも強談判《こわだんぱん》のような勢いでねじ込まれて、いささかムッとしているのかもしれない。

「わかりました」と、しかし仙石は淡々とした口調で答えた。

「たしかに、そちらの立場としてはそういうことでしょうな。今夜にでも、おっしゃるとおりにするとお伝えください」

仙石の口振りからは、あからさまに、浅見の背後にいる「人物」を意識した厭味が感じ取れた。電話の相手が何者であるかを、周囲の部下に気取られないように配慮しながらの応対としては、なかなかあざやかなものであった。

受話器を置くのを待っていたように、電話が鳴った。小柳の声が挨拶抜きで、いきなり「いま下に来ているんですけどね。食事まででしょう」と言った。

小柳はひどく疲れたような顔をしていた。服装もくたびれた様子で、どうやら昨夜は帰宅していないらしい。

「徹夜ですか？」と訊くと、怒ったような口振りで、「ああ、ちょっと、調べ物があってですね」と言った。

ジュースとハムエッグとトーストとコーヒーだけのセットメニューを、黙々として食べた。コーヒーのお代わりをもらってから、小柳は「浅見さん」と切り出した。

「あんた、浅見刑事局長の弟さんだったんですねえ」

「はあ、まあ……」

「道理で、仙石さんが妙なことを言うはずです。それならそうと早く言ってくれればいいのになあ」

「すみません。どうも、兄のことは、あまり知られたくないものですから」

「そんなこと言ったって……そうか、それで西署でも早くに切り上げて……じゃあ浅見さん、博多に来た目的は、最初から今度の事件のことで？」

「とんでもない、それは違います。僕が発掘調査に参加していて、偶然、白骨死体を発見したのは、小柳さんだって知っているじゃないですか」

「あ、そうかそうか。しかし、ルポライターは仮の姿であって、私立探偵が本職だということも聞きましたよ」

「いえ、それも事実無根です。僕のことを『名探偵』だなどと、面白おかしく小説に書く無責任な作家がいて、あらぬ噂を立てられ、すごく迷惑しているのです。僕だけならまだしも、兄やおふくろにも累《るい》が及んで、ただでさえ肩身の狭い居候が……」

「まあまあ、あんたの愚痴を聞いたってしようがない」

小柳は苦笑した。この「嘘つき探偵」に、あれこれ文句を言ってやろうと意気込んできたのだが、もうどうでもよくなった——という顔である。

「じゃあ、小柳さんの徹夜は、僕のことを調べていたためなのですか？」

浅見は気の毒になって、訊いた。

「え？　あはは、まさか……いや、それも少しはありますがね、大きなニュースが飛び込んできたもんで、そのフォローをね」

小柳はコーヒーに顎の先が浸《つか》りそうなほど前屈みになって、「じつは、シーサイドもちのウォーターフロント計画に絡む疑惑が浮かび上がってきたのですよ」

「あ、もう、ですか……」

浅見はうっかり言ってしまった。案の定、小柳はすぐに気づいて、白けた顔になった。

「なんだ、それも知っているんですか。そうでしょうなあ、警察庁直結だもんねえ」

「いえ、これには事情がありまして……」

「まあいいですよ、気にしないことにしますよ。それじゃ、何もかも先刻承知っていうわけですか？」

「そう詳しくは知りません。ただ、事業計画に参画する予定の業者を対象に架空の発注が行なわれ、巨額の資金が動いたという話は聞きましたが、名前なども知りません。もともと、そういった方面のことは苦手なもので」

「しかし、今度の事件の背景としては、もっとも疑わしい材料ですよ」

「はあ、そうだと思いますが、経済的な知識のまるでない僕なんかには、チンプンカンプンで手も足も出ません。友永警視あたりに任せておけばいいでしょう」

「驚いたなあ、まさにそのとおりで、友永警視が二課（注・経済事犯担当）の連中まで動員して、颯爽《さっそう》と動きだしたそうですよ。ふーん、そうなのか……だとすると、やっぱり、名探偵なんてのは単なる噂にすぎないっていうことかなあ……」

小柳は半分納得したように、しげしげと浅見を眺めた。

いつのまにか十一時を回って、そろそろランチタイムの客が入ってくるらしい。隣りの席にも、ホテルの泊まり客なのか、女性が独りで座り、昼の定食を注文している。三十五、六歳の色白な美人だ。見るともなしに見ている浅見の視線を感じたのか、チラッとこっちを見た。

その瞬間、浅見は「あっ」と、口の中で声を発した。

（そうか、なぜ彼女は、そこにいたのだろう？——）

女性はすぐに視線を外したが、浅見の存在を意識しているのは、煙草を取り出す仕種がぎごちないことから、わかる。

「知ってる人？」

小柳が彼女のほうに横目を使って、訊いた。

「は？　何がですか？」

「あの美人、知っているんですか？」

「え？　いや……」

浅見は首を横に振った。そんなことより、いまは一刻も早く、たったいま浮かんだばかりの着想を確かめたかった。

（なぜ彼女は、そこにいたのか？——）

昨夜、バスの中で思いついたものの正体がこれだったのだ。

4

小柳はそれからしばらくして、引き上げていった。事件絡みのことをしばらく話していたが、浅見のノリが悪いのを見極めて、つまらなそうな顔であった。

昼休み直前の時刻だった。浅見は部屋に戻らず、ロビーから天野屋の広報室に電話した。仙石は席を外しているという。「社内だと思いますが」と言っている。

浅見の足はしぜん、ホテルのロビーを出て天野屋へ向かった。一刻もこうしてはいられない気持ちがつのっていた。

受付で連絡を取ると、仙石は下りてきて、「やあ」と手を挙げ、そのまま外へ出た。妙に浮かない顔をしている。

「鳥井を摑まえようと思ったのだが、ひと足違いで外回りに出かけてしまいました」

近くの喫茶店に入って、テーブルにつくやいなや、仙石は言った。店はサラリーマンでざわついていたが、密談をするには、かえって好都合だ。

「しかしまあ、浅見さんの言うとおりにやってみますから、そんなにせっつかないでください」

「あ、そのことで来たのじゃないんです」

浅見は手を左右に振った。

注文を聞きに来たウェイトレスに、仙石はコーヒーを頼み、「浅見さんも同じでいいですな」と言った。浅見は頷いて、ウェイトレスが立ち去ると同時に切り出した。

「じつは、仙石さんが水谷静香さんと最後に会ったときのことなのですが」

「はあ」

「隣りの席に女性が来たのでしたね」

「ああ、そう、安岡礼子という、元交換室にいたオペレーターですよ。ずいぶん久し振りだったたから、彼女が席に座るまで、向こうもこっちも気がつかなかったのだが、そのうち、おたがいに同時に気づいて、やあ、ということになった」

「その女性は、その日、なぜそこに来たのでしょうか？」

「ん……？」

仙石は驚いた目になって、浅見を見た。

「どういう意味ですか？」

「いえ、大した意味はないのかもしれませんが、何となく気になったのです。彼女はその日、なぜそこにいたのか——と」

「はあ……妙なことが気になるのですな。じゃあ、そのことを訊きに、わざわざ？」

「すみません、お忙しいところを」

「いや、そんなことはいいのだが……しかし、何なのですか、それは？」

「そう追及されると困るのです。僕にもよくわからないのですが、ただ何となく気になるのです。いったい彼女はなぜそこにいたのか——そう考えだすと、そこからいろんなストーリーが見えてきちゃうのです」

「ストーリー……たとえば？」

「たとえば……彼女はそこで誰と会うことになっていたのだろう？――とか、です」

「なるほど。まあ、それはごく自然な連想ですな。あんな場所に一人でお茶を飲みに出かけるはずもないのだから」

「そうでしょう？　そうすると、その連想の先にさまざまな人間が現われませんか」

「？……」

「たとえば、彼女が会おうとしていたのは、仙石さんかもしれないし、水谷静香さんかもしれない。その他、彼女――安岡礼子さんでしたか、その安岡さんがそこで会うことになっていたと思われる人物が、次々に思い浮かんでくるじゃないですか」

「そう、ですかねえ……しかし、私でないことだけは確かだが……」

仙石は自分の名前を例に出されて、多少、迷惑そうな顔で首をひねって、「水谷静香と会うことになっていたとも思えませんなあ。それはともかくとして、ほかにどういう人物を想像するのですか？」

「わかりませんよ、そんなこと」

浅見は呆れて言ったが、それ以上に仙石が呆れた。

「わからないって、だって浅見さん、人物が次々に思い浮かぶと……」

「ですから、それは顔のない人物ですよ。第一、僕は安岡さんがどういう人かも知らないし、まして、どういう人と知り合いだったのかを知っているわけがありません」

「それはそうだが……で？」

「いったい、安岡礼子さんというのは、どういう人なんですか？」

「優秀な女性ですよ。電話室の主任をしていて、電話交換手《オペレーター》の全国大会で二位になった。電話交換室にコンピュータを導入するよう、会社に提案したのも彼女だったが……しかし、あまりできすぎて妬まれたのかもしれませんな。そのコンピュータの主任と怪しいとか、いろんな噂を立てられたこともあったしね」

浅見の脳裏に、電話交換室のコンピュータルームにいた、クマのようなモッサリした男のことが蘇った。外観はクマだが、コンピュータを扱うくらいだから、女性を惹《ひ》きつけるインテリジェンスに満ちているのかもしれない。

「だけど、安岡礼子があそこで誰と会ったにしても、それが何だとおっしゃるのです？」

「僕は、水谷静香さんの運命が変わったのは、その日、そのときを境にしているのではないかと思うのです。もしも、安岡礼子さんが来なければ、状況はずいぶん変わっていたにちがいない。実際、その日以来、水谷さんは仙石さんと接触していないわけでしょう。わざわざ仙石さんと会って、何か言いかけたことがあったにもかかわらず——です」

「うーん……」

仙石は眉をひそめ、苦しそうに唸《うな》った。

「たしかにね、彼女は私が席を立つとき、いかにも心残りな顔をしていました。よほど何か伝えたいことがあったのだろうと、後になってほぞを噛むような気持ちがしたのだが。しかし、その日はどうしても外せない用件がありましてね、時間がなかった。それに、隣りに安岡礼子がいたのでは、話を聞ける状態ではない。かといって、安岡礼子を追い立てるわけにもいかなかったしねえ」

仙石はそのときの水谷静香の表情を思い浮かべるのか、遠くを見る目をした。

コーヒーが運ばれてきて、芳《かんば》しい香りが鼻孔をくすぐった。浅見は、砂糖もミルクも入れたが、仙石はぼんやり眺めているばかりで、手もだそうとしない。

「そういえば、浅見さんが言うとおり、いまにして思うと、その日以降、たしかに彼女の様子に変化があったのかもしれない。会社で会っても妙によそよそしく、なんだか避けているように感じたし……あのとき安岡礼子に何か言われたのかなあ？」

「やはりそうですか。では間違いありませんよ。犯人はその日はじめて、仙石さんに接触している水谷さんを見たのでしょう。そして水谷さんに脅しをかけて、口止めを強《し》いたにちがいありません。それで水谷さんは沈黙を守らざるを得なかった。しかし、犯人はそれでも安心できずに、結局、その延長線上で、水谷さんは殺害されなければならなかった。そのことは、水谷さんの存在が、犯人にとってきわめて憂慮すべきものだったことを物語ると思うのです」

「うーん……というと、安岡礼子があそこで会うことになっていた男が犯人だと言いたいわけですな」

「いや、その人物が男かどうかも、それに犯人かどうかも断定はできませんが、少なくとも事件の重要な鍵を握る人物であることは間違いありませんね」

「そいつは何者かな？……やはり鳥井ですかな」

仙石はいっそう憂鬱な顔になった。

「あるいはそうかもしれませんが……ちょっとお聞きしたいのですが、仙石さんが水谷さんと会うときは、その喫茶店をよく使ったのでしょうか？」

「ああ、だいたいあそこでしたね。その店はあまりムードもなく、かりに誰かに目撃されたとしても、べつに不倫を怪しまれるようなおそれはありませんからね」

仙石は苦笑した。

「だとすると、鳥井さんではないですね。鳥井さんが利用しそうな店なら、水谷さんのほうで避けたでしょうからね」

「なるほど……では誰だろう？」

「以前、相合傘の落書きの被害に遭って、その被害者が会社を辞める羽目になった事件がありましたね」

「ああ、ありました。それが彼女ですよ、安岡礼子ですよ……ん？　というと、浅見さんは、傘の下に名前を書かれた、もう一人の被害者のことを言っているのですか？」

「ええ、その人はどうしています？」

「沢村信夫という男で、以前は外商部でなかなかの遣《や》り手《て》だったが、その事件があって、通信販売部に移りました」

「それは左遷ですね」

「まあ、たしかに一種の左遷であることは否定できませんな」

「そのときの噂は、まったく根も葉もないことだったのですか？」

「わかりません。彼らは否定していたそうだが、その手の噂話は、当人同士でないと、本当のところはわからない場合が多いですからな」

「現在は、その二人の関係はどうなっているのでしょう？　調べてみたことはないのですか？」

「いや、そんなことはしませんよ。私はＣＩＡでもゲシュタポでもありませんからな」

仙石はニコリともせずに言った。

「では僕が調べてみます」

「ふーん、そこまでやりますか」

「やらなければならないでしょう。つきましては、安岡礼子さんの住所などを教えてください」

「いいでしょう、あとで調べて、ホテルに連絡しますよ」

仙石はコーヒーにほとんど口をつけないままで、立ち上がった。浅見も中腰になりながら、ふと思いついて言った。

「ちょっと変なことに気がついたのですが、水谷静香さんと最後に会ってから、彼女が失踪――実際は殺されたわけですが――その日までのあいだ、何日間もあったのでしょう？」

「ああ、そうですな、えーと、四日間でしたか」

仙石は何を言いだすのか――と、怪訝《けげん》そうな顔で、ふたたび椅子に腰を下ろした。

「それなのに、彼女はその間、仙石さんに言いかけたことを、ついに告げずじまいだったのですか」

「そういうことですな」

「さっき僕は、犯人が口止めを強いたのだろうと言ったのですが、はたして本当に、水谷さんは犯人に言われたまま、沈黙してしまうような性格だったのでしょうか？」

「うーん……それはたしかに、彼女は芯《しん》の強いところはあったが、しかし、かりに生命に関わるような脅しをかけられた場合にはどうするか、私には何ともわかりませんな」

「仙石さんのほうは、彼女が何を言おうとしたのか、興味はなかったのですか？」

「いや、むろんありましたよ」

「それなのに、どうして訊こうとはしなかったのですか？」

「いや、訊きたいとは思ったが、チャンスがなかったというべきです」

「チャンスですか……ずいぶん落ち着いていられるものですね。仙石さんのほうから積極的に訊こうとはしなかったのですね。僕なんかちょっとでも気になったことがあると、もう矢《や》も楯《たて》もたまらなくなって、こんなふうに押しかけてでも確かめますが」

「そうは言いますが、相手は女性ですからな。それに、水谷静香のほうで避けるようにしているものを、いくら何でも強引《ごういん》に押しかけるわけにもいかないでしょう」

「しかし、電話して訊くぐらいなら、いくらでもできたのではありませんか？」

「いや、彼女との話には電話は一切、使いませんでしたよ。必ずどこかで会って、直接、話を聞くことにしていました。会う段取りを指示するのも、エレベーターで二人きりのときだとか、廊下で擦れ違ったときなんかに、短く時間と場所を言うだけでした。とにかく彼女は電話を極度に使いたがらなかった。そうでなければもちろん浅見さんが言うように、彼女があの日、最後に言いかけたことも、とっくに、電話で聞いていますよ」

「なぜ電話じゃだめだったのですかねえ。会社や仙石さんのお宅は具合が悪いとしても、仙石さんのほうから水谷さんの自宅に電話することもなかったのですか？」

「ああ、彼女はそれも嫌いましたね。だから、ひょっとすると、誰か同居人がいるのじゃないか——と疑いたくなるほどでしたよ」

「そんなに電話を嫌うというのは、少し異常ですねえ。いったいその理由は何だったのでしょうか？」

「ズバリ言って、盗聴を気にしていたのでしょうな。実際、彼女自身もそのことを言ってました」

「盗聴……」

「以前、電話を盗聴されたことがあったというのです。確かな証拠があったわけじゃないのだが、そうとしか考えられない出来事があって、それ以来、電話恐怖症におちいったのだそうです」

「なるほど……」

会話が途切れた。

しばらく間を置いて、仙石は「ではこれで失礼」とあらためて言って席を立った。浅見は目の前に霧のような壁のようなものが立ち塞《ふさ》がるのを感じながら、ノロノロと仙石のあとに追随した。思考がコーヒーの香りのように、空間を漂う感じで、仙石がレジで支払いをすますのも、ただぼんやり眺めていた。

店の外へ出たところに、男が二人、寄ってきた。隈原部長刑事と、もう一人は名前を知らない若い刑事であった。

隈原は浅見を見て、「またあんたか」といやな顔をしてから、仙石に「ちょっとお話を聞かせていただきたいのですが、署までご同行願えますか？」と言った。

「そうですな」

仙石は時計を見た。「長くなりますか？」

「そうお手間は取らせないつもりです。もっとも、お話の中身にもよりますが」

「わかりました、それじゃ、社の者に断わってから、すぐに出てきます」

天野屋の入口前に二人の刑事を待たせて、仙石は足早に建物の中に消えた。若い刑事のほうが「逃げませんかね」と囁いたが、隈原は取り合わず、浅見に向かって訊いた。

「あんた、仙石さんのところに何ばしに来とるとですか？」

「水谷さんが殺された事件のことで、話を聞かせてもらっていました」

「そんなもの聞いて、どげんするつもりね？」

「できれば、犯人を捕まえたいと思っています」

「ふん」と隈原は鼻先で笑った。

「そげなことより、自分の潔白を証明するほうが先やないとかね」

「あれ？　僕のことはもういいというご託宣《たくせん》が出たのじゃなかったのですか？」

「ん？　ああ、そうや、西署ではそうみたいだが、わしのほうは違う。あんな弱腰では刑事は勤まらんけんね」

「しかし、隈原さん」

「馴《な》れ馴れしく名前ば呼ばんとけ」

「じゃあ部長さん、片田二郎氏の事件は、レインボードーム建設に関わる背任横領事件に原因があるとか聞きましたが」

「どうして……あんたもよく何でも知っとる男やねえ。どこから仕入れるとや？　しかし、そういう話があろうとなかろうと、おれにはおれの考えがあるったい。放っといてもらいたい」

仙石は思ったより早く現われた。「じゃあ浅見さん、また」と手を振って、二人の刑事に挟まれるようにして去っていった。

第六章　死者の告発

1

　何かが、ある瞬間に、カタッと音を立てて動く。地球の回転軸が一度傾けば、天地の諸相が一変するように、それまで平静だった、あるいは混沌としていた状況が、その瞬間にまったく新しい様相に変化する。

　この日が事件の大きな転換点になったことを、人々が知るのは、ずっと先になってからである。しかし、浅見光彦の頭の中のスクリーンには、何かがカタッと動いたことが、おぼろげながら映し出されていた。

　仙石と別れたあと、浅見はひどく不安であった。暖炉にくべた薪《まき》が、いつまでも燻《くすぶ》った状態でいるような――。いまにも光が見えていそうで、瞳を凝《こ》らすとまだ闇の中であるような――。体じゅうを掻きむしりたくなる焦燥感に苛《さいな》まれていた。

しかし、浅見には何かが動き、何かが始まる――という予感があった。

ホテルの部屋に戻り、午後のけだるい気配に包まれた博多の街をじっと見下ろしていると、いまこの街のあちこちで運命の糸に操《あやつ》られ、ひそやかに進行しつつあるさまざまな出来事に想いがはしる。

この街では浅見光彦はエトランゼでしかない。浅見自身の目で見える範囲は、活気が空回りしているような街と、その街に住む、陽気で酒とお祭りがむやみに好きな人々に限られている。

だが、博多で知り合った人たちを通して、浅見はまるでトンボの複眼のように、数十ともしれぬ物事や人々のかたち、心の動きまでもが見えている。

そればかりでなく、浅見の深層には、見えない物の影が投影され、やがて起こるであろう出来事への予感が形をなしつつある。その予感に、浅見は脅えるのだった。

午後四時――小さなナイトテーブルに嵌め込まれた時計の数字が、いっせいに動いて「4：00」を表示したとたん、電話がけたたましく鳴った。浅見はドキリと心臓に痛みを感じながら、受話器を取った。

「小柳です、さっきはどうも」

トーンの高い小柳の声が、浅見をほっとさせた。

「じつは、妙な話がありましてね」

小柳は、悪徳ブローカーがおいしい話を持ち込むような口調で言った。

「これはひとつ、浅見さんに相談したほうがいいんじゃないかと判断したのですが」

「はあ、どんなことですか？」

「まあ、会ってから説明しますが、まだしばらくはホテルにいますか？」

「ええ、ずっといるつもりです」

「ずっと……ですか」

小柳は笑いを口に含んで、「じゃあ、これから行きます」と電話を切った。

すぐに来そうな口振りだったわりには、小柳はそれから小一時間もあとにやってきた。浅見がラウンジに行くと、小柳は隅のほうのテーブルからおいでをした。

「これ、コピーしてたもんで、遅くなっちゃって」

座った浅見の目の前に、分厚い書類を置いた。

「何ですか、これは？」

「まあ、ちょっと見てくださいよ」

書類は二種類あって、片方は手書きの文章、もう一つは印刷されたものだ。印刷されたのはまだ途中までのものだが、どうやらこれから本になるゲラ刷りらしい。内容を比較対照してすぐわかったのだが、手書きのほうはその原稿だった。

本の表題は『エイコウグループの犯罪』とあった。

最初の十数ページをパラパラと捲《めく》って、斜め読みしただけで、この本の内容がエイコウグループの強引な商法を告発するものであることがわかった。それも、かなり具体的に、犯罪の要素すら感じ取れるような、エイコウグループの「あくどい」仕打ちのエピソードを暴露している。

「どうしたのですか、これは？」

浅見はあっけに取られて、訊いた。

「まあ、いうなれば、持込み原稿ですよ。つまり、わが毎朝新聞社出版局に持ち込まれたものです」

「どこから持ち込まれたのですか？」

「それはわからない」

「わからない……というと、これを書いたのが誰かもわからないのですか？」

「いや、それはわかっています。確定的というわけではないが、書いてある内容や筆跡から見て、まず間違いないでしょう」

「筆跡？……そこまで確認したのですか？」

「そう、ガセかどうか、非常にきわどい内容ですからね。社としても慎重に対処するというわけです」

「で、誰だったのですか、筆者は？」

「驚くべき人物ですよ」

小柳はもったいぶってから、「片田二郎です」と、誇らしげに言った。

「片田二郎……」

浅見の脳裏には、御供所町の発掘現場に埋まっていた、腐肉のついた白骨死体が思い浮かんだ。

「どうです、驚いたでしょう」

小柳は満足そうに背を反らせた。

「驚きましたよ、もちろん。だとすると、これは片田二郎の遺稿ですか」

「そう、しかも、内部告発のです」

「内部告発……」

水谷静香が、最後に仙石に会ったとき、話そうとしかけてそのままになったという言葉が「内部告発」だった。いまのいままでは、水谷静香の勤務先である天野屋のことを指していたのかと思っていたが、もしこの文書がその手の内容だとすると、静香が言おうとした「内部告発」とは、このことを、意味したのかもしれない。

「片田氏はエイコウグループの、いわば切り込み隊長だったそうじゃありませんか。しかも、平岡会長の信任も篤く、将来はエイコウグループの幹部の地位も約束されていたというのに、なぜこんなものを書いていたのですかねえ？」

「それが、われわれにもどうもわからない。ただ、中身を読んだ印象では、平岡会長の冷酷さに、人知れぬ恐怖を感じていたことは確かなようです。つまり、織田信長《おだのぶなが》に対する明智光秀《あけちみつひで》の心境といったところかもしれない。たとえば、ここのところ……」

小柳は付箋《ふせん》をつけたページを開いた。

「ここにこう書いてあります。『会長はユニコンマートを攻略した際の、犯罪行為すれすれのやり方や、それによってユニコン側の人々が受けた被害の諸々の責任を私に転嫁《てんか》しようとしていることが、次第にわかってきた。ユニコンの久留米《くるめ》店長が自殺した際、会長は新聞のインタビューに答えて、〝もしも本当にそこまで追い詰めたとすれば、当社の現場のやり方に行き過ぎがあったことになる。私の方針はゆっくり穏やかに、というものであるが、第一線の者はどうしても拙速に走りがちだ〟と話した。それを知ったとき、私は自分だけが悪者にされていることに、はじめて疑惑を覚えた。しかし、それに耐えることこそが会長への忠誠心の証《あか》しであると思い込むことにした。誰にも、むろん妻にさえも、気持ちの動揺を悟られないようにしながら、私の胸の内には、会長への不信感が癌《がん》細胞のごとくに成長しつつあった』――それからここにはこうも書いている。『東北地区を開拓した功労者の庭野《にわの》取締役を、会長はいとも簡単にクビにした。理由は職務怠慢である。庭野氏は還暦を越えて、かつてのような活躍はできなくなっていたとはいえ、決して怠慢な勤務ぶりであるはずがない。それを切る冷酷さに、私は身震いがした。しかも、飛行機の中で会長は私に〝ヤツはもともと捨て石だったのだよ〟と放言した。その瞬間、私はいつの日にか使い捨てにされる自分の姿をありありと見る思いだった』――どうです、まさに明智光秀の悲劇そのものでしょう」

そのほかにも平岡会長の理不尽を、いくつも具体例を挙げて書いている。たしかにこれは、内部事情に通じていることはもちろん、平岡会長に密着していた片田本人でなければ知り得ないことが多い。

「それにしても、片田氏はどういう意図でこれを書いたのですかねえ?」

浅見はおぞましい気分で言った。

「おそらく、自衛の手段として考えたのでしょうね。もし何か、平岡会長に、自分を追い落とすような気配が見えたら、これを公表すると脅しに使うつもりだったのでしょうよ」

「しかし、平岡会長が、まだ働き盛りの片田氏を切るとは思えませんが」

「そうですね、それはむろん、時期がいつかということはあるでしょうがね。ただ、片田としてはもう一つ、不安材料があったのかもしれない。というのはです、平岡会長のいちばん下の娘さんの亭主――つまり娘婿が、通産省時代の片田の後輩にあたるのだが、その人がいずれは通産省を退官して、エイコウグループ九州総本部の所長として乗り込んでくるという噂が、三年ほど前からあるのです。要するに、片田が苦労して地均《じなら》しをしたあとを、トンビに油揚げを攫《さら》われるようなことになってはたまったものじゃない――そう考えたのかもしれないですね」

「なるほど……」

浅見はまるで汚らわしい物を遠ざけるように、書類を小柳の手元に押し戻した。

「これは郵送されてきたのですか？」

「そう、今日の午後、僕宛に送られてきたばかりです」

「小柳さん宛に？」

「生前、片田氏やエイコウグループに密着取材していたのは、わが社では僕だったのです。エイコウグループの九州進出に関する記事を専門に書いていた時期もありました」

「じゃあ、送り主はそういう事情に詳しい人物ですね」

「そうでしょうね。もっとも、そのことを知っている人間は、片田夫人をはじめ、エイコウグループの人間はもちろんのこと、九州経済界の消息通なら、大抵は知っているのじゃないかな」

「筆跡は片田氏に間違いないのですか？」

「それは間違いない。僕のところには片田氏の手紙もありますがね、学術的な筆跡鑑定をするまでもなく、この右上がりの特徴的な筆跡は、たしかに彼のものですよ」

「だとすると、送り主は片田未亡人でしょうか？」

「いや、それがですね、封書の宛名書きが、明らかに男の字なのです。もちろん、筆跡を変えていることはあるが、しかし、仮に夫人が送り主だとすると、なぜそんなことをする必要がありますかね。念のため、片田夫人に電話して、それとなく様子を探ってみたのだが、応対の印象からは何も不審なものは感じ取れませんでしたよ。第一、彼女はいま、旦那の死が確定したことで、いろいろ後始末に追われて、それどころじゃないでしょうなあ。現在はまだ、エイコウグループの社員用住宅にいるが、早晩、東京に戻らなければならないでしょうしね」

事件の裏にいる不幸な人たちのことが、浅見の胸をつまらせた。

「いったい、何が目的なのですかね？」

　浅見は書類を指差して言った。

「単にエイコウグループを恐喝しようというのだったら、ことを公《おおやけ》にしてしまうのはおかしいし、マスコミに平岡会長を指弾《しだん》してもらおうというのなら、印刷しなくても原稿だけでいいはずでしょう。かといって、出版が目的なら、なにも、こんなふうに新聞社に送る必要もなさそうだし……」

「そこなのですよ、僕が浅見さんに相談したいのは」

　小柳はようやく本論に入れる――という顔になった。

「じつは、ライバル各社にもこれと同じ物が送られているかどうか、探りを入れてみたのですが、どうもいまのところ、何もないらしい。となると、これはまあ、かなりのスクープということになるわけだが、それにしては話がうますぎるような気がしましてね。何かウラがあるんじゃないかと……それで、社内でも対応の仕方に苦慮しているのです。夕刊に間に合う時間だったのだが、とりあえず見送ることにしました。下手すると、恐喝の片棒を担《かつ》ぐ結果にもなりかねませんからね。そうでなくても、いまをときめく大エイコウグループのスキャンダルを暴露するのだから、社会的な影響が大きいでしょう。第一、わが社にとってトップクラスの広告主《クライアント》でもあるわけで、社としてもよほど腹を据《す》えてかからなければならない。ストレートに警察に通報してしまうべきかどうかも問題なわけですよ。あの連中に知らせると、ワーッとばかりに走り回り突っつき回して、何もかも目茶苦茶にしかねませんからね。そうなったら、スクープもへったくれもない騒ぎになってしまう。かといって、情報の入手を警察に秘匿《ひとく》したままで記事にすると、あとが面倒なことになるかもしれない。まあ、それやこれやいろいろとあって、きわめて難しい事態であるわけです。そこでですね、浅見さんの立場を利用して――というと語弊《ごへい》があるが、お兄さんを通じて、それとなく、警察上層部の判断を打診してもらえないかと……」

「それはだめですよ」

浅見は小柳にすべてを言わせずに、ピシャッと拒絶した。

「僕から兄に、そんなことは頼めませんよ。兄は兄、僕は僕ですからね」

「しかしですね、浅見さん」

小柳は舌嘗《したな》めずりをして言った。

「あなたが事件に関わっているのは、お兄さんの指示によるものではないのですか？」

「…………」

「浅見刑事局長と仙石氏とが、どのような関係にあるのか、一応、調べてはあるのですがねえ」

「わかりましたよ」

浅見は苦々しく眉のあいだに皺を寄せて、言った。

「兄の耳に入れることぐらいはします。ただ、その前に確認しておきたいのですが、ここに書かれていることがすべて事実であるという証拠があるのですか？」

「いや、すべてかどうかはともかく、周知の事実も書かれていますからね、それを敷衍《ふえん》して考えれば、一応、信ずるに足る記述だと思いますよ」

「それは危険です。一部が事実だからといって、全体を信用するのはおかしい。もともと一方の言い分だけで物事を判断するのは、報道の公平という意味からも妥当性を欠くのではありませんか？　こんなことを言うと、釈迦に説法みたいですが」

「もちろん、そんなことは浅見さんに言われなくてもわかっていますよ」

小柳も浅見に負けないほど、眉間《みけん》に不快感を示す皺を作った。

「新聞に出すときは、無難なところから小出しに使っていきます。そうやりながら、一方で、エイコウグループと取材交渉をするという手法を取ることになるでしょうね」

「もし、エイコウ側が事実関係を否定したらどうするのですか？　また、警察が掲載にマッタをかけたらどうするのですか？　掲載を止めるのですか？」

「いや、最終的には公器として、掲載する立場を重視しますよ。少なくとも、片田氏が書いた告発原稿があること、それ自体は事実なのですから。それも書いた本人が死んでいる——つまり『死の告発』です。これほど強いものはない。説得力がありますよ。それにしても浅見さん、まさかあなた、警察に報道の自由を阻害させるような工作はしないでしょうね？」

「そんなことをするわけがないでしょう」

浅見は喧嘩腰になって言った。

「しかし、それ以前の問題として、僕には何か腑《ふ》に落ちない気がしてならないのですがねえ……」

「腑に落ちないって、何がです？」

「はっきり何とは言えないのですが……たとえば、なぜいまこの時期にこんなものが出てきたのか——という疑問を感じるのです」

「それはあれでしょう、つまり、片田氏の死がハッキリしたからでしょう。たとえば、誰かが片田氏からこの原稿を預かっていて、片田氏が消されたことを知って、事実を暴露することにしたとか——です」

「つまり、小柳さんは、片田氏を消した犯人はエイコウグループ側である——と考えるのですね」

「そうとは言わないけど、これまで被害者側としか考えられていなかったエイコウグループにも、殺害の動機はあるということにはなるでしょうね。いや、むしろ、片田氏にここまで反旗を翻《ひるがえ》されていたとすれば、エイコウグループこそがもっとも疑わしい存在と言っていいかもしれない」

「だったら、この文書のことを知れば、警察も当然、そう考えると思います。そうなれば、捜査の必要性という理由で、記事差し止めの要求が出るにきまってますよ」

「だから、ですからね、そうならないように、浅見さんにうまくやっていただきたいのですよ」

「そんなことはできっこありませんよ」

浅見は呆れて、体をのけ反らせた。その瞬間に（あっ――）と気がついた。

「そうか……小柳さん、この原稿ですが、生原稿が送られてきたのですか？」

「いや、もちろん送って寄越したのはコピーでしたよ。これはそれをまたコピーしたものですがね。それが何か？」

「ひょっとすると、警察にもこの書類が送られている可能性はありませんか？」

「ん？　それはまあ、あり得ないことではないですが、どうしてですか？」

「昼過ぎごろ、刑事が来て、仙石さんを連行したのです。もちろん任意同行でしたが、なぜまた——と疑問に思いました。しかし、この書類が警察にも送られていたのだと仮定すると、仙石さんに疑いがかかっても不思議はない。片田氏が身内に頼る人物がいないとなると、自分に万一のことがあった場合に備えて、仙石さんに書類を託した可能性があると……」

「そんな馬鹿な」

小柳は一笑に付した。

「もしそういうことがあるなら、仙石さんはとっくにその話をしてますよ。あの人はそんな水臭い人間ではない。浅見さんだって、仙石さんと何回も会って、こんな重大な隠しごとをしているような感じはぜんぜんしなかったでしょうが」

「ええ、僕も小柳さんと同じ意見です。しかし警察は違う考え方をするかもしれないじゃありませんか」

「あ、なるほど、それはあるか。警察は疑うのが商売だからねえ……」

「天野屋はエイコウグループにとって、当面最大の敵ですからね。片田氏がこの暴露文書を渡す相手としては、仙石さんがもっとも適していることはたしかです。しかも仙石さんは東大の先輩ときては、警察でなくても疑いたくなります」

「うーん……しかし、あの夜、チキチキで仙石さんと片田氏が口論していたというのは事実らしいですぞ」

「それだって、仙石さんが文書の内容について、エイコウグループを恐喝するような、汚ない真似はやめろ――と叱ったと考えることもできそうです」

「なるほどねえ、あんたはよくまあ、次から次へと、いろいろ考え出すものですねえ」

小柳が溜息まじりに感心したとき、ベルボーイが「お客様で、浅見様はいらっしゃいませんか」と触れてきた。

2

電話は元久聡子からであった。

「元久ですけど」

思いがけないソプラノが飛び出したので、浅見はついうっかり、「あ、あなたでしたか」と言ってしまった。

「あら、その言い方だと、違う人のことを予想していたんですか？」

「え、ああ、仙石さんかと思いました」

「仙石室長ですか？　じゃあ、室長とお約束があるんですか？」

「はあ、連絡をくれることになっているのですが」

「何時のお約束ですか？」

「いや、それは決めてませんが……仙石さんはまだ戻ってこないのですか？」

「ええ、まだ……あの、浅見さんはもしかして、室長の出先を知っているんじゃありませんか？」

「はあ、仙石さんは……」

言いかけて、浅見は口を噤んだ。ことによると、何かの事情で、仙石は会社の連中に警察のことを伏せているのかもしれない。

「いや、昼ごろ電話があって、またあとで電話すると言ってましたが……しかし、ということは、仙石さんは出先を言わないで出かけたのですか？」

「ええ、こんなことは滅多にないっていうか、はじめてなんだそうです。広報室の人には、すぐに戻るって言ってたらしいんですけどね。それで、もしかすると、浅見さんのところじゃないかって思って」

「僕のところだと、行き先を言わない可能性があるということですか」

「そうですね、そんな感じがしました」

「ははは、それはどういう意味ですか？」

「だって、何となく、秘密めいた雰囲気があるのを感じましたから」

「ははは、秘密だなんて、まるでスパイみたいですね」

「笑っている場合じゃないんです」

聡子はピシャリと言って、「ほんとに、室長の居場所を緊急に探さないと……」

「何かあったのですか？」

浅見も不安を感じて、訊いた。

「ええ、ちょっと……でも、浅見さんには関係のないことですから。じゃあ……」

「あっ、待って」

浅見は大声で聡子を引き止めた。フロントの女性がびっくりした目をこっちに向けた。

「その緊急というのは、よほどの緊急なのですか？」

「そうですよ、すっごく緊急を要することですよ」

「もしかすると、仙石さんはあそこにいるのかもしれない」

「あそこっていうと？」

「警察です」

「警察……」と聡子の声が引きつった。

「博多署の隈原という刑事さんに問い合わせてごらんなさい」

「わかりました」

よほどうろたえたのだろう、聡子は礼も言わずに電話を切った。

「仙石さんはまだ警察から帰っていないみたいですよ」

浅見が小柳に報告すると、小柳も気がかりそうに眉をひそめた。

「やっぱり、浅見さんの推測どおりですかねえ？　もし警察にもこの文書が送られているとすると、話はややこしいことになるなあ。しばらくは事態を見守ったほうがいいのかもしれない。それにつけても、浅見さん、お兄さんにそれとなく話しておいてくれませんかねえ。要するに、わが社はあくまでも報道の自由に則《のっと》って行動しているのであって、犯罪の証拠を秘匿するなどとは、毛頭考えていないということをですね」

「わかりました。その程度のことなら、お伝えしますよ」

小柳は浮かない顔で引き上げていった。

それから二十分後、部屋に戻った浅見に、ふたたび元久聡子から電話があった。「いまロビーに来ているのですが」と言う。浅見は急いで部屋を出た。

ロビーには聡子と並んで、年配の女性が立っていた。浅見が近づくと、聡子が「こちら、秘書室の川井次長です」と紹介した。名刺には「川井真知子」とあった。目の大きい美人タイプだが、年齢はたぶん五十歳ぐらいだろう。これまでに浅見が仕入れたデー夕では、たしか社長直属の秘書であるはずだ。

「あなたが浅見さんですか」

川井真知子は意外そうに言った。強い博多訛《なま》りのある標準語だった。

「想像していたのより、ずっとお若い方なのですね」

言いながら、聡子を振り返った。明らかに、若いことで失望している様子だ。しかし、止むを得ないと諦めたらしい。

「たいへん恐縮ですが、ちょっと当社のほうにお越しいただけないでしょうか。社長がぜひ浅見さんにお目にかかりたいと申しておるのですが」

「社長さんが？」

「仙石室長の推薦なんです」

聡子が説明の手間を省くような、ぶっきらぼうな口調で言った。

「さっき、警察に問い合わせたら、浅見さんが言ったみたいに、事情聴取が長引いて動けない状態なんですって。それで、室長は自分の代わりに浅見さんに相談に乗っていただくようにって、そう言っているんです」

「そういうことですので、ぜひともよろしくお願いします」と川井真知子も頭を下げた。

「わかりました、すぐ行きましょう」

浅見は躊躇なく玄関へ向かって歩きだした。二人の女性を置き去りにしそうな勢いであった。

社長室は事務関係のセクションの、いちばん奥まったところにあった。調度品類などが思ったより質素なのは、単に建物が古いせいばかりでなく、「お得意様より質素に――」という、博多の商人らしい、律儀なポーズのように思えた。よく、博多商人は派手好みの見栄っ張りだといわれる。それだけに、万事控えめに振る舞うというモットーが、天野屋に対する顧客の好感度と信用を高める結果を生んでいるにちがいない。

大友善一社長は、青年のように若々しい男だった。しかし、浅見を迎えた表情は見るからに憂鬱そうで、瞳にも輝きがない。ひどく疲れている様子だ。

大友も川井真知子と同じように、浅見の若さを見て、危惧を抱いたようだ。人は、外見や肩書や年齢や収入の多寡《たか》で、その人間の能力や性格までを判定しようとするものだ。浅見はそういう視線には慣れっこになっているから、さほど不愉快には思わない。

「失礼だが、このご名刺には肩書のたぐいは書いてありませんが」と、大友社長は首をひねって訊いた。

「はあ、僕の職業はフリーのルポライターですから」

「ルポライター……というと、どのような分野のことを書かれるのかな？」

「注文さえあれば、何でも書きます。ついこのあいだまでは、博多駅前の発掘調査の記録を書いていましたし、歴史や旅関係の仕事から政治家や財界人の提灯《ちょうちん》持ちの記事……しかし、今回のご用命はそういうお話ではないのでしょう？」

「ん？　ああ、そのとおりです」

とたんに、大友は老人のように嗄《しゃが》れ声になった。

「じつは、先日来、妙なことが持ち上がりましてね。まあ、わが社にとっては厄介な難問といいましょうか……」

「イチャモンですか？」

浅見は仙石の言った言葉を、そのまま引用して言った。

「ん？　ああ、イチャモンね。そうですな、そう言ったほうがわかりやすいですな」

大友はようやく片頰に笑みを浮かべた。

「それで、仙石に知恵を借りようとしたのだが、彼はいま動きが取れない状況にありましてね」

「そのことはすでにお聞きしました。僕でお役に立てることなら、何でもおっしゃってください」

「そうですか、それなら話が早い。仙石も浅見さんなら安心してご相談できると言っておりましてね」

「はあ」

浅見は焦《じ》れた。相談すると言いながら、大友社長はまだ逡巡している。待ちきれなくて、ズバリ言ってみた。

「エイコウグループから、何か難癖をつけられたのですか？」

「ほう！……」

大友は驚いた。

「なるほど、仙石が言ったとおり、何でもご存じですな。ひょっとすると、その中身もご存じなのではありませんか？」

「当てずっぽうですが、怪文書のことではありませんか？」

「うーん……」

大友は驚きと同時に強い警戒心を示す目で、浅見を見据えた。

「僕がなぜそんなことを知っているのか、疑問に思われるかもしれませんが、この際そういう斟酌は無用です。事態はどんどん動いていますから、躊躇なさらないで、何でもおっしゃってください」

「わかりました。あなたがそこまでご存じとは思わなかった。いや、じつはですな、あなたが何でも知っているのは、仙石から話したのではないかと、なかば疑っておったのですが、この問題は仙石も知らないはずのことですのでね。してみると、あなたは独自の情報網を持っておいでなのですなあ」

「情報網などと、それは買い被りというものです」

浅見はくすぐったい気分であった。ついさっき、たまたま仕入れたばかりの情報である。しかし、ともあれ大友の信頼を獲《か》ち取るには、絶好の材料となった。

「ところで浅見さん、こういったことは、あなたの職業であるルポライター本来の仕事とは、いささか別の範疇《はんちゆう》に属すのではないかと思うが？」

「ええ、それはそうですね」

「ついては、この仕事を依頼するのに、いかほどの報酬を差し上げたらよろしいのか、伺っておきたいのだが」

「報酬なんかいりませんよ。仕事でやるわけじゃないのですから」

「そうは言ってもです、少なくとも何かしていただくについては、お礼を差し上げるのは当然のことですからな」

「だったら、博多みやげに明太子《めんたいこ》と、それからおふくろにスイートポテトのお菓子をいただけますか」

「スイートポテト、ですか……ははは、これはいい、いいですとも、向こう一年分の明太子とスイートポテトを贈らせていただきますよ」

大友は愉快そうに笑って、「それでは」と、真顔に戻り、しばらく思案に耽った。浅見を信用する方向で腹をくくったとはいえ、なおも躊躇うものがないわけではないのだろう。しかし、やがて決断を下したらしく顔を上げた。

「そうだ、浅見さん、あなたに会っていただきましょう。うん、それがいい」

言いながら、妙案であることを確信したように、大きく頷いた。

「会うといいますと、誰に、ですか？」

「ははは、こればっかりは浅見さんでもおわかりにならないでしょうなあ」

「平岡さんですか？」

「えっ！……」

大友は耳の錯覚かと思ったらしく、問い返した。

「いま、何て言いました？」

「平岡さんと言ったのです。エイコウグループの平岡会長ですかと」

大友は言葉を失って、化け物でも見るような目で浅見を見つめた。この茫洋とした、一見頼りなげな坊っちゃんタイプの青年のどこに、そういう特殊能力が潜んでいるのか

――と、あらためて度胆を抜かれた様子だ。

「なるほど、恐れ入った。仙石から聞いておった以上に、あなたは何でも見通しておられるようですな。おっしゃるとおり、会っていただきたいのはエイコウグループの総帥《そうすい》、平岡会長です。先日、ある人物を介して平岡氏から呼び出しがあってお会いしたのだが、その席上、あなたが言われた難癖のようなものをつきつけられました」

「片田氏が書いたという、内部告発の怪文書ですね？」

「えっ？……ははは、もはや驚く気力も失《う》せましたな。仙石の推薦でもなければ、怪文書の犯人があなただと思いたくなる。ははは、これは冗談ですがね。しかし、平岡氏は冗談でなく、それをわが社が犯人だと信じ込んでおられるのですよ」

大友は悔《くや》しそうに唇を嚙んだ。

「じつは、今日また呼び出しがあって、ついさっき先方へ出向いて、その文書の中身をチラッと見せてもらったのだが、たしかにエイコウグループの恥部のようなものを、洗い浚《ざら》い暴露したものであるらしい。これが公表されたのではたまったものじゃないでしょうなあ。しかし、あの片田氏がそんなものを書いていたとはねえ……私などには、まず贋物《にせもの》ではないか――という疑いが起こるのだが、平岡氏はそうは思っていない様子で、すでに筆跡鑑定もやっているというのです。それにしたって、天野屋を犯人よばわりするのは許せませんよ。それもどうやら仙石の仕業ではないかと、名指しで疑っているので、さすがの私も激怒しました。ところがです……」

大友は一段と声をひそめて、言った。

「その記述の中に、明らかに天野屋の人間でなければキャッチできない情報がいくつか含まれているというのです。その部分を見せてもらったが、たしかにそう受け取れないこともない。それで、そのときはそのまま引き下がってきました。というのは、仙石には悪いが、ひょっとすると——という疑問は私自身にもあったわけですよ。いや、悪い意味ではなく、仙石ならこのくらいの情報を摑んでも不思議ではないという意味でですよ」

「わかります」

「それに、社内の情報といっても、ごく限られた人間——たとえば私とか仙石とか、そういった立場の幹部の人間にしか知られていないはずの情報について書いてあるので、もしかすると——と思ったわけです。あの怪文書は、手段の善悪をべつにすれば、エイコウグループを窮地《きゅうち》に陥《おとしい》れるには最高の武器になりますからなあ。ところが仙石にはまったく心当たりがないという。ただし、片田氏のスパイ工作によって、何者かが情報を流していた可能性はある。そして、そのことについては浅見という人物が詳しく知っているから相談するように――と、仙石はそう言っておるのです」

大友社長の長い話は終わった。

浅見はすっくと立ち上がった。

「それじゃ、行きましょうか」

「えっ？……」

大友は目を丸くして、浅見を見上げ、それから愉快そうに笑い出した。

「浅見さん、相手は大エイコウグループの会長ですぞ。私のようなヘッポコ社長とは違って、そうそう簡単に会える人物ではありません」

「そうでしょうか？」

浅見は不思議そうに大友を見た。

「どんな人間であろうと、時間の長さには変わりはないと思いますが。それに、先方は自分の都合のいいときに大友社長を呼び出しているみたいじゃありませんか。こっちも負けずに、時間を指定してやればいいのです。第一、尻に火がついているのは、むしろあっちのほうなんですから」

「まあまあ……」

大友は嬉しそうに笑いながら、浅見を椅子に座らせた。

「あなたは顔に似合わず鼻っ柱の強いところがあるのですねえ。江戸っ子は気が短いというが、博多っ子に匹敵する短気ですな。しかし、今日のところはいかになんでも無理でしょう。あとで川井にアポイントメントを取らせますよ。たぶん明日には会えるでしょう。それまで、こっちの作戦を練っておきましょうや」

「はあ……」

浅見もようやく納得して、ソファーにふかぶかと座り直した。

3

大友社長は浅見に食事を一緒に——と言ってくれた。

「ちょっと片付けたい仕事があるので、しばらく応接室で待っていてください」

浅見は聡子の案内で応接室に入った。

「浅見さんて、いったい何者なんですか？」

聡子はお茶を運んできて、気味悪そうに浅見の顔を見つめた。

「はじめてお会いしたときには、ハンサムだけど、ちょっと頼りないかな——とか思って、まさかこんなふうになるなんて想像もしませんでしたけどねえ」

「ははは、僕はあのときとぜんぜん変わってませんよ」

浅見は大いに照れて、照れ隠しに「仙石さん、遅いですねえ……」と時計を見た。

時刻は天野屋デパートの閉店時間である七時になろうとしていた。仙石は依然として帰ってこない。警察が何を訊いているのか知らないが、おそらく仙石のことだ、ノラリクラリと曖昧な供述をして、刑事の手を焼かせているにちがいない。

浅見は仙石のことと同時に、べつの二つのことも気がかりであった。

「元久さんに頼みたいのですが、例の安岡礼子さんの住所、調べられませんか？」

「ええ、調べられると思いますけど」

「それともう一つ……あ、いや、これはまずいのか」

「何ですか？　言い出しておいて止めるのは卑怯《ひきょう》ですよ」

「うーん、卑怯よばわりされては困ったな。じゃあ、言いますが、鳥井さんに会いたいのです」

「なんだ、そんなことですか。いやだなあ、へんな拘り方をしないでください。もうあの人のことなんか何とも思っていませんよ。いつまでも気にしていたら、仕事にならないじゃないですか」

怒ったように言って、部屋を出ていった。それが本心なのか強がりなのか、浅見には女性の心理は難しすぎる。ひょっとすると、怒って、このまま戻らないかと心配したが、聡子はしばらくして戻ってきた。

「鳥井さん、外回りから帰っていないそうです。外商二部でも、いったいどこへ行ったものやら、出ていったきり連絡がないので、困っているとか言ってました」

「連絡がない……」

浅見はふっと、いやな予感がした。

「外商の人はふつう、ポケットベルなんかを持ち歩いているんじゃないのですか？」

「ええ、もちろんそうですけど、連絡してもぜんぜん応答してくれないんだそうです。ポケベルが故障しているか、どこかでサボっているかのどちらかですね、きっと。それから、これは安岡礼子さんの住所と電話番号。たしか独り暮らしのはずだから、訪ねていくときは、それなりの覚悟が必要です」

「覚悟って？」

「博多の女は思い込みが激しいんです。浅見さんみたいなハンサムが訪ねていけば、ただじゃすまないと思います」

「ははは、脅かさないでくれませんか。それに、そういうことだったら、まったく心配ありませんよ。訪問するときは一人では行きませんからね」

「あ、そうだったんですか、誰と行くんですか？」

「決まっているでしょう。あなたのほかに誰がいるというのですか」

「えっ？　あははは……」

聡子は笑いながら、逃げるように出ていってしまった。イエスなのかノーなのか、浅見にはまた、判断がつきかねた。

大友は浅見のほかに、川井真知子と元久聡子の二人をお供に連れ出した。真知子はともかく、聡子まで連れていくことに、浅見は何となく、自分に下心ありと邪推《じゃすい》されたような気分であった。

車は運転手付きだが、国産車を使っている。これも質素を旨《むね》とする天野屋らしい嗜《たしな》みで、ふつうの博多商人ならドデカイ外車に乗っているところだ。

中洲の北のはずれにある高級な寿司料亭に連れていってくれた。馴染みらしく、大友の顔を見ると、女将《おかみ》が先に立って、いちばん奥の座敷に案内した。

「ここは博多随一——つまり日本一美味い寿司を食わせる店です」

大友が自慢しただけのことはあって、新鮮な近海物のネタばかりを使った魚料理と寿司を、浅見は堪能《たんのう》した。女たちは例によってよく飲む。大友はまだ仕事が残っているのか、女たちの飲みっぷりを眺めながら、柔らかな口調でジョークを飛ばす。そして時折り、時計に視線をはしらせた。

九時を回ったころになって、女将が「お見えになりました」と仙石を連れてきた。

「やっと解放されました」

仙石はうんざりしたような顔で言い、浅見の隣りに座った。仲居が手渡したおしぼりで顔を拭く仕種には、疲労感が滲《にじ》み出ていた。

「どういうことだったんだい？」

大友が気がかりそうに訊いた。

「着いたとたん、いきなり、でかい封筒に住所氏名なんかを書かされましてね、あとで知ったのですが、私の筆跡を鑑定するためだったのです。それが驚いたことに、私の書く下手くそな文字とそっくりの文字で書かれた封筒があったのですよ」

「封筒……というと、例の文書を送った封筒だね、それは」

「どうもそのようですね。私も見せてもらいましたが、じつによく特徴を捉えているのには感心させられました」

「ははは、感心してどうするんだ」

「まったく。それで、私は言ってやったんです。もし私が犯人なら、筆跡を変えるはずではないか――とね。ところが、その程度の反論では、刑事なんてやつは、ぜんぜんめげない人種ですなあ」

よほどうんざりしたのだろう、仙石はそれ以上、尋問の一部始終を喋る気にはならないのか、しばらくは黙って酒を飲んだ。大友もあえて問いただそうとはしない。

「ところで社長、いかがです、浅見さんは。頼りになる男でしょう」

「うん、不思議な人だね。どういう素性の人か知らずにお会いしたわけだが、最初の印象ではマイルドな感じがしたのだが。大きな間違いだよ。正直言って、きみの推薦がなければ、ちょっと怖い感じがする」

大友の「怖い」という表現に、浅見はドキリとした。自分の中に、たしかにそう思われても仕方がないような、制御《せいぎょ》しきれない得体の知れない何かが棲《す》むことを、浅見自身、感じることがある。それは才能なのか、それともひょっとしてビョーキなのか、ときに不安になるのだ。

「あ、その点なら絶対に大丈夫、私が保証します。といっても、警察にパクられるような男の保証じゃ、頼りないですかな」

仙石は屈託なく笑い飛ばした。

十時までいて、大友社長は川井真知子と一緒に、ひと足先に帰った。「おまえさんも帰れよ」と仙石は聡子に言ったが、聡子は知らん顔をして、居残った。

「ま、いいか、おまえさんも同志みたいなものだし、浅見さんが寂しがるからな」

「いや、僕は……」

浅見は言いかけた言葉を飲み込んだ。聡子が睨むような目でこっちを見ていた。

「ちょっと気になることがあります」

仙石は難しい顔になって、言った。しかし、聡子のことを気にするのか、しばし口籠《くちごも》っている。浅見は誘うように言った。

「もしかすると、それは鳥井さんのことじゃありませんか？」

「ん？　そう、いい勘してますなあ」

「さっき、元久さんに聞いてもらったのですが、外回りに出たきり、何の連絡もないそうですから」

「そのとおりなのです。ここに来る前に社に寄ったら、外商二部の部長が心配してました。何か事故でもあったのじゃないかってね」

「事故ならいいのですが……」

「そうねえ」

男二人は深刻な顔を見交わして、それから期せずして聡子の存在を思い出した。

「事故ならいいって……」と、聡子は二人の心理的な視線を感じたのか、突っかかるように言った。

「その言い方だと、何だか事故より悪いことを予想しているみたいですね」

「あるいはね」

仙石は冷たい口調で答えた。

「じゃあ、また水谷さんみたいなことにでもなるとか……」

冗談めかして言うつもりだったのが、妙に実感が籠ってしまって、聡子は寒そうに肩をすくめた。

「こんなふうに犯行が凶悪で、事件が錯綜《さくそう》してくると、何が起こってもおかしくないような気分ですよ」

浅見は憂鬱そうに言った。

「犯人側は自棄的になっている——というより、ほとんど絶望的な心理状態にあるとしか思えません。それでいて、きわめて緻密《ちみつ》な計画性をもって、ことを進めている。それが恐ろしい」

「浅見さんは、エイコウの片田さんが殺された事件と、水谷さんの事件を、やっぱり同じ犯人の仕業だって言うんですか？」

聡子は眉をひそめて言った。

「たぶん……」

「そして、鳥井さんもそうなるんじゃないかって？」

「たぶん……」

「浅見さんも室長も、ほんとに恐ろしいことを平気で考えるひとなんですね」

「おいおい、平気はないだろう」

仙石は苦笑して異議を唱えた。

「だってそうじゃないですか。それに、もし鳥井さんが危ないと思うのなら、早く何とかしたらどうなんですか？」

「何とかしろって、いったいどうすればいいって言うんだい？」

「そんなの、やっぱり警察に知らせるとか、そうするべきでしょう」

「警察に何て言って？　うちの社員が出かけたきり連絡がないのだが、殺されたのじゃないか――とでも言うのかい？　出かけたきりサボっている社員なんか、日本じゅうにゴマンといるよ。警察官の中にだって、サボっているやつもバクチをうってるやつもいるだろう。それが全員殺されたら、不良社員の一割は確実に減少するね」

「そんな冗談言ったりして……浅見さん、何とかできないんですか？」

「仙石さんの言うとおりですよ。手の打ちようがありません」

浅見がそう言うと、仙石は力を得たように大きく頷いた。

「そうだよ、それより、むしろきみだって身辺に注意したほうがいいんだ」

「私が？　私は関係ありませんよ。そりゃ、鳥井さんとは昔付き合っていたけど……」

「ははは、そうじゃなくて、このあいだ言っただろう。水谷静香が最後に、私にきみの名前を告げたっていう——そのことを忘れたわけじゃないだろう？」

「ああ、そのことですか。だけど私には何のことかさっぱり見当もつきませんよ。室長の聞き間違いじゃないんですか？」

「いや間違いないよ。私はまだ、そこまで耄碌《もうろく》はしていない。きみには思い当たることはなくても、鳥井が誰かに何か、きみを巻き込むようなことを言ったかもしれないじゃないか」

「そんなの、ひどいわ……」

「ひどいが、あり得ない話ではない」

仙石が断定的に言って、気まずい空気が漂った。それを潮に、仙石は「そろそろお開きにしようか」と席を立った。

夜が更けたというのに、気温はかえって上がったのか、蒸し暑いほどであった。

同じ方角へ帰る仙石が、聡子をタクシーで送っていくことになって、三人は川風に吹かれながら、タクシーが屯している場所までゆっくり歩いた。

「そうだ、浅見さんに頼まれていた、安岡礼子の住所だけど……」

「ああ、あれでしたら元久さんに調べてもらいましたから、もう結構です」

「そう……それで浅見さん、彼女を訪ねるつもりですか？」

「ええ、きっとそういうことになるでしょうね。いけませんか？」

「いや、いけないことはないが……ただ、そうやって追い詰めた人間が、一人ずつ消されてゆくような気がするもんでね……ははは、しかしまあ、それはもちろん、取越し苦労というものでしょうな」

仙石は手を上げてタクシーを呼んだ。

「明日の朝、悪いニュースが何もないことを祈りたいな」

別れ際に言った仙石の言葉には、実感が籠っていた。

4

昨夜の蒸し暑さが運んできた湿気は、大陸から張り出した冷たい気団とぶつかって、その朝、博多湾は雲が低く垂れ込めたように霧がかかっていた。ミシン針のような恰好をした福岡タワーも、上部三分の一ほどは雲の中にあった。

シーサイドももちの中央を流れ、博多湾に注ぐ川を「樋井川《ひいがわ》」という。流路延長わずか十二キロあまり、大雑把《おおざっぱ》な地図には載っていない程度の小さな川だ。蒙古襲来のときにはこの付近が上陸地点の中心になったと考えられ、河口から少し遡《さかのぼ》った辺りには当時の防塁《ぼうるい》跡が残っている。

シーサイドももちのある河口付近は川幅も広く、切り立ったコンクリートの岸壁の下に、あまりきれいとはいえない水が青黒く淀んでいる。

その川に架かる橋のたもとに、昨夜のうちから乗用車が一台放置してあった。周辺はまだ開発途上にあって、駐車しておくには、この場所からは人家が遠すぎるのだが、朝の散歩がてらにジョギングをする付近の住民が、この車を見て「放置」と感じたのは、車の左前輪が妙な恰好で縁石に乗り上げていたからである。

当然、車全体が傾いている。ふつうの感覚の人間なら、マイカーを駐車する場合に、これほど傾いた状態にはしておきたくないものだ。しかも、中を覗き込むとキーが差しっぱなしになっている。

住民はジョギングの経路にある派出所に立ち寄って、その車のことを通報しておいた。派出所の巡査が確かめに行ったときも、車は同じ状態であった。国産だが、四百万円以上はする新車である。若い薄給の巡査には到底、手が届かない高嶺《たかね》の花だ。その高級車を、キーを差したままで放置してあるなどというのは、彼にしてみれば許しがたいことであった。

巡査はただちに、所轄《しょかつ》である西警察署の防犯課長に報告した。現場はまだ駐車禁止区域に指定されてはいないが、盗難のおそれがあるので、一応ドアをロックし、キーを預かっておくように——と指示され、そのとおりにした。

路上にチョークで「警察または派出所に連絡を——」と書いておいたのだが、十時の交代時刻がきても、運転者は現われなかった。巡査は本署に戻る前に、現場を見に行った。車も、書いた文字もそのままである。

巡査はほとんど何の気なしに、樋井川の水面を覗き込んだ。いや、はっきりした意図はないにしても、そういう行動を取ることは、警察官のプロ意識といっていい。住民の通報があってからここまでの巡査の行動は、ごく日常的な規範に則《のっと》っているといってしまえばそれまでかもしれない。しかし、それにほんのちょっとした心遣いや気配りがプラスされるところが、日本の警察が世界的に評価されるゆえんである。

巡査は橋の下のひときわ暗い水面に、わずかに浮かんでいる人間の背中を発見した。スキューバダイビングをするには、あまり適当とはいえない場所である。それから先は毎度お馴染みの大騒ぎになった。

死んでいたのは中年の男性で、免許証から福岡市南区長住《ながずみ》の鳥井昌樹三十八歳――と判明した。直接の死因は肺に水を吸い込んでいることから「溺死《できし》」ということになるが、それ以前に後頭部を強く殴打され、意識を失った状態で川に放り込まれたものと見られる。警察は殺人事件として、ただちに百八十人の警察官を動員して捜査を開始した。

浅見がこの事件のことを知ったのは、十一時過ぎに入った聡子からの電話による。

「仙石室長に浅見さんに連絡するようにと言われました」

聡子の声は震えていた。たったいま、鳥井の死を知ったという。仙石は警察や報道関係の連中への対応に追われて、しばらくは手が離せない状態だそうだ。

「昨日、室長と浅見さんが言っていたとおりになりましたね」

「そうですね」

浅見は彼女の心理を量りかねて、短く答えた。いくら「昔のこと」とはいえ、いちどは愛した男性が殺された事件に対して、平静ではいられないはずだ。それよりも、警察がかつての関係を探り出せば、聡子の身にも捜査の手が及ぶ可能性がある。そのことを言わなければならないと思ったが、どうしても言葉にはならなかった。

聡子は「ちょっと待ってください」と電話を代わった。

「川井です、昨夜はどうもありがとうございました」

川井真知子が落ち着いた声で言った。このくらいの年齢のキャリアウーマンは、定年間近で老後ばかりを気にしている男性より、よほどしっかりしている。

「昨日、社長からお願いしておりました、エイコウグループの平岡会長と会う段取りが整いましたので、午後一時に来社していただきたいのですが」

「わかりました、そのつもりでおりましたから」

いよいよ、あらゆるファクターが煮詰まってきたという感触があった。浅見はもういちど聡子に代わってもらった。

「安岡礼子さんのことがちょっと気がかりなので、今夜、彼女の自宅を訪ねたいと思っています。予定しておいてくれませんか」

「はい、かしこまりました」

聡子はこれまでに聞いたこともないような、素直な口調で言った。さすがに、鳥井の死はショックがきつかったにちがいない。

約束の時刻より少し早めに行って、デパートの中をグルッと巡った。水谷静香の事件につづく鳥井昌樹の死である。うわべはにこやかに振る舞う店員の表情にも、どことなく翳《かげ》りが見て取れた。

店内はともかく、鳥井が勤めていた外商部など、事務関係のセクションで刑事の聞込み捜査がつづけられているのかどうか、窺い知ることはできなかった。マスコミ関係者の姿もすでに見えない。社長室には仙石も待機していた。

「えらいことになりました」

大友社長は沈痛な面持ちで浅見を迎えた。

「水谷静香のケースでは、正直なところ、まだ、単純で偶発的な事件——というふうに受け取っておったのだが、こうなってくると、浅見さんや仙石が言うとおり、何やら根の深いものであることを認めないわけにはいきませんなあ」

「おっしゃるとおりです。この事件は複雑な因縁や怨念《おんねん》が絡んでいて、かなり入念に計画された犯罪だと思います」

「そうですか……いや、あなたがそうおっしゃるのなら、たぶん間違いないのでしょう。といっても、天野屋としては、恨まれたり復讐されたりする理由に思い当たることは皆目ありませんでね。当惑するばかりです」

「ご心痛でしょうが、事件はまもなく解決すると思います」

「えっ、本当ですか？」

大友はもちろんのこと、脇にいる仙石も、浅見の大胆としか思えない言葉に驚いた。

「しかし浅見さん、まだ何がどうなっているのか、警察でもさっぱり掴めていない様子でしたよ。そんな断定的なことを言って、大丈夫なのかなあ？」

仙石が呆れたように言った。

「はあ、これまで見たり聞いたりしてきたことを繋ぎ合わせれば、おおよその見当はつくのです。警察はいまのところ、博多署や西署がバラバラに動いているから、見えるものもまだ見えていないのですよ。合同捜査でも始まれば、少しは解決に向かうと思いますけど。そのころには、事件の本筋はわれわれの手で、ほとんどすべてが解明されているはずです。ただ……」

「ただ、何です？」

浅見は意識的に表情を曇らせた。

「ええ、たぶん……」

大友が不安そうに浅見の顔を覗き込んだ。

「僕がもっとも気にしているのは、どうすれば誰もが傷つかずに事件を終わらせることができるか——ということなのです」

「それは無理でしょう。現実に三人もの人間が殺されているのだから」

「もちろん、犯人は罰せられることになりますが、知らず知らずのうちに事件に関わってしまった人もいるわけだし、とりわけ天野屋さんの暖簾に傷がつかないようにしないといけません」

「いや、そんなことに気を使う必要はありませんがね……しかし、本当に事件の謎は解けているのですかねえ？」

大友は茫然と浅見を眺めていたが、そのとき川井真知子が「お時間ですけど」と声をかけた。

エイコウグループ九州総本部へは、大友社長のほかに、渡辺《わたなべ》という副社長が同行した。渡辺副社長は銀行筋から十五年前に天野屋に入社した人物で、九州財界や中央とのパイプ役を務めている。仙石と浅見は川井秘書とともに、社長に随行するかたちで臨んだ。

会見場は全電会館《ぜんでんかいかん》の特別会議室を借りる手筈《てはず》であった。うまくゆけば手打ちにしたいというのが、肝《きも》いり役である全電大島理事の気持ちなのだが、怪文書問題に対する平岡会長の強硬姿勢を考えると、ただでは収まらない雲行きであった。

午後一時三十分、エイコウグループと天野屋双方の出席者、それに仲介者の全電大島理事が広い会議室に勢ぞろいした。

エイコウグループ側は平岡会長、河口所長のほかに、平岡の参謀といわれる矢野《やの》常務取締役が参加している。

この顔触れを眺めると、浅見光彦はいかにも若造という感じが否めない。平岡にとっては、目の端にも入らない存在だったろう。

大島理事が年寄りの繰り言《ごと》のような、曖昧な言い回しで話し合いのきっかけをつくるとすぐ、大友が浅見を紹介した。

「当社のスポークスマンとして、まず浅見君から平岡会長に質問させていただきたいのですが、ご了承いただけますか？」

相手は（なんだ、この若造が――）という顔を露骨にしたが、だめだとは言えない。

浅見は立ち上がって、「よろしくお願いします」と挨拶すると、元どおりに腰を下ろして、おもむろに訊いた。

「会長さんは片田二郎さんが書いたと思われる、例の文書について、天野屋の陰謀であるとお考えのようですが、そう受け取って差し支えありませんか？」

「ああ、差し支えありませんよ」

平岡はそっぽを向いたままで言った。

「その理由は何でしょうか？」

「そんなことは、これまでに大友さんにお話ししてあります」

「はあ、それはそうですが、あらためて会長ご自身の口から間違いのないところをお聞きしたいと思います」

「それでは、まず第一に、天野屋さん側の内部事情を書いた部分が、天野屋の幹部でなければ知り得ないものであるという点ですな。それから第二に、この文書を送って寄越した封筒の宛名書きの文字が、そこにおいでの仙石さんの筆跡であるという点です」

「ほう、その筆跡の件は、警察で確認なさったのですか？」

「ん？　ああ、まあそういうことですな」

警察から情報を流してもらったと公表するのはまずかった——と思う一方で、その程度の力は保有しているのだぞ——と誇示《こじ》する気持ちが、ありありと読み取れた。

「つまり、その文書に書かれていることは、片田さんがエイコウグループを裏切って、天野屋の人間と結託し、あるいは天野屋の人間に唆《そそのか》されて執筆したものにちがいない——と、そうおっしゃりたいわけですね？」

「そうです」

「だとすると、天野屋関係以外の箇所《かしょ》——とくにエイコウグループ内部のことや、平岡会長の言動に関する部分については、事実が書かれていると考えてよろしいですか？」

「それは……」

平岡の傲岸《ごうがん》な表情に、はじめて動揺がはしった。

「そんなことはだねえ、きみ、そんなことはありませんぞ。これに書かれていることは、最初から悪意をもって、わしやエイコウグループを誹謗中傷する目的で書かれたものばかりです。たとえ実際にそういうことがあったとしてもだ、悪意をもって捩じ曲げて見ればそう見えるというだけのものであって、わしの本意を正しく伝えたものではない。たとえば、ユニコンマートの幹部が自殺した事件なども、あたかもわしに責任があるかのごとく書いておるが、そんなものまで、なぜわしが責任を取らなければならんのかね？　わしは一般大衆の利益のために働いておる。それを自らの利益のみを追求するあまり、消費者に見放されたことを棚に上げて、わしのやり方を恨《うら》むなどは、本末転倒の逆恨みもはなはだしい。そんなことは片田のやつだって知らないはずがないのだ」

「しかし、現に片田さんはそういったことも含めて、会長さんの行動を批判しているようですが」

「だから、それは、どこぞの悪《わる》にうまいこと乗せられて、たぶんおいしいことも言われたのだろうが、それに目が眩んで道を踏み誤ったということでしょうか」

「どこぞの悪とは、天野屋のことを指しているのでしょうか？」

「ふふん、さあ、どうですかな」

「いずれにしても、会長さんの強引なやり口によって、死者まで出たりしたこととか、そのほか、会長さんの人となりを語るエピソードの数々については、片田さんが書いたとおりであるという読み取り方もできると思っていいわけですね？」

「あんたがどう解釈しようと、そんなものは勝手ですがね。しかし、こういう怪文書を世の中に配って、わがエイコウグループの進出を食い止めようという汚ないやり方だけは、断じて許すわけにはいかない。第一、こんな低劣な方法が、大衆に支持されると思ったら、大きな間違いですぞ」

「怪文書を配ったのが、あたかも天野屋であるかのごとき部分はべつにすれば、会長のおっしゃるとおり、こんな汚ないやり方が支持されないというご意見に賛成します。ところでひとつお訊きしておきたいのですが、片田さんといえば、エイコウグループのエリート社員であり、会長の信任篤い人物だと評判が高かったはずですが、にもかかわらず、このような裏切りを受けるとは、会長ご自身として、何か思い当たることがおありですか？」

「そんなもん！……」

平岡は想像するのも胸糞《むなくそ》が悪い——と言いたげに、一瞬、息を飲んだ。

「やつに裏切られるなどとは、考えてもみんことですよ。飼い犬に手を噛まれるとは、まさにこのことだ」

「怪文書に書かれたエピソードから、僕はまるで、織田信長の仕打ちに対する明智光秀の心境だ——などと評したのですが」

「だから、そんなものはでっち上げか、やつの錯覚か、よほど悪意をもった歪曲《わいきょく》以外の何物でもないのです」

「そうですよね、よほどの悪意がなければ、そんなものは書けませんよね。しかし、それにしても、その怪文書ですが、それだけの分量の文書を書くには、一日や二日どころか、一月《ひとつき》——いや、いままでに送られてきたものだけですべてではなさそうですから、書き上げるまで、かなり長い月日を要したと考えられます。その間、会長さんをはじめ、エイコウグループの同僚の方々は、誰一人として片田さんの変節に気付くことがなかったのでしょうか？」

「うーん……たしかに、その点を指摘されると、わが身の不明を恥じるほかはないのですがね……」

平岡ははじめて、老人らしく弱々しい苦笑を見せた。

「いまでもわしには信じられん。あの片田がそんな目でわしを見ていたとは……何か悪い夢でも見ているような……腹が立つよりも、じつに寂しい気持ちでしたよ」

平岡は愚痴を言って、窓の外に視線をむけた。老人性のシミと一緒に疲労感が浮かび上がっているその横顔が、エイコウグループを率《ひき》いて日本全土を席巻する覇者《はしゃ》のものとは、到底、思えなかった。

大勢の目の前で、不用意にも素顔を見せるほど、信じていた者に裏切られた平岡のショックは大きかったのだろう。

「ありがとうございました」

浅見はふかぶかと頭を下げた。

平岡は驚いて「は？……」と不思議そうに浅見を見つめた。ほかの人々も、全員が怪訝そうに浅見を注目した。

「若輩者《じゃくはいもの》がいろいろ失礼なことを申し上げましたが、お蔭で事件の謎が解けたような気がします」

「どういうことです？」

仙石が低い声で訊いた。その疑問はその場にいる全員に共通したものであった。

「この事件のいちばんわかりにくかった点は、いま言ったように、片田さんの変節に、会長さんをはじめ、エイコウグループのみなさんがまったく気付かなかったことなのです。本当に気付かなかったのか、それとも、気付いていながら素知らぬ顔を装っていたのか、そこを知りたかった。それが、いま会長さんにお話を伺って、会長さんをはじめどなたも気付かなかったというのは事実であること、そして、怪文書に書かれているエピソードは片田さんの錯覚か、あるいは悪意をもって歪曲されたものであることがはっきりしたということです」

「だからどうだと？……」

仙石は当惑しきって、周囲に救いを求めるような目を向けた。しかしほかの誰もが、仙石と同様、浅見が何を言おうとしているのかわからない顔ばかりであった。

「浅見さん、でしたな……」

平岡会長がたまりかねたように言った。

「事件の謎が解けた——ということは、つまり片田を殺した犯人が何者なのか、この文書の送り主が誰なのか、そういったことがわかったという意味ですかな？」

「殺されたのは片田さんだけではありません。天野屋の社員が二人も殺されていることをお忘れなく」

浅見はあたかも、聞き分けのない老人を窘めるように言って、「おっしゃるとおり、そういったことすべての謎について、ほぼ解明ができたものと考えていいと思います。ただし、確かめなければならない事実関係がまだまだたくさんありますから、偉そうに断言をするわけにはいきません。あと一両日お待ちください」

「一両日……」

平岡の驚きを受けるように、矢野常務が少しきつい口調で言った。

「なんぼあなたが有能な方か知りませんが、警察ですら捜査を始めたばかりだというのに、わずか一両日で事件を解決するなどとは、いささかハッタリがきついのとちがいますかなあ」

「はあ、そうお思いになるのが当然だと思います」

浅見は怒りもせずに言った。

「しかし、僕としては、どうしても一両日中に事件を解決しないと、はなはだ困ることがあるのです」

「困る……と言われると？」

「恥ずかしながら、あと少しで手持ちの旅費が底をつきそうなのですよ」

浅見は真っ赤になって、笑いながら頭を掻いた。

第七章　ジグソーパズル

1

全電会館を出てから午後六時まで、浅見光彦は天野屋の人々の前から姿を消した。行く先は福岡県警察本部の本部長室である。

島野警視監は上機嫌で浅見を迎えた。

「やあ、すっかり立派になられたが、昔の面影はありますなあ」

浅見にはまったく記憶がなかったのだが、島野は学生時代、兄陽一郎の二年先輩で、仲間たちとともに何度か浅見家を訪れたことがあって、当時まだ小学生だった次男坊のことを憶えているのだそうだ。

「あのころはお父上もお元気で、たしか大蔵省の局長であられたかな。われわれ貧乏学生の面倒をよく見てくださった。そうそう、ご母堂はお元気ですか。あのお手製のチラシ寿司は美味かったなあ……」

　ひとしきり回顧談に耽ってから、「浅見刑事局長ドノの話によると、今回の事件について、調べておられるそうですが」と本論に入った。

「ええ、たまたま片田二郎氏の白骨死体の第一発見者になったのと、兄の友人が天野屋の社員だということで、事件に取り組むことになりました」

「そうだそうですなあ。いや、仙石隆一郎もわれわれの仲間の一員でしたよ。学生のころから、ちょっとした変わり者でしてね。子供じみた正義感みたいなものがあって、なぜかいつも損な役回りをしておったのです。学生運動なんか、いくらやめろと止めても首を突っ込みましてね。イデオロギーというより、人間に対する優しさから発する行動なのだろうが、企業戦争の中で生き抜くには、いささかしんどい性格でしょうなあ。今回の事件なんかでも、よけいな気を使って苦労しておるのかもしれません」

　島野警視監は、主義主張の異なる後輩を気遣うようなことを言った。

「それはそれとして、さっきうちの刑事部長から報告を受けたばかりですが、先日の被害者につづいて、けさの被害者もまた天野屋の社員だったということです。浅見さんはそれはご存知ですかな？」

「ええ、いままで仙石さんと一緒でした」

「そうですか……しかし、そう言ってはなんだが、うちの捜査一課と二課が総力を挙げて捜査を進めても、さっぱり訳がわからないような難事件だそうですぞ。その事件に、アマチュアのあなたがどんな具合に取り組もうといわれるのかな？」

「僕の場合は気楽にやってますから、警察の盲点のようなところで、思わぬ収穫があったりするのです」

「なるほど、それはわからないでもありませんな。現に、天野屋を調べようとしても、相手がイメージを大切にするデパートだけに、捜査員もなかなか思いきった攻め方ができないということのようです」

「それはそのとおりだと思います。お客のいるところで、店員さんに片っ端から事情聴取をするわけにはいきませんから。たとえそうしたとしても、包装紙に包んだようなきれいごとを話すだけですよ、きっと」

「ははは、包装紙とはうまいことをおっしゃる。いや、笑いごとでなく、まさにそのとおりです。しかし、そんなふうに躊躇しとるから、けさのようなことになってしまう……とはいっても、浅見さんには成算はあるのですか？」

「はあ、はじめは雲を摑むような話だったのですが、だんだん煮詰まってくるにつれて、だいたいのことはわかってきました」

「わかったというと、まさか犯人の目安がついたわけじゃないでしょうな？」

「はあ、犯人そのものは知りませんが、どこのどういう人物か――ぐらいは想像がつきました」

「えっ、本当ですか、それは？」

「ええ、本当です。ただ、関係者全員のことを知りませんので、事件の全体像から、肝心な部分があちこち欠落した状態なのです。いってみれば、ジグソーパズルのピースが抜けているようなものです」

「ふーむ、ジグソーパズルねえ……」

島野は信じられない――という目で、浅見の顔を見つめた。彼の脳裏には、かつての浅見家の可愛らしい次男坊の残像があるのかもしれない。

それから四時間近く、浅見は本部長室の隣りの応接室を使わせてもらって、警察庁にいる兄と連絡を取ったり、県警のスタッフと会ったりした。いうなれば、ジグソーパズルのピース集めである。

島野は、浅見の「捜査」を全面的にバックアップしてくれた。博多署の捜査本部にいる友永警視まで呼び寄せた。友永はさすがに切れる男で、事件に対する浅見の考え方をたちどころに理解したが、それ以上に、この男の特筆すべき長所といえるのは、いかにもエリートらしく、上司との付き合いにそつのないことだ。県警本部長と警察庁刑事局長の意向に、見事なまで迎合しきってみせる。ふつうの刑事だと、浅見に対して、素人探偵ごときに——と対抗意識を燃やすところを、友永はむしろ、自分たちになり代わって捜査を進展させる重宝な「道具」として、割り切っている。これでうまくいけば、結果的には捜査陣の勝利ということになるのだし、失敗すれば上司の命令に従ったまで——と責任回避をすることができる。そのへんを弁《わきま》えた狡《ずる》さも、ちゃんと兼ね備えていた。

浅見は友永から、捜査本部の保有しているデータを聞かせてもらうと同時に、警察がまだ関知していない、いくつかの対象について、調査を進めるように提言した。とくに、エイコウグループの「侵略」によって、ユニコンマート幹部が自殺に追い込まれたという事件のその後がどうなっているのか、ぜひ知りたかった。友永は早急に作業に入ることを約束してくれた。

そのほか経済事犯の専門家である捜査二課の課長にも会った。浅見はとくにこの分野が苦手だから、捜査二課の保有するデータを解説してもらうのに、むやみに時間がかかった。その結果わかったことだが、たしかにエイコウグループのやりくちには強引すぎるところが少なくなかったらしい。片田が「告発」した内容は、それをいくぶんデフォルメしてはいるけれど、エイコウグループの進出によって崩壊したユニコンマートの山《やま》之内《のうち》一族は、自殺者が出たことでも明らかなように、かなり悲劇的な状態に追い込まれたというのは、あながち誇張されたものでもなさそうだった。

「九州の人間は、見栄っ張りだし、負けん気が強いですので、とことん落ち込んでも、派手な恰好ばしよるとです」

捜査二課の警視正は、まるで自分がその当事者であるかのように、いかにも無念そうな口振りで話した。

「したがって、借金でどうもならんようになって、文字どおり自分で自分の首ば絞めるようなことになったとですよ。しかし、それはそれとしても、エイコウグループの強引なやり方は、あとにしこりを残してもやむを得んでっしょうなあ。恨みに思う者が出るし、仕返しばしてやろうという者が現われるのは、わかりきったことです」

問題のレインボードーム建設にまつわる詐欺事件について、捜査二課長は、エイコウグループの驕《おご》りが招いた落とし穴——という、若干、皮相的な見方をしている。「そんくらいのしっぺ返しを受けて当然です」と、根っからの博多っ子だという警視正は、むしろ小気味よさそうに言った。

午後六時十五分過ぎに、浅見は大名町のレストランへ行った。元久聡子はすでに来ていて、父親と何か話していた。

「少し急ぎますので、スパゲティか何か、簡単な食事をさせてください」

浅見が言うと、マスターは「当店のディナーで、スパゲティだけというお客さんははじめてですな」と笑ったが、それでも、ウェイターにせいぜいコックを急《せ》かせるように——と頼んでくれた。

「今度お見えになるときは、どうぞごゆっくりお出かけください」

お辞儀をして行きかけるマスターを、浅見は「そうそう、ちょっとお訊きしたいのですが」と呼び止めた。

「このお店に水谷静香さんは来ませんでしたか？」

マスターはギクッと立ち止まって、娘のほうを見た。

「いま、水谷さんの話をしていたところなんです」と聡子は父親を救うように言った。

「水谷さんは、このお店に来てますよ。私が連れてきました」

「そのときだけですか？　それ以外にも来ているはずなのです」

「ああ、お見えになりました」

父親が言った。

「私が知っているだけでも二度、お見えになりました」

「ふーん、そうなの……浅見さん、どうして知っているんですか？」

聡子は不思議そうな顔になった。

「いや、知っているわけじゃなく、たぶんそうだろうと思っただけです。ところで、そのとき、彼女は一人でしたか？」

「いえ」とマスターは首を横に振った。

「一度めはお二人でした。二度めのときも、お二人ということでテーブルのご予約をいただいておったのですが、水谷様だけが先に見えていて、お連れ様が見える前に、急に用事ができたからといって、ご予約をキャンセルしてお帰りになりました」

「ほう、キャンセルしたのですか……それで、そのあと、連れのお客さんは来なかったのですか？」

「いえ、お見えになりました。前にご一緒だったお客様と同じ男の方でしたが、水谷様が帰られたと聞いて、そのままお引き取りになりました」

「そのとき、彼女と一緒に来た人物ですが、この男性ではありませんか？」

浅見はテーブルの上に鳥井の写真を出して、マスターのほうに押し出した。

「さあ、どうでしょうかなあ……」

マスターは、まるでお辞儀をするような恰好で、目を写真から遠ざけたり近づけたりした。

「どうも老眼が進みまして、さっぱり見えませんので……ちょっとお待ちください」

小走りに眼鏡を取ってきて、椅子に座り込むと、写真を覗き込んだ。

「そうですな、たぶんこのお方だと思いますが、そうシゲシゲとお顔を拝見したわけではありませんので、はっきりそうだとは断言いたしかねますなあ」

聡子もチラッと写真を見たが、すぐにそっぽを向いてしまった。

「二人が一緒だったときですが、水谷さんは、マスターが聡子さんのお父さんであることを、その男性に紹介しましたか？」

「いえいえ、そのようなことはなさいませんでしたよ。私はただ、お二人をテーブルにご案内しただけで」

「だって、水谷さんには、ここが父の店だってこと、誰にも言わないでって頼んでありましたもの」

聡子が言った。

「なるほど、そういえば彼女は口の固い人なのでしたね……ところで、ちょっと妙なことをお訊きしますが」

浅見は言いにくそうに訊いた。

「水谷さんが二度目にお店に来たとき、マスターのほうから、何か、水谷さんに込み入ったことをお話しになりませんでしたか？」

「はあ？　いいえ、べつに何も……」

マスターは怪訝そうに言った。

「すみません、へんなことを言いまして。じつは、水谷さんが生前、ある人と最後に会ったとき、マスターのことを言っていたというのです」

「は？　私のことを？」

父親も驚いたが、娘も驚いた。

「浅見さん、それって、仙石室長が水谷さんに会ったときの話ですか？」

「そうです。そのとき彼女は『元久さんの』とまで言って、話を中断したのでしたね。ところが、あなたには何も心当たりがないという。それで、僕はひょっとしたら、あなたのお父さんのことを言おうとしたのではないかと思ったのです。つまり、『元久さんのお父さん……』と、です」

「私の父、ですか？……」

娘は父親と顔を見合わせた。

「それ、いくらなんでもちょっと飛躍しすぎじゃないですか？　水谷さんはやっぱり私のことを言おうとしたんだと思いますけど」

「だったら、なぜ途中でやめたりしたのですかねえ？　元久さんのことを話すのだったら、安岡さんに聞かれても具合の悪いことはべつにないと思いますが」

「それはそうですけど……」

聡子は父親に、「何か水谷さんに言ったの？　父さん」と訊いた。少し詰問するような口調になっている。

「いいや、私は何も言わんよ」

父親は娘に対しては仏頂面を作った。

「そんなに簡単に答えないで、真剣に思い出してよ」

「そんなことを言われたって、何も言ってないものはねえ……」

口を尖らせながら、それでも「真剣に」と言われた分、責任を感じるのか、空間に視線を彷徨《さまよ》わせて記憶を辿っている。

「いや、何もおっしゃっていないのでしたら結構です。すみません、不愉快な思いをさせてしまって」

浅見は頭を下げた。ちょうどスパゲティが運ばれてきたので、潮時《しおどき》でもあった。

「それでは……」と、マスターは席をはずしかけて、ふと動きを止めた。

「そうそう、お話はしませんでしたが、お渡しした物はありました」

「えっ？　渡した物——ですか？」

「はい、手帳をですね、男の方が前に見えたときに、忘れていかれたのです」

「手帳……」

がぜん浅見は緊張した。その緊張に輪をかけたようなヒステリックな声で、聡子が言った。

「手帳って、鳥井さんの手帳？」

「ん？　鳥井さんて？」

「だから、その、水谷さんと一緒だった男の人よ」

「いや、鳥井さんという名前ではなかったと思うよ。手帳の中身をチラッと見たが、そういう名前は書いてなかったと思う。もっとも、中身を詳しく見たわけでもないがね。ただ、その方が見えたときに忘れていった物だから、とにかく水谷さんに渡せばいいと思ったのだよ」

「だったら私に電話してくれれば、水谷さんに渡したのに」

「そう思ったが、つい忙しさにかまけておって、一日過ぎてしまってね、おまえに電話しようかと思っとった矢先に、水谷さんから予約の電話をいただいたのだよ」

「じゃあ、中一日おいただけで、水谷さん、またお店に来たの？」

「いや、そうではないよ。水谷さんが見えたのは、その十日ばかり前のことだ」

「えっ？　だって父さん、水谷さんと一緒だった男性が忘れたって言ったじゃないの」

「ああ、そうじゃないんだ。その男の人が、べつの女性と、もう一人の男の人と三人で見えたのだよ」

「ああ、そういうこと」

ようやく事情が飲み込めた。

「だとするとですね」と浅見は言った、

「その手帳ですが、必ずしも水谷さんと一緒だった男性の物であるとは、断定できないのではありませんか？」

「は？　はあ、なるほど、それもそうですなあ……男物の手帳が、あの方の椅子の下辺りに落ちておったもので、てっきりそうだとばかり思ったが……そうでしたなあ。しかし、いずれにしても水谷さんに渡せば、お忘れになった方に届くことに変わりはないのとちがいましょうか？」

「まあ、そうでしょうね、そのお考えは正しいと思います」

浅見はマスターの不安を解消してから、言った。

「もしお願いできるなら、手帳に書いてあったことを何でも結構ですから、思い出していただきたいのですが」

「いや、それは無理ですなあ。さっきも申したとおり、中身はチラッと見た程度ですのでねえ。われわれのような商売の者にとって、お客様のプライバシーを侵すようなことをしないのが、最低のモラルでありまして」

「よくわかりますよ」と、浅見は大きく頷いた。

「水谷さんの事件があったあと、いま伺ったようなことを、警察に何一つお話しにならなかったのも、まさにそのモラルがあればこそでしょうからねえ」

「………」

マスターは白けた顔で沈黙した。

「浅見さん、こういうのって、問題になるんですか？」

聡子が不安そうに訊いた。

「いや、大した問題にはならないでしょう。だいたい、一般市民は、よほど正義感が強いか、お節介焼きでもないかぎり、被害者のことを知っているからというだけでは、わざわざ警察に届け出たりしないものです。誰にしたって、掛かり合いになりたくないのが人情というものですものねえ。とくにこういうお店の場合、警察の連中が出たり入ったりするのはいやなものです。まあ、あとで気になることがあったり、何か思い出したりしたら、そのとき警察に届ければいいのです」

浅見はのんびりした口調で言って、「さあ、早いとこスパゲティをいただいて、出かけましょうか」と、聡子を促した。

二人の「客」がスパゲティの最後の一本を平らげるまで、マスターはじっと椅子に座って、すっかり考え込んでいる様子だった。

帰り際、浅見はいったん出た玄関にとって返して、ポーチのところまで送ってきたマスターの耳に口を寄せて、囁いた。

「まだご存じじゃないようですが、さっきの写真の男の人——鳥井という人物は、けさ、シーサイドももちの川で、殺されていたのですよ」

「えっ……」

根はいかにも人の好《よ》さそうなマスターは、一瞬、息が停まったような顔になって、救いを求める目で浅見を見つめた。

店先の暗い道路から、娘の聡子が心配そうに、父親の様子を見ていた。

2

博多区冷泉町――のマンションに安岡礼子は住んでいる。聡子が知っている、天野屋勤務時代の住所から、一年半前にここに移り住んだのだそうだ。

冷泉町は博多駅からも近く、都市再開発の区域に入っていて、将来はビジネス街として大きく様変わりすることが約束された地域である。

その街に三年ほど前にできた、当時としては、福岡市内でも指折りの、高級マンションであった。

聡子がドア脇のチャイムボタンを押すと、マジックアイで覗いている気配があって、すぐにドアが開いた。

「あらー、元久さん、久し振りやねえ。どういう風の吹き回しなの？」

安岡礼子は、わざとらしい感じのする、びっくりした声を発しながら顔を出した。鳥井と同期の入社だから、年齢はたしか三十代後半のはずである。眉が濃く、目鼻立ちははっきりしているけれど、どちらかといえば男性的な風貌で、お世辞にも美人とは言えない。日ごろの不摂生《ふせっせい》を物語るように肌が荒れていて、実際の年齢よりもかなり老《ふ》けて見えるかな――と、浅見は思った。

「夜分にどうもすみません」

聡子は頭をさげて、「ちょっとご紹介したいのですけど」と、少し身を脇に寄せて、浅見に場所を譲った。

「あら、こちら、ボーイフレンド？　ハンサムだわァ」

礼子は、芝居気のあるおどけた様子で、浅見のことを訊いた。

「まさか、違います」と聡子は慌てて手を横に振った。

「こちら、浅見さんておっしゃる、フリーのルポライターの方です」

「ふーん、ルポライターなの……」

安岡礼子は警戒する目になった。

「よろしくお願いします」

浅見は丁寧にお辞儀をした。

「はあ？　よろしくって、私に何か？」

「はあ、じつは、博多のデパート戦争みたいなことを取材しておりまして、その中で、内側から見たデパート――といったテーマで書いてみたいと思っているのです。それで、地元デパートのトップである天野屋さんの社員にコンタクトを取ったのですが、皆さんガードが固くて、ぜんぜん受け付けてもらえないのですねえ。そうしたら、元久さんが、それだったら安岡さんがよくわかっていらっしゃるのでは——と教えてくれまして」

「あら、私なんか何も知りませんよ。元久さんのほうが詳しいんじゃない？　秘書室勤務なんだから。ねえ、元久さん」

「だめですよ。私だって、やっぱり現在勤めている会社のことは言えませんもの」

「それはそうかもしれないけど……」

礼子は迷惑そうだったが、勤め帰りの男が廊下をやってくるのを見て、「まあ、とにかく上がってください」と、ようやく客のためにドアを大きく開けた。

安岡礼子の部屋は五階の２ＬＤＫで、メインストリートに面した窓からは御供所町が見下ろせる。浅見たちが発掘調査をしていた現場は、つい目と鼻の先であった。

「夜景がきれいですねえ」

浅見は窓の下に広がる灯火の波を眺めて言った。

「そうでもないですよ。侘《わび》しい風景だわ」

礼子はお茶をいれながら言った。

たしかに、礼子の言うことのほうが正しいと浅見も思った。御供所町は寺の多い街で、メインストリートから少し入った辺りは、黒い淵のように暗い。まるで、人の世の華やぎと、背中合わせにある死の世界を象徴しているようでもあった。

「すてきなお部屋ですね」

浅見は向き直って、お世辞ではなく言った。安岡礼子は容姿も性格も男性的だが、インテリアの趣味や、サイドボードに並んだコーヒーカップの蒐集《しゅうしゅう》など、愛らしい女性的なムードが感じられる。

「ほんと？　どうもありがとう」

礼子は素直に喜んだ。素直であることは、彼女の表情や言葉の端に表われている。

（このひとは、率直な性格なんだな——）

浅見は奇異な想いを禁じえなかった。ここに来るまでは、もっと複雑で、権謀術策に富んだ人物像を思い描いていた。

「安岡さんは、いまはどこに勤めていらっしゃるんですか？」

聡子が訊いた。

「市役所よ」

「えっ、市役所ですかア、いいところに勤めてるんですねえ」

「べつによくはないわよ。知ってる人の紹介で入れてもらったんだけど、中途採用のオバンだから、ほかの人たちとなんとなくしっくりいかなくてねえ」

「でも、安岡さんは技術があるから……やっぱり電話のオペレーターですか？」

「最初はそのつもりだったのだけど、向こうの都合で、欠員があるからって、都市整備開発局っていうところに入れられたのよ。そこの事務全般を扱うって……まあ、体《てい》のいい雑用みたいなもの」

安岡礼子は面白くもない――という顔で言って、浅見に向き直った。

「天野屋を辞めてから、もう二年になりますからねえ、デパートの内側っていっても、あまり詳しいことは知らないですよ」

「はあ、しかし、聞くところによると、安岡さんは社内の噂話の標的にされて、告訴騒ぎにまで発展したそうですが」

「ああ、あのことね。元久さんが喋ったんですか？」

安岡礼子はジロリと聡子を見て言った。

「いや、元久さんからではなく、ほかの人から聞きました。いわば社内の陰湿な謀略の被害者になったわけで、それに立ち向かったのは立派だと思いました。じつは、天野屋では今度もそういうことがあって、その被害者の女性が殺されるという事件が起きたのですが、その女性のことはご存じですね」

「ええ、知ってますけど。水谷静香さんのことでしょう。気の毒なことですよねえ」

「たしか、水谷静香さんが亡くなる少し前、安岡さんは彼女とお会いになったとか聞きましたが」

「え？　ええ、会いましたけど……」

礼子ははじめて不審を感じたように、眉をひそめて浅見の顔を見つめた。

「そのとき、水谷静香さんとはどういう話をしたのですか？」

浅見は微笑を浮かべた目で礼子の視線に応えながら、訊いた。

「どういうって……え？　それ、何ですか？　ねえ、元久さん」

礼子は浅見に向ける疑問を、不快感に変質させて聡子にぶつけた。

「はあ、何なのでしょう？……」

聡子自身、当惑して、浅見の横顔に問いかける目を向けた。

「いえ、べつに大した意味はありませんよ。ただ、それからまもなく殺されることになる女性が、どういう様子だったのか、興味があるだけです」

浅見は悪意をまるで感じさせない、穏やかな表情を装って、言った。

「もし、警察がそのことを知ったら、きっと根掘り葉掘り、しつこく尋問するだろうとは思いますが、僕は単純に興味だけでお訊きするのです」

「警察って……」と、安岡礼子は何ともいいようのない、いやな顔をした。

「警察なんて、そんなの、関係ありませんよ。私はただ偶然、水谷静香さんに会っただけですからね。それって、仙石さんから聞いたんでしょう。あの人こそ、何か知っているんじゃないの。あそこでデートしていたのは仙石さんなんだから」

「しかし、仙石さんは先に帰ってしまったと言ってましたが」

「そう、私に見られたものだから、具合が悪かったんじゃない。そそくさと逃げるみたいに帰っていきましたよ。でも、そのあと、水谷さんとの相合傘の落書きが出たんだから、やっぱり怪しい関係ですよ、あの二人は。警察だって、仙石さんに目をつけて、いろいろ調べているみたいじゃないですか」

「相合傘の落書きは、真相を衝いているものですか」

「そりゃそう……いえ、私のときはあらぬ噂でしたけどね」

礼子が慌てて言い直すのを、困ったような苦笑を浮かべて、浅見は言った。

「それにしても、相合傘の落書きのことだとか、仙石さんが警察に調べられていることなんか、よくご存じですね」

「えっ……」

礼子は一瞬ひるんだが、すぐに高笑いをした。

「ははは、それはね、天野屋は古巣ですもの、いろいろ、教えてくれる人もいますよ」

「なるほど、それはそうでしょうねえ。で、誰なんですか、その人は？」

「そんなの、言えませんよ。それに、仙石さんと水谷静香さんのことを知ってる人なんて、いくらでもいるんじゃないかな」

「そういうものですか……ところで、そのとき、仙石さんが先に帰ったあと、水谷静香さんとはどんなお話をしたのですか？」

「べつに……彼女もすぐに帰ってしまったし……そうだわ、外でまた仙石さんと会ったのかもしれない。きっとそうですよ」

礼子は逃げ道を発見したように、意気込んだ口調で言った。

「そうだったのですか、先に帰ったのですか……そうすると、そのあと、安岡さんが待ち合わせていた人とは、水谷さんは会わなかったはずですね」

「ええ、会っていません……あら、どうして知ってるの？」

礼子はギョッとして、浅見から少し身を遠ざけるように、背中を反らせた。

「ほんとですね、どうして知っていたのですかねえ？……」

浅見も不思議そうに首をひねって、「水谷さんは帰ったふりをして、どこかで様子を窺っていたのかな？」と、独り言のように呟いた。

安岡礼子の膝に置いた右手の指が、十六分音符を刻むように、忙しく動いた。

「ねえ、あなた、浅見さん、目的は何なんですか？　ぜんぜん話が違うじゃない。そんな話をするために来たんですか？　元久さん、どういうことなの、これ？」

「さあ……私にも何のことか、さっぱりわからないんですけど……」

聡子はなかば本心で当惑している。

「元久さんは何も知りません。ただの紹介者にすぎないのですから」

浅見は軽く頭を下げた。

「それではこれで失礼することにします。突然伺って、おかしなことばかりお訊きして、そのうえすっかりご馳走になってしまって、本当に申し訳ありませんでした」

立ち上がり、あらためて深くお辞儀をすると、聡子を促すようにして玄関へ向かった。

安岡礼子はしばらくポカーンとしていて、慌てて二人のあとを追った。

廊下に出て、エレベーターに乗るやいなや、聡子は「信じられない！」と、非難するような声を発した。

「びっくりしたなあもう。浅見さん、めちゃめちゃなことを言いだすんだもの。あれ、いったい何だったんですか？」

「ははは、そんなにめちゃめちゃなこととは思いませんけどねえ。僕はきわめて理路整然と話をしたつもりです」

「あれがですか？　うそでしょう。だって、水谷さんが安岡さんと会っていた人のことを知っていたなんて、そんなこと、誰に聞いたんです？」

「それはもちろん、水谷静香さんですよ」

「えっ？　ほんとに？　じゃあ、浅見さん、彼女と会ったことがあるんですか？」

「まさか、会うはずがないでしょう。水谷さんのことは小柳さんから話を聞いただけです。なんでもすごい美人だったとか。いちど会ってみたかったですけどねえ」

「そんな、冗談言ってる場合じゃないわ」

エレベーターが停まって、ドアが開くと、マンションの外の濃い闇が見えた。この辺りは天神に較べると街から人の姿が消える時刻が早いらしい。

二人はまるで恋人のように肩を寄せ合って、舗道を駅に向かって歩いた。しかし、話していることはロマンスとはおよそ縁遠い、殺伐《さつばつ》とした内容だ。

「会ったことはないけれど、水谷静香さんが何を言いたかったかはわかりますよ。たとえば、ほら、さっきお父さんのところで話したでしょう。水谷さんが『元久さんの』と言ったのは、あれはあなたのお父さんのことだった——という。そういうことは、少し心を静めて考えれば、聞こえてきたり見えてきたりするものなのですよ」

「そうかしら？」

「そうですとも。しかし、刑事さんたちは心を静めて——なんてことはしません。現実に見えている物、聞こえている物だけを、そのまま見聞きして判断するだけです。などと言うと、僕はまるで超能力者《エスパー》みたいだけど、それほど立派なものじゃない。要するに、ちょっとした空想力さえあればいいんです。たとえば、安岡礼子さんが仙石さんと水谷さんのデートの場所に現われたことにしても、そのまま直視すれば、登場人物は三人しか見えないでしょう。ところが、そこにはもう一人の人物がいたはずなのです。だって、安岡さんは何も、仙石さんたちのデートの邪魔をしに現われたわけじゃないのですからね。そこには彼女の恋人か、仲間か、とにかく誰かがやってくることになっていなきゃ、おかしいでしょう」

「そーか……そうですよねえ。聞いてみると何てことないんだなあ……だけど、そこに現われた人物が誰かなんて、それに、水谷さんがどこかで窺っていたなんて、そんなことまでわかるはずはないわ」

「そんなことはない。水谷静香さんだって、好奇心旺盛な女性だったにちがいありませんよ。それに、安岡さんに何かの疑惑を抱いていたとしたら、当然、そこで待ち合わせている人物に興味を惹かれないわけがない」

「疑惑っていうと、どんな疑惑を感じていたんですか？」

「いや、実際のことはわかりませんが、そう考えていい裏付けはあるにはあるのです。少なくとも、水谷さんが疑っていた可能性があっても、おかしくはないし、ことに、安岡さんのように、秘密を抱えている人にとっては、それを覗かれたかも——と、つい疑心暗鬼を生じるものなのですよ」

「それはそうかもしれないけど……かりにそうだとしても、水谷さんが誰を見たのかなんてこと、浅見さんが知ってるはずないじゃありませんか」

「ははは、それを言っちゃおしまいです。しかし、知らなくてもある程度はわかるものなのです。安岡さんと待ち合わせた人物が、いくらなんでも一時間も二時間も遅れてくるはずはありません。その店に来たものの、そこに安岡さん以外の人物がいるのを見て、テーブルに近づかなかったと考えていいでしょう。そう考えれば、だいたいどういう人物なのか想像もつく。少なくとも仙石さんや水谷さんと顔見知りで、しかも顔を合わせるのは具合が悪い人物であることは間違いないでしょうね。ほら、ここまで言えば、あなたにだってその人物が誰なのか、想像がつくでしょう？」

「…………」

聡子は黙って首を横に振った。

「そうですかねえ……ま、いいですか。いずれにしても、僕がさっき言ったことが嘘だなんてことは、安岡さんにはわかりませんからね。ひょっとするとハッタリかもしれないと思いながらも、半分ぐらいは信じる気持ちがある、それでいいのです。手品のタネは観客には見せるものではありません」

「手品……」

「そう、これから始まるのは、何もかも手品みたいなものですよ」

「というと、つまり、安岡さんをだますわけですか？」

「そうです。この事件はそうでもしないと、解決が長引くばかりだし、犠牲者が増えるばかりかもしれないのです」

「犠牲者……じゃあ、やっぱり安岡さんが犯人の仲間なんですか？」

「そうです、犯人の仲間です」

浅見はきびしい顔をして、断言した。暗い夜空を背景にした浅見のそういう顔を、聡子は恐る恐る窺った。

「法律用語に『状況証拠』というのがあります。安岡礼子はまさに状況証拠からいえば犯人そのものですね。たとえば、あのマンションがあります。彼女は天野屋を辞めさせられた直後に、あの高級マンションを購入しています。貯金をはたきローンを利用したとしても、失業中の女性にとっては、相当な買い物です。それだけならいいとしても、あそこにあったコーヒーカップのコレクションを見ましたか？　マイセンをはじめ逸品揃いです。僕はあまりそういうのは詳しくないけれど、知り合いの作家の奥さんが瀬戸物集めのマニアでしてね。だんなの少ない稼ぎを全部、コーヒーカップに注ぎ込んでいるのですが、それに匹敵《ひってき》するくらいのコレクションですよ、あれは。ローンの支払いに追われている身分では、ふつうなら手が出ない代物です。それから、あそこの窓から見下ろすと、僕が片田二郎氏の白骨死体を掘り出した公園が、すぐ目の前のようなところにあります。死体を埋めるタイミングを計るには、絶好のロケーションでしょうね。そして、極めつきは彼女の勤務先です。年度末の工事スケジュールを決定、発注するのは、彼女の勤める都市整備開発局の仕事なのですよ」

浅見は一気に喋った。いつものことだが、そうやって話すことによって、自分の考えを整理し、納得のゆくものであるかどうかを、客観的にたしかめている。

聡子はもはや浅見の顔を見ていなかった。ことによると、話す言葉も聞いていないのかもしれない。彼女の両手は、怯えきったように、浅見の右腕に縋りついていた。

3

タクシーで聡子を送って、浅見がホテルに帰りついたのは午後十時過ぎであった。部屋に入ったとたん、電話が鳴った。たったいま別れたばかりの聡子からだ。

「留守番電話に父の伝言が入っていたんです。浅見さんに伝えてくれって」

「ほう、そいつはありがたい」

「えっ？　ありがたいって、浅見さん、何の電話かわかるんですか？」

「ええ、僕の想像が当たっていれば、たぶん手帳に書いてあった名前でしょうね」

「ふーん、どうしてわかるのかしら？」

「ははは、超能力かもしれない」

「じゃあ、そこに書いてあった名前もわかります？」

「だいたい見当はつきます」

「ほんとですか？」

「天野屋の社員でしょう？」

「ええ、そうですけど……でも、それだけじゃ超能力とはいえませんよ。天野屋の社員は二千人以上いますからね」

「じゃあ、ズバリ名前を言いましょうか」

「えーっ、ほんとに言えるんですか？」

「言えますとも」

「だったら言ってみてください、もし当たっていたら……」

聡子はあとの言葉が継げずに、唾を飲み込んだ。

「もし当たっていたら、何ですか？」

浅見は面白そうに言った。

「そうですね、尊敬します」

「ははは、尊敬だけですかァ……しかし、まあいいとしましょうか」

浅見は笑いを収めて、いきなり、ある人物の名前を言った。聡子は「えっ」と言ったきり絶句して、しばらくしてから、ひどく沈んだような声で、「尊敬します」と言った。

＊

翌日の朝、出勤して間のない仙石のデスクに毎朝新聞の小柳から電話が入った。小柳は興奮した口調で、「警察はホシを割り出した様子です」と言っている。

「ほう、誰だい？」

「浅見さんが県警捜査一課の課長から、それとなく聞き出したのだそうですがね、天野屋さんの通信販売部に沢村という男がいるでしょう。どうやら、警察はその男をマークしているみたいです」

「ほんとかね……なんてことだ」

仙石は少し離れたデスクにいる部下に背を向けて、声をひそめた。

「それ、間違いないのかね？」

「まず間違いないものと思いますよ」

「そうか、沢村か……なるほど、やつなら考えられないこともないな。例の落書き事件が原因で、左遷されたこともあるし。しかし、動機は何だろうね？」

「いや、動機まではわかりませんが、水谷静香さんとも鳥井昌樹さんとも付き合いがあることは確かですからね」

「そんなのは、同じ社員なら当たり前じゃないのか」

「それとですね、水谷さんが殺された脊振ダムの近くで、水谷さんと沢村が車の中で一緒にいるところを見たという人間がいるのです。たぶん三角関係のもつれじゃないかというのが、警察の考え方のようです」

「ふーん、で、逮捕するのかな？」

「いや、それはまだです。まだ本人に事情聴取もしていないはずです。まあ、証拠固めをして、任意の取調べに入るのは、早くても明日の午後あたりになるだろうと言ってました。その前に室長の耳に入れておこうと思いましてね。天野屋さんとしても、いろいろ準備しといたほうがいいでしょうから」

「そうだね、いや、ありがとう。できればクビにして、会社とは無関係にしておきたいのだが、間に合わないな、それは……」

仙石は沈痛な声になった。

「やつはまだ、警察のそういう動きを知らないのだろうねえ」

「さあ、どうですか、うすうす勘づいているかもしれませんね」

「だったら、自分で自分の身の処し方を考えてくれればいいのだが」

「は？　どういう意味ですか？　自殺でもしろという意味ですか？」

「男なら、最期ぐらいはきれいにしろと言いたいじゃないか」

「そんな、いまどき葉隠《はがくれ》みたいなのは流行《はや》りませんよ」

小柳は電話の向こうで低く笑った。

「いや、そうでもないかもしれんよ。やつは落書き事件のとき、告訴までしようとした直情径行の男だ。逃れられないとなれば、そうするかもしれない」

「どうでも自殺させたいみたいですね」

「ああ、正直なところ、そうしてくれれば、単なる三角関係の清算ということで片がついて、天野屋全体への影響は、まだしも防げるじゃないか」

「非情の人ですねえ、広報室長は」

「何とでも言ってくれ」

仙石は電話を切ると、部下に「ちょっと外出してくる」とだけ言って、部屋を出た。

*

小柳はラウンジに戻ると、朝食のサンドイッチをパクついている浅見に、電話の件を報告した。

「仙石室長には、浅見さんの言ったとおりに話しましたけど、あんなことで、何か手品が始まるのですかねえ？」

「たぶん……」と、浅見は自信があるのかないのか、他人には量りかねるような、ごくふつうの声音《こわね》で答えた。唇の端にマヨネーズがくっついているのに気づかない、どことなく無邪気な感じのする顔は、なんだか頼りなくさえあった。

「ほんとに、浅見さんは事件の全体像が見えているんですか？」

「たぶん……」

ピクルスの酸味に顔をしかめて、浅見は急いでコーヒーを飲んでいる。

「どうもねえ、そう言われても、大丈夫なのかなあ――という気がしますよ」

そういう浅見を見て、小柳はしきりに首を振った。刑事局長の実弟で、事件捜査に実績がある――という予備知識がなければ、とても「名探偵」とは思えない。

「沢村というやつが犯人だっていうの、あれは本当なんですか？　うちのサツ回りにそれとなく聞いてみたんだが、捜査本部はほとんど動きがないって言ってるんですよねえ。友永警視はもっぱらレインボードームの背任横領、詐欺事件がらみを追いかけているらしいってね。もし浅見さんの情報が正しいとすると、あの警視は若いくせによほどのタヌキですね。しかし、片田氏を殺したのも沢村だとは、信じられない気がしますけどねえ……そうそう、例の怪文書も沢村が操っているってわけですか？　いったいどこでどう繋がっているのか、さっぱりわかりませんよ」

小柳は悲鳴のように言って、お手上げのポーズをしてみせた。

浅見は野菜サンドのパンを開いて、大嫌いなトマトのスライスをかき落とす作業に没頭していた。小柳の饒舌《じょうぜつ》をまるで聞いていないように見えたが、パンの最後のひと切れを飲み込んだとたんに言った。

「本当に謎の多い事件でしたね」

それからおもむろにコーヒーを一口啜り、ウェイトレスにお代わりを要求して、話の先を続けた。

「第一に、片田氏がなぜあそこに埋められていたのか。第二に、なぜ全裸だったのか。第三に、片田氏はなぜエイコウグループや平岡会長を裏切って、告発するような文書を書いたのか。第四に、なぜこの時期になってから怪文書をつきつけたのか……片田氏の事件一つを取り上げても、いくつもの謎が未解決のまま残っているのです」

「ほんとほんと」

小柳はカクンカクンと頷いた。

「だけど浅見さん、それをみんな沢村ってやつが仕組んだとも思えないですがねえ」

「もちろんそうですよ」

浅見は平気な顔で言った。

「この事件は、複数の人間が関わらなければ、到底、実行不可能な犯罪です。問題は主犯は誰か。そして、司令塔のように情報を収集し、指令を発する人物はどこの誰なのか――それを解明しなければならないのです」

「複数っていうと、犯人はいったい何人いるんです？」

「事件に関係した人間の数は、少なくとも四、五人はいたと思いますよ」

「四、五人……鳥井と沢村と、ほかに誰ですか？　司令塔っていうのは何者です？」

「この一連の事件に付き合っているうちに、僕は奇妙な現象に気がついたのです」

浅見は視点を漠然とした空間に置いて、穏やかな口調で言った。

「片田二郎氏のときも、水谷静香さんのときも、そして鳥井昌樹氏のときも、どの事件にも共通して関わっている人物がいるのです。小柳さんは気がつきませんでしたか？」

「三人の被害者に共通しているって……いや、わからないなあ。片田氏と水谷さんのケースでは、仙石室長が関係しているけど、鳥井氏は直接関係ないんじゃないですか？」

「それがそうではないのです」

浅見は唇を嘗《な》めてから、言葉を継いだ。

「じつは、鳥井氏がああいうことになる前、僕は仙石さんに電話で、鳥井氏に対する疑惑を話しているのです。鳥井氏を追及すべきだとね。そうしたら、とたんに彼は消されたのですよ」

「えっ？　まさか浅見さん、仙石室長がそうだなんて、そんなひどいことは言わないでしょうね？」

冗談にも仙石を誹謗するようなことを言ったら許さない――という目で、小柳はむきになって浅見を睨んだ。浅見はその目を見返して、おかしそうに笑った。

「ははは、かりにそんなことにでもなったら、よくできた推理小説よりもずっと面白いとは思いませんか」

「面白くもなんともないですよ。だいたい浅見さん、あなたは人の不幸を楽しんでいるみたいで不謹慎ですよ。仮にもこれは、連続殺人事件なんだから、もっと真剣に取り組んでもらいたいですなあ」

「はあ、すみません、おっしゃるとおりでした」

浅見は急に悄気《しよげ》て、肩をすぼめたが、遠慮がちに言った。

「しかし、とりあえず小柳さんの取越し苦労は、あと五秒で解消しますから、どうぞご安心ください」

「五秒？……何です、それは？」

小柳が言い終えるのと同時に、彼の肩をポンと叩く手があった。振り返り見上げると、仙石隆一郎の顔が笑っていた。小柳は心臓が破裂するほどのショックに襲われた。

＊

街はうっすらと霧雨に濡れていた。〈天の商標と天野屋の文字を白く染め抜いた紺色の大垂れ幕は、ビルの壁面に重たげに張りついている。

ふだんなら出足の悪い雨の日だが、中元シーズンに入って、店内は活気があった。それでも、むかしのような喧騒と較べると、嘘のように静かなものである。カタログによる通信販売で贈答品を注文するシステムが普及して以来、法人などの大口客はもとより、一般客の多くが電話やファックスで注文をするようになった。お客はいながらにして用事がすむし、デパート側も人手不足の折りから、効率的に仕事が進む。

通信販売部門の売上高は、店売りの一割を越える勢いである。沢村が「左遷」された、わずか二年前の三倍近い伸び率だ。会社としても今後ますますその傾向が加速されるものとみて、通信販売部の充実と格上げを図《はか》ってゆく意向を固めている。たとえば、いままでは店内装飾や広告物がいわば「店の顔」であったのに、もう一つ、カタログのデザインや品選びが、即販売に結びつく意味からいっても、重要性を帯びてきた。

沢村信夫はいま、通信販売部主任という肩書である。地位からいうと部長、次長のすぐ下にあたる。ただし、例の落書き事件の失点がひびいて、同期の中ではもっとも出世が遅れてはいた。

あの事件以来、沢村は、人間が変わった——といわれる。それまではけっこう付き合いがよく、カラオケスナックやディスコへもよく繰り出していた。それがまったく寡黙《かもく》になり、会社では、同僚とも仕事以外のムダ口をきくことはなかった。無理もない――というのが、彼の「無実」を知る人々の同情的な評である。事件以後、沢村は離婚し、市内の安アパートで独り暮らしを続けている。一時期は慰謝料や子供の養育費などで、楽ではないらしかった。最近は車なども買って、それなりに独身生活をエンジョイしているという噂もあるが、実態がどうなのか、詳しいことを知っている者は社内にはいない。

通信販売という、あまり外部と接触しないセクションは、いまの沢村にとっては恰好《かっこう》の職場といってよかった。ほとんど没個性的に、仕事以外のことには見向きもしないから、作業の能率は上がるし、内容も確かだ。会社としても待遇を改善し、昇格させようかといった話も出始めていた。

その沢村が、夕刻近くに「気分が悪い」と言って早退した。実際、昼過ぎごろから顔色が悪く、デスクに向かったきり、いかにも辛そうに吐息《といき》をついていた。

「何か食ったものが悪かったんじゃないのかね」

部長は冷やかしぎみに言った。沢村は社員食堂では絶対に食事を取らない主義である。同僚と顔突き合わせて食事をするのがいやなのだ。それにしても、わざわざ外へ出かけて、高い食事をするのが、千円サラリーマン族の目にはあまり愉快でなく映る。沢村は部長や同僚たちの冷ややかな視線に見送られて、背中を丸めるようにして帰っていった。

沢村が天野屋の通用口を出ると、隣りの銀行の店内から現われた男が、五十メートルほどの間隔を空けて後を尾《つ》け始めた。沢村は何か深刻な悩みに考え込んでいるのか、周囲に気を配る余裕もないらしく、まったくその男には気づかなかった。

4

脊振山は五合目から上は雲の上にあった。時折り、風に乗った霧のような雨が吹き込んで、軒下《のきした》の広縁を濡らした。

板屋の集落の真ん中にある三光寺《さんこうじ》の脇から、県道を逸《そ》れて西の方角へ登ってゆく道路は、かなり上のほうまできちんと舗装されている。その先は脊振山の山頂で、脊振山系の尾根を南北にはしる「九州自然歩道」にぶつかる。

山頂付近には放送用のアンテナ類が立ち、少し南に下がったところには、航空自衛隊のレーダーサイトがある。道路が整備されているのは、そういう施設があるせいだ。

寺の屋根をかすめて、「クエーッ」というような、あまり上品でない鳥の声が走り抜けていった。

「いまのがカチガラスですかね？」

浅見は小柳に訊いたが、小柳は「さあ？」と首を傾げた。そういう風流には、まるで縁がなさそうな男ではある。

この辺りの自然林には、北九州で「カチガラス」と呼ぶカササギが生息している。神功皇后の時代の出兵か、それとも豊臣秀吉当時の朝鮮遠征のいずれか忘れたが、その勝利を記念して、そう呼ぶようになったと浅見は聞いたが、真相は確かめていない。だいたい、どっちの戦さにしても、「勝った」とはいえないような、ばかげたものだったのだ。

三光寺の本堂を借りて、浅見と仙石と小柳と、それに友永警視以下の博多署の捜査本部の連中が五人、待機している。全員私服で、一張羅《いっちょうら》の浅見以外は、何かの法事でもあるような地味な恰好で集合した。実際、わざわざ坊さんを頼んでお経を上げてもらい、法事の真似事までしている。もっとも、なんとなく被害者の霊を慰める雰囲気にはなった。

いまがいちばん日の長い季節である。ことに九州は日本全国の中でもっとも日の落ちる時刻が遅い。七時を過ぎたというのに、空はまだ明るかった。ただし、脊振山の東に位置するこの集落は山の影の中に沈んで、薄闇が漂っている。

沢村の乗った車が三光寺の角を曲がって、坂道を登っていったのは午後六時前のことであった。それっきり、脊振山へ行く道は、人っ子一人通らない。

三光寺から先には人家はただ一軒、三百メートルあまり行ったところに「鳥屋《とりや》さん」の家があるだけである。

「鳥屋さん」とは地元の人がつけた通称で、何をしている人物なのか、本名が「益生《ますお》田《だ》」であることぐらいしか、地元では知られていない。益生田というのは、県南の浮羽《うきは》郡にむかしあった村名で、現在は浮羽郡田主丸町《たぬしまるまち》の大字《おおあざ》名になっている。そこの出身ではないか――といわれているが、本当のことは誰も知らない。

益生田家の建物は純日本風の平屋で、柱は太いケヤキ材を使い、むやみに頑丈そうな造りだ。数年前、脊振山の東側斜面の、ダム湖を見はるかすような台地に建てられた。何でも、久留米市かどこかの素封家《そほうか》の別荘だという話だったが、ずっと使われていなかった。

二年ばかり前から、その家に人が住みついた。ふと気がついたら、住人がいた――という感じで、引っ越しの挨拶など、むろんなかった。

ときどき車が出入りしたり、家の人間がたまに外に姿を見せることがあったりする。それと、誰がどこから仕込んでくるのか、噂話のようなものを総合すると、どうやら住んでいるのは益生田勇作《ゆうさく》という名前の人で、益生田家には、足が少し不自由な勇作老人と、治美《はるみ》という病気がちな孫娘と、二人の身の回りの世話をする、山男のような屈強な男の三人で住んでいるらしい。その男の控えめな様子から推察すると、雇われ人かもしれない。

「鳥屋さん」の名は、老人が鳥好きであるところからついた名前である。庭先に出て、鳥の鳴きまねをして鳥を寄せるのが巧みなのだそうだ。山菜取りのおばさんが、通りすがりにそれを偶然見て、「おじいさん、上手ですね」と褒めたとたん、老人は恐ろしい顔を作って家の中に引っ込んだ。入れ代わりに例の山男みたいな男が血相変えて飛び出して、「あっちへ行け、ここはわしらの土地だ！」と怒鳴った。あとでわかったことだが、その付近の山林は、たしかに益生田家の名義になっているのであった。

そのことがあって以来、益生田家に近づく者はいなくなった。

＊

本堂に設置したモニターテレビには益生田家の前庭が映っていて、沢村の車が入っていく情景が映し出された。午前中に、電気工事会社の作業員を装った刑事が、高圧線の鉄塔によじ登って暗視カメラを取り付けておいたのが、ようやく性能を発揮した。それまでのあいだずっと、益生田家の周辺には、人影はおろか、猫の子一匹動くもののなかったモノクロ画面である。

車の気配を聞きつけたのだろう、建物の中から男が現われ、丁寧に挨拶して沢村を迎え入れた。

それからまた一時間以上の時が経過した。益生田家はひっそりと静まり返って、しのびよる夕闇の中に沈もうとしている。

連絡係の刑事が、弁当を仕入れてきた。博多署近くの店で買ったときはホカホカの弁当だったのだが、長い道のりをやってくるあいだに、気温と同じくらいに冷めてしまって、味気ないディナーになった。

沢村の車が来たときには、騒然と色めき立った張り込みの連中も、弁当を食べ、満腹になったとたん、退屈と疲れに捉われた。横になると、そのまま眠ってしまう者もあって、弛緩《しかん》したムードが漂いはじめた。

「浅見さん、ほんとに来ますかねえ」

小柳が心配そうに囁いた。

「もちろん来ますよ。すでに沢村が来たじゃないですか」

「それはそうだけど、肝心なやつがです」

「来ますよ。来なければ、何のために沢村を早退させたか、理屈が合わなくなります。ただし、辺りが完全に暗くなるのを待っているのでしょうね。ですから、早くても八時半から九時ごろになりますよ」

「ふーん……あんたはほんとに自信家なんだなあ」

小柳はまるで慨嘆するような口ぶりで言った。

「しかし、連中は本当に沢村を消すのでしょうかなあ?」

仙石までが不安そうだ。

「小柳君と電話で喋ったとき、ずいぶんひどいことを言ったが……あれで効果があるのですかなあ」

「ありますとも。仙石さんの名演技は、じつに真に迫っていましたからね」

「ははは、そんなこと、見ていたわけでもないのに、わかるはずがないでしょう」

「いえ、わかりますよ。ほら、仙石さんに肩を叩かれたとき、小柳さんは飛び上がったじゃないですか。あの驚きようを見れば、絶対に効果があったことは確かです」

「そう、それは言えてますよ」と、小柳が同調した。

「僕だって完全に騙《だま》されましたからね。沢村が自殺してくれないか——なんて、ずいぶん冷酷なことを言うなと、もう少しで仙石室長が嫌いになるところでしたよ」

「そんなこと、私が本心で言うはずがないだろう」

「しかしそのときは信じちゃいましたよ。浅見さんも浅見さんだよなあ、台本があるのならあると、あらかじめ教えておいてくれればいいのに」

「しかし、事前に知っていれば、芝居がバレちゃうでしょう。小柳さんには、仙石さんほどの演技力はありませんから」

「うーん、それも言えてるかなあ。僕は正直だからねえ」

「なんだ、それじゃまるで、私が嘘つきみたいに聞こえるじゃないか」

三人が呑気に笑っているのを、友永警視は羨《うらや》ましそうに覗き込んで、話の仲間に入ってきた。

「それにしても、浅見さんが電話に目をつけたのは、恐るべき慧眼《けいがん》ですね」

いくぶん、刑事局長の実弟に対する媚を含んだ言い方だが、エリートが言うとあまりいやみに聞こえないいから不思議だ。

「いや、最初に電話のことに気づいたのは、じつは水谷静香さんなのですよ」

浅見は少し湿った声で言った。寺にいるせいか、死んだ人々のことが妙に身近に感じられる。

「ん？　水谷静香が？……」

仙石は怪訝そうに問い返した。

「彼女が気づいたって、どういうこと？　それに、浅見さんは彼女には一度も会っていないじゃないですか。それなのに、どうしてそんなことがわかるんです？」

「それを僕に教えてくれたのは、仙石さんですよ」

「えっ？　私が？……」

「水谷静香さんが仙石さんに情報を伝えるのに、電話を一切使わなかったそうじゃありませんか。それにデートの約束をするのも、すべて直接、エレベーターの中や、廊下での擦れ違いのときで、電話で話すことはなかったと言ったじゃありませんか」

「ん？　ああ、たしかにそのとおりですがね？……」

「それに、彼女は極端に盗聴を警戒していたとも言いました。つまり、水谷静香さんは仙石さんのデスクの電話が盗聴されていることを知っていたか、少なくとも予測していたのです。仙石さんから水谷静香さんのそういう話を聞いて、僕はすぐにその可能性があるな——と思いましたよ。そうしたら、例の落書き事件で辞めさせられた安岡礼子さんが電話のオペレーターとして有能な女性で、電話交換室にコンピュータを導入するように進言したのも彼女だというのでしょう。それを聞いたとたんに、僕はあのコンピュータ技師の存在に興味を抱いたのです。女性ばかりの交換室の隣りに、まるで放送局の副調整室のようなコンピュータルームがあって、そこの主のようにしている、陰気くさい風変わりな人物のことが、頭に思い浮かんだのですよ」

「うーん、なるほどねえ……」

「といっても、確信はなかった。相手を甘く見すぎていたと言ってもいいかもしれません。だから、仙石さんに鳥井氏のことで電話したその夜に、鳥井氏が殺されたときは、正直、ショックでした。犯人がそこまで、果断ともいうべきスピードで対処をするとは、考えてもみなかったのです」

「しかし、やつは何だって……そうですよ、動機は何なのです？　何だって水谷静香や鳥井昌樹を殺さなければならなかったのですかねえ？」

「真相は彼に訊くしかないでしょうが、僕の想像では、水谷さんや鳥井さんを殺さなければならない、直接的な動機なんか、はじめはなかったのだと思います。しかし状況が刻々と変わった。とくに水谷さんと仙石さん、そして水谷さんと鳥井さんの関係がチラチラ見えてくるにつれて、彼にしてみれば、一刻の猶予《ゆうよ》もできない心境になっていたのでしょうね」

「ちょっと言葉を挟ませていただくが、私と水谷静香との関係というと、何だか怪しい関係があったかのごとく聞こえるが、友永警視に誤解されると困ります。私と水谷静香の関係といったって、そんなものは索漠《さくばく》たるものにすぎませんよ」

「それは承知しています」

友永は真面目くさった顔で頷いた。

「しかし、実際はどうだったのかわかりませんよ」と、浅見は茶化すように言った。

「仙石さんのほうは、単なる情報収集の手段としか考えていなかったとしても、ひょっとすると水谷さんはそうでなかったのかもしれません」

「そうですよ室長」と、小柳が脇から口を出した。

「そもそも室長自身、そう言っていたじゃないですか。恋人の鳥井に対するより、おれに対する愛のほうが強いとか何だとか」

「おい、冗談言うなよ。私がそんなこと、言うわけないだろう」

「あれだもんねえ……室長はたしかにそう言いましたよ。愛は純粋だなんて、キザな台詞《せりふ》つきでね」

「嘘をつけ」

仙石は否定しようとしたが、旗色が悪いのを隠蔽《いんぺい》するように、浅見に言った。

「まあ、そんなことはともかくとして、そうすると浅見さん、誤解であろうと錯覚であろうと、やつの動機は嫉妬心だったということですか？」

「いや、仙石さんは傷つくかもしれませんが、ジェラシーが動機ではありません」

「いや、浅見さん、私はべつに傷つきはしませんよ」

仙石はムキになっている。

「水谷さんの場合には、犯人は彼女の口から秘密が洩れることを警戒したのです。実際、彼女が仙石さんと接触するのは、情報を伝えるためだったのですからね。それを彼が、いつまでも察知しないでいたとは、考えられません。現実に、彼は仙石さんのデスクの電話が自動的に盗聴できるよう、コンピュータにセットして、仙石さんの動きを逐一《ちくいち》キャッチしていたのだから、情報が洩れていることに気がつかないわけがないのです」

「ふーん……だけど、水谷静香が私に情報を伝えることと、あの野郎と、どういう関係があるっていうんです？……そうだ、そもそも、あの筑島《ちくしま》という男は、いったい何者なのですか？」

「それについては、友永さんに話していただいたほうがいいでしょう」

浅見に言われて、友永警視は膝を進めた。

「電話交換室コンピュータ主任筑島雄三《ゆうぞう》は、益生田勇作老人の孫娘、益生田治美の婚約者であります」

「えっ？　益生田老人て、そこの益生田家の？……」

仙石は驚くというより、自分の無知を恥じるような沈痛な顔になった。

「そうでしたか……筑島については、人事課のほうで一応、身元の確認をして、問題はなかったはずなのですが、しかし、フィアンセにまでは目が届かなかったのかなあ……」

「かりにわかっていたとしても、べつに採用に支障をきたすようなことにはならなかったでしょうけどね」

浅見が慰めるように言った。

「いや、ユニコンマートゆかりの人間だとわかっていたら、採用を躊躇していたはずですよ。なんたって、電話交換室の中だけとはいえ、コンピュータを扱うセクションですからな」

「あ、そうか」と小柳が思い出した。

「益生田というのは、たしかあれですね、ユニコンマートの取締役にそういう名前の人がいましたね。ん？　待てよ、久留米店で自殺者が出たときの自殺者の名前も、益生田じゃなかったかな？」

「そうです、三年前、ユニコンマート久留米店が店舗閉鎖に追い込まれた際、店長の益生田貞一《ていいち》氏は、責任を取って自殺しました」

友永警視は警察の調査能力を誇るように胸を張って、「ちなみに、益生田家は代々、ユニコンマートの山之内一族の番頭の家系だそうでありまして、遠く遡《さかのぼ》れば、室町《むろまち》期からの因縁だとかいう説もあります」

「そうだったのか……」

小柳は、視線をキョトキョトと忙《せわ》しく動かした。新聞記事の見出しを模索するときの、この男の癖である。

「しかし、筑島なる人物がユニコンマートゆかりの人間だとしても、エイコウグループに恨みを抱いているのはわかるが、何だって、関係のない天野屋に仇《あだ》をなすようなことをしたのかな?」

「いや、筑島が水谷さんと鳥井さんを殺したのは、天野屋そのものに恨みを抱いたり、仇をなそうとしたりしたためではありませんよ」

浅見は言った。

「たしかに、殺された水谷静香さんにしろ鳥井さんにしろ、天野屋の社員ではあるけれど、あの人たちが殺されたこととそれとは、直接関係はないのです。むしろ、鳥井さんは筑島の仲間だったのですから、筑島は彼を殺害しなければならないような事態が起こるとは思ってもいなかったでしょう。水谷さんと鳥井さんは、筑島たちが犯した別の犯罪の秘密を守るために殺されたのです」

「別の犯罪……というと、片田二郎氏の事件ですか？」

「そのとおりです。彼らは、片田二郎氏の手記を武器に、エイコウグループを脅迫、もしくは恐喝しようとしている。その犯罪にまつわる秘密を、水谷静香さんが仙石さんに伝えることを、犯人は極度に恐れたのですね」

「えっ？」と、自分の名前を言われて、仙石が驚いた。

「じゃあ、水谷君と最後に会ったとき、彼女が言いかけたのはそのことだったのか……しかし、彼女は片田の名前も、それに筑島の名前も言わなかったが……」

「水谷さんが言いかけたのは、たしか『内部告発』という言葉と、『元久さんの』という言葉だったのでしたね」

「そうそう、内部告発というのは、片田の手記の意味と考えることができるとしても、元久君が事件に関係があるとは思えませんがなあ」

「水谷さんは『元久さんが』と、言ったわけじゃないはずですが」

「ん？　ああ、それはそうだが……そのことが何か？」

「水谷さんが言いかけたのは、『元久さんのお父さん』という言葉だったのです」

「お父さん？」

「そうです。元久さんのお父さんは、大名町でレストランを経営なさっています。その店で鳥井さんと安岡礼子と筑島雄三の三人が会食したのです。その際、筑島が手帳を忘れていった。その手帳を元久さんのお父さんが、てっきり鳥井さんの物と思って、水谷静香さんに渡した。その手帳に何が書いてあったかが問題なのですね。水谷さんは、その日、鳥井さんとデートするはずだったのを、突然すっぽかしてレストランから出ていってしまったそうです。つまりはそのくらい衝撃的な内容だったということでしょう。その内容が、片田氏の事件をめぐる秘密であることは想像に難《かた》くありません。これから先も、いまのところ憶測の範囲を出ませんが、片田氏の事件に、恋人である鳥井さんをはじめ、安岡礼子、沢村信夫、筑島雄三など、水谷さんがよく知っている人たちが関わっていると知れば、水谷さんでなくても驚くはずです」

「関わっていたって、どう関わっていたのですか？」

「それはまだ、憶測の範囲を出ていないとだけ言っておきます。もし、われわれの予測どおり、ここに筑島氏が現われてくれさえすれば、真相は明らかになるはずです」

浅見は時計を見た。

午後八時四十二分――窓の外はすでに漆黒《しっこく》の闇である。

「車が近づいてきます」

刑事の一人が鋭く言った。夜のしじまを震わせるような、かすかなエンジン音がひびいてくる。全員が耳を欹《そばだ》てたとき、車が森を出はずれ、集落に入ってきたのか、エンジン音は急に高まった。

ヘッドライトの光束が寺の障子窓を掃いて、車は角を曲がって山道に向かった。モニターテレビの中が明るくなって、車が益生田家の敷地に入ってゆく情景を映した。

「行きましょう」

浅見は誰よりも早く立ち上がった。一刻も猶予ならない気分であった。三光寺の境内を出て、脊振山へ向かう坂を駆けた。仙石も小柳も六人の捜査員たちも、遅れじと浅見に続いた。

5

先頭を行く刑事の懐中電灯だけが頼りだ。意識しないにもかかわらず、足並みが揃う。益生田家の手前百メートルあたりから、一行は舗装道路を脇にはずれ、霧に濡れた草地を踏み、足音を忍ばせて歩いた。虫のすだく声が心強い味方であった。

益生田家は不気味に静まり返っていたが、庭に入り建物に近づくにつれ、喋り声がかすかに洩れてくるのが聞こえた。しかし何を言っているのかまではわからない。

万一の場合の退路を断つために、建物の背後に二人の刑事が回った。

「では」と、浅見は仙石に囁いた。仙石は闇の中で黙って頷いて、益生田家の玄関引き戸をコツコツとノックした。とたんに中の話し声はピタッとやんだ。

仙石はノックを続けた。

「どなたさん?」と、野太い声が聞こえた。たぶん例の屈強な男だろう。

「仙石という者ですが」

「………」

相手の驚愕と当惑が伝わってくる。

向こう側もこちら側も、息をひそめて、それぞれが相手の気配を窺っていた。益生田家の中では、「どうする?」「どうしよう」といった無言の囁きが交わされているにちがいない。いったい、なぜここに仙石が現われたのか、彼らにはまったく予想も想像もつかないことだ。

しかし、何かの結論に達したのだろう。ロックをはずす音があって、引き戸がゆっくりと引かれた。

瞬間、刑事の一人が、仙石の脇をすり抜け、自分の足を引き戸の隙間に突っ込んだ。ほぼ同時に、べつの刑事が戸を引き開けた。相手が反撃する余地のない、素早い動きであった。

四人の捜査員がいっせいに益生田家に躍り込んだ。浅見たち民間人も遅れず、中に踏み入った。

「何や、おまえら！……」

大柄で見るからに頑丈そうな男が、仁王像のように立ちはだかっていた。予想したとおり、浅見がかつてダム湖畔で会った、奇妙な三人連れの一人、車椅子を押していた忠実そうな男であった。浅見はふと、あのときの微笑《ほほえ》ましい風景を思い浮かべた。

男のおでこ、頬、鼻、顎など、出っぱった部分が赤黒く日焼けした、いかつい顔には、恐怖と絶望感と、しかしそれを上回る闘争心がみなぎっている。

「こちらは益生田勇作さんのお宅ですね？」

友永警視が少し気負って、上擦《うわず》った声で言った。「あなたは、えーと、加地隆由《かじたかよし》さんでしたね？」

「ああ、わしは加地やが、そっちは何だ？」

「警察の者です。いまお宅に筑島雄三さんが入っていったはずですが、ちょっと呼んでいただけませんか」

「筑島？　そんな人はおらんです」

「では、庭先に停まっている車はどなたのものですか？」

「さあ、知らんですな」

押し問答の脇から、浅見はもどかしそうに言った。

「友永さん、急がないと！」

その声に励まされて、友永は左右の刑事に合図した。右側の刑事が靴を脱ごうとするのを、加地は「おい、上がるんでない」と大手を広げて阻止しようとした。刑事は構わず式台に立った。

「この野郎！」

加地の腕が刑事の胸を突いた。刑事は大げさに引き戸のところまですっ飛んだ。多少の演技もあるが、実際、加地の膂力《りょりょく》は相当なものらしい。

「抵抗すると、公務執行妨害で逮捕します」

友永は甲高い声で叫んだ。加地が怯《ひる》んだ隙に、二人の刑事が廊下を奥へ進んだ。「こいつ、待たんか！」とそれを追う加地と一緒になって、友永、浅見、小柳、仙石の順でなだれ込んだ。

　事態はすぐにはっきりした。玄関から二つめの襖《ふすま》を開けると、大きな座敷の真ん中にテーブルがあり、あまり手をつけていない料理が載っていた。料理とワイングラスの数は四人分あるのだが、会食者はテーブルの前に、つんのめるように倒れている沢村信夫のほかには、誰の姿もなかった。

「殺《や》ったのか？」

　刑事の一人が加地を振り返って怒鳴った。加地は何も答えずに、呆然として畳の上の沢村を見下ろしている。

「いや、生きとる」

　もう一人の刑事が沢村の首筋を押えてみて、言った。沢村の体がわずかに動いた。呼吸は弱々しい。友永はテーブルの上のワインの匂いを嗅いだ。

「どうやら睡眠薬を飲ませたらしい。生命には別状はないだろうが、しかし、救急車を呼んだほうがいい」

　友永が指示しておいて、間の襖を開け、次の部屋に突進した。

　益生田勇作老人と孫娘、それに筑島雄三の三人はその部屋にいた。老人と娘は寄り添うようにして佇み、筑島は二人の前にドッカリと、熊の置物のように座り込んでいた。

友永は三人の氏名を型どおりに確認してから、「一応、全員に警察までご同行願います」と宣告した。

パトカーのサイレンが近づいてきた。パトカーは三台、救急車が一台、ほかに乗用車が一台用意されてある。

むろん逮捕状は準備していないので、任意同行のかたちだが、益生田家の住人と筑島に一人ずつの刑事が付き添った。

「さて、引き上げますか」

ひととおり屋内を検分して、友永警視が浅見に向けて言った。

「ちょっと待ってください」

浅見は友永を制して、加地の前に立った。

「どこですか?」

加地は黙って浅見を見つめ、(何のことか?——)というようにそっぽを向いた。

「どこに隠しているのですか?」

浅見は怒りもせず、緩やかな口調で、重ねて訊いた。

加地は無言で、完全に浅見の質問を無視するつもりらしい。浅見は首を振って、仕方なさそうに益生田老人に向き直った。

「もうやめませんか？」

「ああ、そうだな……」

老人は疲れたように頷いて、「加地よ、こん人の言うたごと、年貢《ねんぐ》ば納めんか」と言った。

「なんば言われるとですか。わしにはわかりましぇん」

加地は抵抗した。

そのやりとりを、友永以下の捜査員はもちろん、仙石も小柳も何のことかわからずに、たがいの顔を見合わせながら傍観している。

益生田老人は、足を引きずって押入れの前に行くと、襖を開けた。

「あ、そこだったのですか」

浅見は老人に手を貸して、押入れの中の小箪笥《こだんす》を引きずり出した。小箪笥の下から、床下へつづく黒々とした穴が現われた。急な階段が見えている。湿った風が、すえたような臭いを吹き上げた。

友永の命令で二人の刑事が恐る恐る階段を下りていった。穴の底で二言三言、何かくぐもった声がしたかと思うと、二人は間もなく引き上げてきた。ただし、人数は一人増えている。前後を刑事に挟まれて上がってきた三人目の男は、白髪まじりの蓬髪《ほうはつ》で、顔色は青白く異常に痩せている。服装は白いワイシャツに紺色のズボン。粗末な物だが、それほど汚れてはいないようだ。

男は暗い中に長いこといたらしい。押入れから出てきても、電灯の光に慣れるまで、しばらくのあいだ眩《まぶ》しそうに目を細めてから、周囲の群像を眺め回した。

「何者だ?」

友永が部下に訊いたが、部下のほうも要領を得ない顔つきである。

「はあ、片田とか言うとりますが」

「片田?」

「片田二郎さんですよ」と浅見が言った。「エイコウグループ九州総本部副所長の片田二郎さんです」

いあわせた者たちの表情に、電光のような驚愕がはしった。

「そうだ、たしかに片田だ……」

仙石の声に振り向いて、片田二郎は嬉しそうに笑いかけたが、それは、人々の目にはかえって不気味でさえあった。

エピローグ

「魚村」の生け簀に泳ぐ大鯛を指さして、仙石は「あいつを活き造りにしてくれ」と、威勢よく怒鳴った。

「浅見さん、今夜はひとつ、心残りがないように、徹底的に博多の魚を食っていってくださいよ」

「はあ、そのつもりです」

「食うだけじゃだめよ」と、関口和美が浅見の腕を引っ張った。

「飲んで飲んで、飲みつぶれるまで飲んで……」

あまりメロディーのない節回しで歌う。まだ宴が始まったばかりだというのに、和美はハイピッチで、すでに五杯目のチューハイに取りかかっている。最初から浅見に絡むつもりでいる気配であった。

「やっぱり、あいつは誘うんじゃなかったかなあ」

仙石が聡子に囁いた。

「だめですよ、和美を呼んだのは、浅見さんのご希望なんだから」

「ふーん、そうなの。浅見さんはこういうのが趣味ですか」

「いや、そうじゃありませんよ」

浅見はムキになって言って、和美のきつい視線に睨まれ、慌てて「趣味とか、そういう言い方は失礼ですよ」と付け加えた。

「浅見さん、ねえ、明日帰るなんて言わないで、少しは私とも付き合ってよ」

和美は駄々っ子のように言う。昨日までの数日間に何があったのか、事件の顚末《てんまつ》について、聡子が知っていて自分が知らない部分の多いことに、和美は憤慨《ふんがい》しているのだ。

もっとも、何があったのか、本当のことを知らないのは聡子も同様であった。

けさの朝刊では、毎朝新聞だけが、ただ一紙、「片田二郎氏謎の生還」を報じた。特大のスクープである。

——去年の春、行方不明になり、今月初めに御供所町の発掘現場から白骨死体で発見されたとされていた、エイコウグループ九州総本部副所長片田二郎さん(42)が、昨夜、福岡市早良区板屋の民家に監禁状態でいるところを、福岡県警と博多署の捜査員によって無事保護された。警察のこれまでの調べでは、片田さんは昨年三月末に、旧ユニコンマート社員加地隆由容疑者（46）らによって誘拐され、早良区板屋の脊振ダム湖畔にある同社元取締役益生田勇作容疑者（79）の別荘に監禁されていたものである。

加地らの犯行の動機は、旧ユニコンマートがエイコウグループに吸収合併されたことへの恨みと見られるが、この誘拐監禁事件とは別に、最近発生した天野屋デパート社員の水谷静香さん（26）と同鳥井昌樹さん（38）が殺された事件も、同人らの犯行である疑いもあり、動機や背後関係など詳しい事情について現在取調べ中である。――

概略、こういった内容で、とりあえず片田二郎が生きていたことの事実関係を中心に、別の二つの事件についての関わりを匂わせたところで打ち切っている。ほかに、片田が生還したことによって、新たに御供所町の白骨死体の身元が問題になってきたことにも触れていたが、「生還」の現場に立ち会った小柳記者ですら、この程度までしか書けなかったのは、締切りまでの時間的制約がその理由の最たるものだが、それればかりでなく、事件の全容を警察も把握しきれていない状況であることにもよっている。

昨夜の救出劇から未明まで、浅見は警察の事情聴取を終えたあと、小柳に摑まって、まるで吊るし上げのように責められた。小柳がもっとも不思議に思ったのは、もちろん、浅見が片田二郎の生存をなぜ予知できたのか――という点である。

「だって、死体遺棄の状況と、それから、死体が発見されてから以降の、いろいろな出来事を突き合わせれば、ほぼ何があったかぐらい、想像がつくじゃありませんか」

浅見はこともなげに言った。

「片田二郎氏はなぜ全裸で『埋葬《まいそう》』されなければならなかったのか——。その理由は、一つには腐敗と白骨化を早めることだということもできるかもしれません。しかしなぜそうする必要がありますか？　身元を隠すためでしょうか？　だったらあんなところではなく、ほかに——たとえば脊振ダムの底とか、山の中とか、もっと適当な場所がいくらでもあるはずです。それをよりによって街の真ん中みたいなところに埋めた。しかも、たまたまその日にかぎって掘られていた穴を利用して、です。かりにも完全犯罪を目論《もくろ》もうとするのに、そんな偶然を利用するなんて、おかしいですよ。そのことにまず、すごく作為的な動機を感じたのです。第一、かりに白骨化したとしても、現在の捜査技術を考えれば、歯の検査などで身元がバレる可能性のあることぐらい、誰だって知っているはずです。現に、歯の治療痕で身元が確認されているのですからね。要するに、犯人は死体の身元を隠す意図はさらさらなかったと考えていいのです。

それなのに、なぜ裸体にして、しかも街中に棄《す》てたか——これはきわめて危険を伴う作業ですよね。片田氏は少なくとも十二時近くまではピンピンしていました。その片田氏を襲い、殺害し、身ぐるみ剝《は》いで埋葬する——これだけのことを博多の街の中で人知れず行なうなんて、至難のわざです。しかも、さっき言ったように、その危険を冒してまでそうする理由がまったくあり得ないのです。だとすると、到達する結論は、殺すことそのものが目的ではない——ということになります。

もっとも、死体が発見されただけで何事も起こらなければ、それっきりになったかもしれません。ところが、とつぜん片田氏の『遺書』なるものが現われた。それも、死体が発見されたのと呼応するかのごとくに——です。待ってました、とばかりにです。これで何も疑惑が浮かばないとしたら……いや、僕にはそのほうが不思議です」

浅見は気の毒そうに眉をひそめ、小柳の顔を眺めた。小柳は面白くなさそうに言った。

「うーん、そりゃまあ、いまになってみればわかるかもしれませんがね。だけど、なぜ全裸だったのかの説明はつかないでしょう。どうせ片田氏と間違わせるつもりなら、洋服を着せたほうが身元を確認させやすかったじゃないですか」

「そう、たしかにそうですが、そうしなかった理由はたぶん、時間的な余裕がなかったのでしょうね。さっき言ったように、片田氏の衣服を上着から下着にいたるまで剝ぎ取って、死体に着せ換える時間的、あるいは物理的余裕がなかったためだと思いますよ。片田氏を誘拐する人間と、死体を埋葬する人間は同一人物だったのかどうかはわかりませんが、街の人通りが途絶えてから、夜明けまでの時間はそう長くはありません。その間に片田氏を誘拐し、死体を埋葬するには、よほどすばやく手際よくやらなければなりません。服を着換えさせているひままでは用意する自信はなかったのでしょうね」

「だけど、その死体……そう、その死体が問題じゃないですか」

小柳は勢い込んで言った。

「片田氏の……いや、御供所町で発見された死体については、当然のことながら、警察は身元調査を行なっておりますよ。浅見さんが言ったとおり、歯の治療痕も歯科医に保存されている片田氏のカルテとピタリ一致したはずです。これはいったい、どう説明するのです？」

「きわめて単純ですよ。犯人たちは片田氏と体型が似ていて、血液型が同じ人物を用意したのです。そして、片田氏が受けた治療と同じような治療を施したということです」

「え？　そんなことができるんですか？」

「できますとも。片田氏がかかったのは福岡市内の歯科医ですが、そこに出入りしている歯科技工士が筑島の弟であることは、すでに県警の捜査でわかっています。じつをいうと、彼らの完全犯罪計画は、あの憎らしい片田氏の歯を、たまたま筑島の弟が勤める歯科医が治療したという、いってみれば、多少いまいましい出来事がそのきっかけになったのです。その偶然を千載一遇のチャンスにしようと筑島が思いついたのが、今度の事件の発端でした。筑島は弟に、死体にする男の歯をひそかに治療させ、片田氏のケースそっくりに治療痕を作るか、あるいは片田氏のカルテを偽造したのですよ、きっと」

「うーん、死体にする男ですか……しかし、そうだ、その死体――片田氏の身代わりになった人物は何者なんです？」

「それはいまのところまだわかっていません。警察の尋問に対して、筑島は口を噤んだままだそうです。ただ……」

浅見はズボンのポケットから、しわくちゃになった新聞の切り抜きのコピーを引っ張り出して小柳に渡した。

「ここに、去年の二月に起きた密航事件についての記事があります」

「ああ、なんだ、これはうちの記事じゃないですか。福岡タワーの近くに接岸し、上陸した北朝鮮の工作員と思われる密航者二名を逮捕したという……そうそう、これならよく知ってますが？」

「このとき逮捕されたのは二名ですが、彼らの供述で、密航者はもう一人いたらしいのですね。その人はいまだに行方不明です」

浅見が少し投げやりな口調で言ったので、小柳はしばらく間を置いてから、「は？」と問い返した。

「それがどうかしたと?……」

「いや、どうしたというわけではありませんが」

「はあ……えっ?　まさか浅見さん、その密航者が、あの死体の人物……」

小柳は練達《れんたつ》の記者であることを忘れ、素朴な読者のように口を丸く開けて、浅見の血の気が引いた白い顔を眺めた。

「あの死体がそうかどうかは知りません。そうではないとも、そうであるとも、可能性だけからいえばフィフティ・フィフティでしょう。何があっても不思議ではありません。いずれにしても、いまとなっては、あの死体の主が誰なのか、死後、埋葬されるまでどれくらいの時間が経過していたのかなどについて判定するのは難しそうです。そもそも、そのことがまさに犯人側の狙いの一部でもあったわけです」

「狙いの一部——というと、ほかの狙いは何ですか?」

「死体がこの時期に発見されることによって、片田二郎氏の失踪が殺人であると確定しました。そうでないと、片田氏の書いた、例の『告発文』が、遺書としての効力を発揮できないわけです。片田氏は監禁されているあいだ、虚実取り混ぜた告発文を書かされつづけていたのですが、生きている可能性が少しでもあっては、何の効力もありません。つまり、ある時期に死体が発見されることも、犯人側の狙いであったのです」

「そうですかねえ」と、小柳は疑問を投げかけた。「そんなふうに狙いどおりにゆくかどうか、保証はなかったと思うけどなあ。もっと早くに発見されるとか、逆にもっと遅く——極端にいえば、永久に発見されない可能性だってあったわけでしょう」

「そんなことはありません。あの埋葬場所は、ほぼ福岡市の都市計画どおりに掘り返されたのです。じつにお役所仕事らしい几帳面《きちょうめん》さで、です」

「ふーん……」

小柳は謎と疑惑の海に沈没したように、黙ってしまった。

＊

その小柳はこの席に来ていない。明日の朝刊以降のために、本事件の取材チームのチーフに任命されたのだ。

「あいつ、あまり張り切らなければいいのだが……」

仙石はこれから先のマスコミ攻勢を思い浮かべて、憂鬱そうだ。他社はともかく、小柳は事件の裏の裏までを知り尽くしたような立場にある。仙石はもちろん、聡子も聡子の父親も含めて、天野屋の関係者の多くが、警察の事情聴取の対象になるであろうことは明らかだ。その状況を熟知している小柳が、本気で立ち働いたとしたら——と考えると気が滅入ってくるのだろう。

「大丈夫ですよ」と、浅見は仙石を慰めた。「小柳さんは優しい人ですから」

「そうねえ、そうですよねえ。そう信じることにしますか」

言いながら、仙石は自分の不安に言い聞かせるように何度も頷いてから、「そうだ」と、思い出したように、軽く頭を下げて言った。

「浅見さん、あなたの依頼人によろしくお伝えください」

さりげない言い方だったので、浅見以外、その言葉に秘められている、深い感謝の想いを察知することはできなかった。

浅見は黙って小さく会釈を返した。昨夜、浅見の報告を聞いた陽一郎も、いまの仙石と同じような口調で「ありがとう、お疲れさん」とだけ言った。

「一つだけ聞かせてほしいんですけど」

ずっと黙りがちだった聡子が、浅見に向けて言った。

「筑島さんは、最初からこんな事件を起こすために、天野屋に入り込んだのですか？それと、安岡さんもそのことを知っていて、会社に紹介したのかしら？」

「いや、それは違いますよ」

浅見は静かに答えた。かつては安岡礼子に対して尊敬の念をいだいていた、聡子の気持ちを思いやった。

「もともと、筑島は天野屋に恨みを持っていたわけではありませんからね。むしろ、コンピュータ技師として入社した当時、彼が天野屋のためにしっかり働こうとしていたことは、あなただって知っているでしょう。安岡さんが筑島を天野屋に紹介したのだって、もちろん、悪意のかけらもありませんでした。ところが、そのうちに、エイコウグループの片田氏が天野屋内部に手を伸ばして、鳥井など、反乱分子を育てようとしていることに気づいたのですね。もしかするとそれを最初に教えたのは、安岡礼子だったかもしれません。電話交換の業務をしていると、そういうことに対して勘が働くものです。筑島は義憤を感じるとともに、片田に復讐をするチャンスが到来したことを感じた。そして、コンピュータ操作を自由にできる立場を利用して、彼らの情報をスパイし、片田やエイコウグループの目的を攪乱《かくらん》しようとした。盗聴の対象には仙石さんの専用電話の回線も含まれていましたけどね。さっき言った、片田の歯の治療の話を耳にするまでは、そういう状況で推移していたのですよ」

「そうだったのですか……」

聡子は肩の重荷の一部を下ろしたように、ほうっと吐息をついた。

「浅見さんは明日、帰るんですか？」

聡子が小声で訊いた。

「ええ」

「また会えるといいけど……」

「そうですね」

「でも会えないわね、きっと」

「はあ……」

そんなことはないとでも言えばいいのに——と思いながら、浅見は正直だ。聡子は
(困ったひと——)というように苦笑した。

「このあいだ問題になった『離合』のことですけど」と聡子は言った。

「あれから調べてみましたけど、やっぱり『離合できない』とか、そういう使い方は方言みたいです」

「えっ、そうだったんですか……なんだ、僕はあれ以来、すっかり自分の国語力に自信喪失しちゃいましたよ。しかし、離合できないっていう言い方、ちょっと面白いと思ったけどなあ」

「でしょう？　離合——離れたり会ったり。離合できるうちが花ですよね」

聡子は体を左右に大きく揺らして見せた。

「こら、そげん、イチャイチャ離合したらいかん」

和美のもうろうとした眼が、こっちを睨んでいる。

＊

そのころ、仙石家を博多署の隈原部長刑事が訪れている。

チャイムを鳴らすと、白い細面の仙石ひろ子が顔を覗かせた。隈原を見て、かすかに眉を寄せ、「あの、何か？」と訊いた。

「は、じつはその、あれです……ええ、ご主人にお目に掛かりたいのですが」

「主人はまだ帰っておりませんの。いつも遅い人でして」

「あ、そうでしたか……」

「ご用件をおっしゃっていただければ、伝えますが」

「はあ、そうですか、どうも……」

隈原はいかつい肩をすくめるようにして、頭を下げた。

「じつはお詫びを言いたくて来たとです」

「は？　お詫び……」

「はい、そうであります。今回はまったく本官の思い違いでありまして、ご主人ならびに奥さんに多大のご迷惑をおかけいたしましたことは、まことに遺憾でありまして……」

「まあ、そんなこと……」

仙石夫人は、身内からこみ上げてくる笑いで、いまにも吹き出しそうになるのを、懸命に堪《こら》えた。

「いいんですよ、そんなにお気になさらなくても。あなただってお仕事でなさっていらっしゃるのですから」

「はあ、そうではありますが、やはりその、どうしても謝っておかんと気がすまんもんでありまして。とにかく、どうも申し訳ありませんでした」

隈原は窮屈そうに三十五度の最敬礼をした。

「いい人なんですね、あなたは」

仙石夫人はしみじみとした口調で言って、もう一人の「いい人」のために付け加えた。

「浅見さんにお会いになったら、よろしくおっしゃってください」

「は？　浅見、さん、でありますか？」

「ええ、お会いになるのでしょう？」

「いや、とんでもない……」

あんなヤツ——と言いかけた言葉を、隈原は危うく飲み込んだ。

「まあ会うかもしれんですが……しかし、浅見さんというのは、どういう人なのでありますか？」

「あら、ご存じなかったの？」

仙石夫人は驚いて、それから、隈原の無知を悲しむような、楽しむような、複雑な微笑みを浮かべた。

自作解説

本書『博多殺人事件』が光文社「カッパ・ノベルス」から刊行されたのは一九九一年七月です。その時点で「カッパ」から出ている、僕のいわゆる「旅情ミステリー」は次のとおりでした。

遠野《とおの》殺人事件　A
倉敷《くらしき》殺人事件　A
津和野《つわの》殺人事件　A
白鳥殺人事件　B
小樽《おたる》殺人事件　A
長崎《ながさき》殺人事件　A

日光《にっこう》殺人事件　A
津軽《つがる》殺人事件　B
横浜《よこはま》殺人事件　C
神戸《こうべ》殺人事件　C
伊香保《いかほ》殺人事件　A

こうやって並べてみるとよく分かるのですが、同じような「地名」＋《プラス》「殺人事件」のタイトルでも、取材する土地の性格には、大雑把《おおざっぱ》に分けて三種類のタイプがあります。Aタイプは観光地として独立、または確立している町や小都市。Bタイプは、それ自体では独立していない、ばくぜんとした地域や地方。Cタイプは大都市かその一部。

他の作品でいえば、『軽井沢《かるいざわ》殺人事件』『金沢《かなざわ》殺人事件』などはAタイプ。『戸隠《とがくし》伝説殺人事件』『美濃路《みのじ》殺人事件』などはBタイプ。『御堂筋《みどうすじ》殺人事件』『上野谷中《うえのやなか》殺人事件』などは、さしずめCタイプということになりますか。

若い女性に好まれそうな観光地であるAタイプを、「ご当地ミステリー」の取材先に選ぶのは、比較的かんたんです。たとえば全国各地にある「小京都」と呼ばれる町などはそれに属すでしょう。Bタイプは難しそうに考えられますが、題材になる土地、地域は沢山《たくさん》あるものです。

存外、難しいのは大都市。大都市は人口密集地域ですから、ご当地物の狙いである売り上げ確保という点では、出版社にとっても理想的な取材先ですが、えてして、大都市のイメージは索漠《さくばく》として「旅情」とは無縁《むえん》のところが多いのです。例に出して、その土地の人には恐縮《きょうしゅく》ですが、『大宮《おおみや》殺人事件』『川崎《かわさき》殺人事件』『名古屋《なごや》殺人事件』などは、たとえ人口密集地であっても、どうも旅情豊かな作品は書けそうな気がしません。

横浜、神戸は大都市そのものの名前を使っても、十分、旅情を感じさせるすぐれものです。いずれも観光地のイメージのある場所といっていいでしょう。しかも潜在購買《せんざいこうばい》力《りょく》はきわめて大きい。こういうおいしい土地はそうざらにあるものではありません。

『博多殺人事件』を書く時点で残された大都市は札幌《さっぽろ》、福岡《ふくおか》、広島《ひろしま》ぐらいなものでした。広島は名古屋に較《くら》べれば、まだしもそこはかとない情緒《じょうちょ》を抱《いだ》かせますが、やはりちょっと食指《しょくし》が動きにくい。札幌を書くか福岡を書くかで迷ったあげく、福岡を選びました。もっとも、『福岡殺人事件』では味もそっけもないので、『博多殺人事件』でいこうということになったのです。

といっても、僕は福岡や博多について、ほとんど無知な状態でした。博多で知っているのは「明太子《めんたいこ》」と「どんたく」「おくんち」の名称ぐらいなものです。どんたくもおくんちもこの目で見たわけではないし、もともと、そういうポピュラーな名産品や観光名物などは書く気がありません。博多に決めたのはいいけれど、いったい何を書くのか、見当もつかないまま、とにかく博多取材の日程が決まったのです。

あらかじめ下調べをした資料の中に、福岡市の博多地区では、大型店の進出をめぐって商業戦争のような騒ぎになっている――といった新聞記事がありました。スーパーのD社が福岡に殴り込みをかけ、ついでに巨大ドーム球場を建設するというのです。そのドーム建設に絡《から》んだトラブルなども報じられていました。

（これだ――）と僕は思いました。デパートは舞台としても華やかだし、しかも女性が圧倒的に多い職場です。それに大型スーパーが絡み、さらにドーム球場とくれば、話題性に事欠きません。

ただし、どうやってデパート取材をするかが問題でした。ただでさえ信用を重んじるデパートが、推理作家のような胡散臭《うさんくさ》いやつを近づけるとは思えません。困っているとき、救いの神が現われました。作家仲間の井沢元彦《いざわもとひこ》氏が、福岡最大の老舗《しにせ》デパートの課長さんを紹介してくれるというのです。たまたま、僕らが福岡入りする日に、井沢氏も福岡に所用があるという幸運でした。

おかげでデパートの取材は満足のいくものになりました。楽屋裏《がくやうら》といっていいような場所も見学させてもらえました。もちろん、作品の描写は架空《かくう》のものですが、見学の成果がなければ、たとえ「嘘」といえども書けないものです。

その晩、井沢氏と僕と「カッパ・ノベルス」の多和田輝雄《たわだてるお》氏と、それに井沢氏の友人でデパートの課長をしているKさん、デパートの事務職にいる二人の女性というメンバーで、食事をしました。生《い》け簀《す》から魚を掬《すく》って料理してくれるという、いかにも博多らしい店です。おまけに女性二人が二人とも飛びきりの美人で、龍宮城《りゅうぐうじょう》へでも行ったような気分でした。その二人の女性が作品の登場人物のイメージに使われたのは、いうまでもないことです。

ただ、気の毒だったのは井沢氏で、食事の途中、気分が悪いと言い出し、熱も出てくる騒ぎになりました。それでも、そのあとの夜の街の探訪《たんぼう》にも付き合うのですから、なんという面倒見のよさでしょう。井沢氏は現在、日本推理作家協会の理事ですが、いずれ理事長になる器《うつわ》にちがいありません。

博多でお世話になった人で忘れてはならないのは、デパートのKさんと、もう一人、毎日新聞社の大久保淳次《おおくぼじゅんじ》さんです。博多事情をいろいろ教えてもらったばかりか、その後、原稿を見てもらって、疑問点のチェックをお願いしました。たとえば犯行現場の描写が現実に則していない点など、大久保さんの指摘があって、急遽《きゅうきょ》変更しました。

こうして「知らない街」の取材は順調に終わり、『博多殺人事件』の執筆は快調に進みました。

一九九一年に刊行された作品は『三州吉良《さんしゅうきら》殺人事件』『鳥取雛《とつとりひな》送り殺人事件』『浅見《あさみ》光彦《みつひこ》殺人事件』『喪われた道』『鐘』『熊野《くまの》古道殺人事件』など十作で、比較的力を入れた作品が多かったと思います。その中で『博多殺人事件』は「旅情ミステリー」というよりは「社会派」と呼ぶに相応《ふさわ》しいような作品に仕上がりました。デパート内部の様子、企業間の確執《かくしつ》など、情報小説としても面白いのではないでしょうか。そういうのが苦手な若い女性読者に、こういう作品にもぜひ付き合っていただきたいものです。

この作品に関して特筆したいのは、仙石隆一郎に代表されるように、登場人物の存在感が、わりとしっかり書けていることです。天野屋デパートの人々、毎朝新聞の小柳、警察の隈原……と、いずれも実際に博多で会った人たちのイメージを投影したものです。架空の人物を書くのにも、その人たちの背後にいるであろう博多人を思い描きながら、ワープロを叩きました。

博多は陽性の街です。実際の殺人事件は景気よく（？）ドンパチとピストルをぶっ放すようなのが相応しいのかもしれません。しかし、推理作家の希望としては、せっかく起こすのなら、なるべく『博多殺人事件』のように、因縁《いんねん》と怨念《おんねん》に満ちた事件であってもらいたいものです。

一九九五年四月

内田康夫

この作品はフィクションであり、文中に登場する人物、団体名は、実在するものとまったく関係ありません。

なお、風景や建造物など、現地の現状と多少異なっている点があることをご了解ください。

（著者）

一九九五年五月　光文社文庫
二〇〇四年六月　講談社文庫
二〇一五年八月　徳間文庫

光文社文庫

長編推理小説

博《はか》多《た》殺《さつ》人《じん》事《じ》件《けん》　新装版

著　者　内《うち》田《だ》康《やす》夫《お》

2021年1月20日　初版1刷発行

発行者　鈴木広和
印　刷　堀内印刷
製　本　ナショナル製本

発行所　株式会社　光文社
〒112-8011　東京都文京区音羽1-16-6
電話（03）5395-8149　編集部
8116　書籍販売部
8125　業務部

ISBN978-4-334-79141-4　Printed in Japan

組版　萩原印刷

光文社文庫最新刊

光文社文庫　好評既刊